UM HOMEM APAIXONADO_

MARTIN WALSER

UM HOMEM APAIXONADO

TRADUÇÃO Renata Dias Mundt

Planeta

TÍTULO ORIGINAL *Ein Liebender Mann*

A publicação desta obra foi amparada por um auxílio do Goethe-Institut, fundado pelo Ministério Alemão de Relações Exteriores.

REVISÃO Maísa Kawata
CAPA E PROJETO GRÁFICO Vanderlei Lopes
IMAGEM DE CAPA Time & Life Pictures/Getty Images:
Retrato de Johann Wolfgang von Goethe, autor de *Fausto*.
Coleção de retratos literários da Fraser's Magazine, 1833

Dados Internacionais de Catalogação na Publicação (CIP)
(Câmara Brasileira do Livro, SP, Brasil)

Walser, Martin
Um homem apaixonado / Martin Walser ; tradução
Renata Dias Mundt. – São Paulo: Editora Planeta do Brasil,
2010.

Título original: *Ein Liebender Mann*.
ISBN 978-85-7665-443-8

1. Romance alemão I. Título.

10-03963 CDD-833

Índices para catálogo sistemático:
1. Romances : Literatura alemã 833

2010
Todos os direitos desta edição reservados à
Editora Planeta do Brasil Ltda.
Avenida Francisco Matarazzo, 1500 – 3º andar – conj. 32B
Edifício New York
05001-100 – São Paulo – SP
www.editoraplaneta.com.br
vendas@editoraplaneta.com.br

Para Ulrike Von Egloff-Colombier

UM

I

Até que ele a visse, ela já o havia avistado. Quando seu olhar a alcançou, o olhar dela já estava voltado para ele. Isso se deu em Kreuzbrunnen, às cinco horas da tarde do dia 11 de julho em Marienbad. Cem visitantes refinados caminhavam, o copo d'água a cada ano mais célebre na mão, e queriam ser vistos. Goethe não se opunha a ser visto. Mas queria ser visto como alguém em uma conversação e não em *promenade*. Naqueles dias de julho, sempre estivera conversando com o conde de Sternberg. Uns bons dez anos mais jovem que Goethe e naturalista. Ele já estava habituado, apesar de não poder se habituar, ao fato de praticamente todos os naturalistas nutrirem pela sua doutrina das cores, no melhor dos casos, uma irônica compaixão. Se encontrava um que aceitava a doutrina das cores, frequentemente mal conseguia conter sua amabilidade, gratidão, comoção de toda espécie. O conde Kaspar Sternberg era um desses naturalistas, escrevera um livro sobre a flora pré-histórica, o que significava que podia ler aquilo que as rochas haviam preservado. E rochas eram, naquele momento, o campo de estudos preferido de Goethe. Mas naqueles dias de julho, era outra circunstância que tornava o conde, acima de todo naturalismo, atraente para Goethe. No ano anterior, ambos haviam se hospedado no palácio do conde de Klebelsberg transformado em estância hidromineral. E as Levetzow também se hospedaram lá. Eles se conheceram no salão de Amalie Von Levetzow. Nós nos conhecemos, exclamou Goethe, nós já nos conhecemos de tempos pré-históricos. Assim aludindo ao título do livro de Sternberg, encaminhou-se até o conde quase às pressas e o abraçou. O que despertou atenção, pois, quando apresentações eram feitas, ele normalmente ficava parado dando ao outro ou à outra a oportunidade de se aproximar. Nós dois subimos a montanha Donner, em Teplitz, Baronesa, cada um por um lado diferente, e chegamos ao cume, conforme nos escrevemos. Eles eram dois viajantes, disse o conde, que, provenientes de duas regiões diversas do mundo e da história, haviam se encontrado e, ao compararem suas experiências, teriam compreendido que seria uma vantagem chegar ao mesmo e único objetivo por diferentes caminhos.

Agora, na *promenade*, Goethe ouvia o relato do conde de Sternberg de que o químico sueco Berzelius havia acabado de concluir que as rochas vulcânicas em Auvergne teriam espantosa congeneridade com as de lá, de Kammerbühl.

Uma conversa como essa preserva os falantes, onde quer que ocorra. Hoje Goethe estivera olhando mais de uma vez além da conversa. Ele era míope, mas achava óculos algo terrível, coisa que todo usuário de óculos em seu círculo sabia e removia quando queria ser recebido por Goethe. Óculos me deixam amuado, dissera, e tudo o que o famoso poeta dizia era repetido. Ele não teria reconhecido de longe aquela que procurava, mas Amalie Von Levetzow com suas filhas Ulrike, Amalie e Bertha, que naquele ano tinham dezenove, dezesseis e quinze anos, ele distinguiria a qualquer distância e em qualquer *promenade*, mesmo que tão variegadamente povoada. Foi o que ocorreu. Apesar de a relação das estaturas ter se modificado. Ulrike era agora a mais alta, visivelmente mais alta que sua mãe.

Sem interromper o discurso do conde sobre a congeneridade das rochas de Auvergne e Kammerbühl, ele caminhou, levando o conde consigo, na direção do grupo das Levetzow e deparou-se com o olhar de Ulrike. Ela já o encontrara quando ele ainda não a havia encontrado.

Um movimento, uma onda, uma afluência o transpassou na cabeça havia um ardor. Sentiu que poderia ter vertigens. Soltou o ar tentando relaxar, soltar as áreas da fronte e dos olhos paralisadas como num espasmo. Ele certamente não podia, depois de não terem se visto durante um ano, festejar o reencontro com uma careta de espanto, dor e consternação.

Retomando. A saudação. A jovem mãe era muito mais vivaz do que cada uma de suas filhas. O olhar resoluto de Ulrike, será que já o conhecia do ano passado? Os olhares dela e dele permaneceram absortos um no outro. Quando não foi mais possível suportar, quando finalmente era preciso dizer algo, ele disse: Por favor, compreendam, prezados circunstantes, eu não estudo apenas rochas, mas também olhos. O que modifica mais os olhos, uma luz externa diversa ou um estado de espírito diferente? Os olhos de Ulrike foram, pois o clima acaba de empurrar um pesado cúmulo para adiante do sol, num piscar de olhos – e vejam se não é uma deliciosa oferta linguística: piscar de olhos –, foram transformados num piscar de olhos de azuis em verdes. Se a nuvem permanecer, estamos diante de uma Ulrike de olhos verdes. Conde de Sternberg, este duplo fenômeno, a questão sobre a predominância da causa externa ou da interna, deveria ser de nosso interesse. Sejam muito bem-vindas, prezada senhora e vocês, o trio mais encantador do universo, sejam muito bem-vindas.

Amalie, de dezesseis anos, a que mais se assemelhava à mãe quanto à agilidade no diálogo, disse: Nós não somos um trio, somos individuais, se o senhor não se importa, senhor Conselheiro.

Não poderia me importar menos, disse Goethe e voltou os olhos para Ulrike. Esta tinha ainda o olhar tão calmo, tão firme como quando o recebera. Ele permaneceu em seu olhar. Fingiu ser um perscrutador de olhos. Mas não o era. Os outros podiam acreditar que sim. Ulrike não acreditava. Ele também não acreditava. Ela o contemplou apenas para mostrar que o contemplava. Antes de abandonar o tema do olhar, ele ainda disse: Ulrike, alguns homens mais tarde lhe atribuirão olhos azuis, outros dirão que seus olhos são verdes. Eu digo: por favor, não se deixe definir.

Depois, levou-o consigo para seu quarto, aquele olhar. Eles comeram juntos, conversaram, rememoraram a lembrança do último ano e do ano anterior a ele. No ano anterior, aquele clima miserável, choveu durante um mês inteiro. Sem as mil ideias do senhor Conselheiro, não teriam suportado. Porém, apenas Amalie se interessou por suas exposições sobre rochas. Tivera um quarto extra com mesas apenas para as rochas que o serviçal Stadelmann recolhera em toda a região. Amalie continua ainda hoje um pouco magoada porque o senhor Conselheiro colocou uma libra de chocolate para Ulrike entre as pedras a fim de torná-las atraentes a ela.

E chocolate fresco, trazido de Viena, disse a Baronesa, da famosa confeitaria Panel!

E acrescido de um poema, disse Bertha, que também tinha de se pronunciar.

Ah, ele disse, um poema.

Ela ainda o sabe de cor, disse a senhora Von Levetzow.

Antes que Goethe pudesse dizer, por favor, declame-o para mim, Bertha recitou aquilo que chamara de poema com verdadeiro talento artístico:

Aprecia este à sua própria maneira,
Não como bebida, mas como iguaria popular.[1]

Eu sempre quis saber por que há aqui blocos de granito entrecortados por veios amarelo-ocre, disse Amalie a fim voltar a chamar a atenção para seu interesse por rochas.

Bravo, disse Goethe, bravo.

O conde despediu-se. Queria organizar ainda um pouco o que conversara anteriormente com Goethe sobre vulcanismo e netunismo. Acenou a todos, fez uma mesura e saiu.

Goethe acompanhou-o com o olhar. Se existissem três dessa mesma espécie, eu congratularia o bom Deus.

O que é vulcanismo, exclamou Amalie rapidamente olhando não apenas para aquele a quem dirigira a pergunta, mas também para sua irmã Bertha, a quem se antecipara.

Então eu pergunto o que é netunismo, exclamou Bertha que queria superar em tudo sua irmã dois anos mais velha.

---

1. *Genieße dieß nach deiner eignen Weise,/Wo nicht als Trank, doch als beliebte Speise.*
Optamos por colocar a tradução literal de todos os poemas e canções, inserindo no rodapé o original em alemão. (N. T.)

E eu, disse Goethe, digo a todas vocês que os intelectuais discutem entre si se a superfície da Terra, como ela é hoje, fora formada pelo fogo que então se retirou para as profundezas e ainda nos lembra de seu papel ancestral pelos vulcões, ou pela água, que se acumulou lentamente formando os mares.

E o senhor, perguntou Ulrike, o que o senhor acha?

Eu acho que não se deve decidir sobre algo que, no momento, só pode ser avaliado por suposições. Mas como nós involuntariamente sempre tendemos a alguma direção, confesso que sou um netunista volúvel.

Eu não sei o que isso significa, disse Ulrike bastante impetuosa. E falou apenas para Goethe. Mais uma vez com o olhar.

Goethe perguntou se devia dizer mais do que sabia.

Como se trata de ciências naturais, disse ela, e não de lírica, podia-se esperar alguma decisão.

Oh, rebateu Goethe, nossa Ulrike pretende nada menos que a crítica da razão pura.

A mãe: O senhor deve saber que agora, em Estrasburgo, ela é chamada *Contresse* Ulrike.

Para Amalie, uma oportunidade de provar que agora já compreendia tudo: *Contresse* e *contre*, afinal, tudo era francês naquela escola.

Goethe disse que se congratulava com uma escola que era capaz de tais descobertas, e então admitiu como o alegrava o fato de poder novamente sentar-se com a família e conversar. Isso seria impraticável em Weimar, onde em sua casa sempre se estava à espera de algo relevante.

Do que o Conselheiro não é totalmente isento de culpa, disse Ulrike.

Admito, *Contresse*, disse Goethe. Lá minha rotina é mais teatro que vida.

E aqui?, perguntou Ulrike.

Aqui, começou ele e não continuou, simplesmente olhou para Ulrike, ela olhou para ele e disse:

Sim, aqui?

Aqui, disse ele, percebo mais uma vez que sofri durante dois invernos weimarenses por saber tão pouco sobre as Levetzow.

As quais, porém, há dois anos, disse Amalie sempre palradora, sabiam ainda menos sobre o senhor. Nós não podemos esquecer de que nossa irmã mais velha, que já contava dezessete primaveras, no primeiro ano logo admitiu nunca ter lido uma linha de Goethe. Em compensação, oh horror, muitas linhas de Schiller.

No internato francês em Estrasburgo, disse Ulrike, dentre os alemães só me foram apresentados os cidadãos honorários da Revolução Francesa.

E Goethe: Eu me permiti lembrá-las de que sirvo menos de modelo para a juventude do que Schiller, Gellert, Hagedorn e Gessner.

E Ulrike: E os franceses, o senhor disse, tendem mais ao idílio e à estilização do que à natureza e realidade.

Sim, concordou Goethe, por isso Salomon Gessner é muito mais conhecido lá do que aqui, ele se encaixa lá.

E Voltaire também, disse Ulrike então.

E quem o traduziu, continuou ele, não foi meu amigo Schiller, mas eu.

Duas vezes inclusive, disse Ulrike, Zaire e Mahomet.

Não são obras geniais, disse Goethe.

Agora, quando leio seus livros, disse Ulrike, torturo-me por não saber em nenhum momento quem é o senhor. Sempre essa grande fabulação. Ali se fala, pensa e sente de forma maravilhosa, mas quem é ele? Isso ela gostaria de saber finalmente. Esse é o real efeito da leitura de sua obra, uma curiosidade incômoda, cruel e crescente do leitor em conhecê-lo como ele próprio, como realmente é. Desejo de que ele, de certa maneira, se ponha ao alcance, de forma que possamos pegá-lo quando tivermos vontade. Sim, temos vontade de tocá-lo. Mas quem é ele?

Mas Scott é muito bom para isso, Bertha entrou na conversa.

Verdade, disse Ulrike. Não conhecer Scott não é penoso.

E Bertha, que aparentemente não sabia exatamente o que estava acontecendo naquele instante, disse que, assim que chovesse de novo naquele verão, eles voltariam a ler em voz alta. E Scott. Ela havia trazido o *Anão negro*.

A mãe completou que Bertha ainda exercitava muitas vezes o que Goethe lhe ensinara no ano passado sobre a leitura em voz alta.

Agora Bertha às suas irmãs: A mim ele chamou de graciosa porvindoura. E que, ao ler, devo sempre começar num tom grave e então elevá-lo.

Hoje isso já foi perceptível, disse Goethe.

E Bertha entoou imediatamente mais uma vez: *Não como bebida, mas como iguaria popular*.

Sim, exclamou Goethe, não deixe *Speise* cair, pois finaliza o verso, mas leve-a para o alto e para fora, *beliebte Speise*, ambas com a mesma intensidade e mais altas do que qualquer outra palavra.

A mim, Sua Excelência sempre criticou, disse Ulrike muito tranquila. Ela nunca se interpunha abruptamente, mas sempre que queria, tomava a palavra.

Sim, exclamou Bertha, tu deverias desenvolver mais energia e vivacidade narrativa.

Eu só não quero me tornar um Tieck, disse Ulrike.

Amalie: Mas o que é isso outra vez?

E Ulrike: Um recitador.

Amalie voltou a tomar a palavra: Que o Conselheiro não é nenhum exemplo para a juventude nós percebemos.

E Goethe: E agora ele está curioso.

Sim, o seu jogo, disse Amalie, uma pessoa sugere um tema, o vizinho deve transformá-lo em um conto, mas qualquer um tem o direito de interpor uma palavra que deve ser inserida na narrativa. E que palavra o senhor lançou à narrativa de Ulrike? Jarreteira, senhor Conselheiro. Ulrikinha corou...

Não é verdade, não chegamos a tanto, exclamou Ulrike, pois o senhor Conselheiro, quando disse essa palavra, acrescentou imediatamente: ordem da jarreteira.

Assim, simplesmente, como se nunca tivesse planejado outra coisa, disse Amalie, nós sabemos.

Como não se sentia à vontade em ser considerado totalmente escandaloso no círculo dessas filhas de grande futuro, ele disse, mais consigo mesmo do que para o grupo, que não fumava tabaco, nunca jogara xadrez e sempre evitava tudo o que pudesse roubar o tempo de vida de uma pessoa.

E Ulrike: Isso soou como se o senhor lamentasse ter vivido de forma tão exemplar.

Se, afinal, pousara no colo da paradisíaca família Levetzow, disse ele, nem tudo o que fez pode ter sido errado.

E assim foi.

Na verdade, apenas procurara ocasiões para encontrar o seu olhar. Isso ele soube quando então, do outro lado da rua, em seus humildes aposentos, os quais adorava, postou-se à janela e olhou para o outro lado, para o realmente descomunal Hotel Sanatório de Klebelsberg, para o outro lado, para as janelas do segundo andar, atrás das quais agora Ulrike se encontrava, sentada, deitada, lendo, pensando... Como poderia viver com aquele olhar? Possivelmente já fora tarde demais no ano passado. Ele adoecera no último inverno, gravemente doente. Escrevera-lhe. Ela respondera. Havia alguma coisa. Mas aquilo que havia, ele só experimentara hoje. As poucas cartas da moça já não podia mostrá-las a ninguém. Suas cartas a ela haviam sido sempre ditadas apenas pela metade ao seu escriba John. Cada vez, precisava acrescentar-lhes, ele próprio, algo que não podia transparecer nenhum tipo de conteúdo, mas devia revelar aquilo que era dissimulado pela falta da palavra. Nunca podia ser escrita apenas a Ulrike, devia ser sempre escrita também para a mãe. Não obstante, tudo isso era tolerável. Uma nova querela de verão já estava à vista. Então aquele olhar que mudava tudo. Sesenheim tinha de surgir, a meninice desnuda de Friederike. Olhos nos quais tudo ocorria violentamente, mas com alternância sempre tão veloz, como se cada estado de espírito, caso quisesse tornar-se explícito, precisasse ser imediatamente abandonado. A boca de Friederike sabia tão pouco sobre o que provocava, que voluntariamente substituíra a ignorância e a curiosidade dela pelas tuas próprias. E Charlotte Buff, a grande sentimental, que resumia o universo em um suspiro e o deixava submergir nele. Ele elevara aquilo que ela despertara nele à magnificência.

Lotte de Werther. Com razão ela se queixara posteriormente sobre aquilo que fizera dela na novela. A Lotte de Werther, ele era assim, exatamente como Werther. E Christiane, o grande sentimento que não era grande demais para qualquer adequação. Não havia uma situação que ela não dominasse pela submissão. Então Marianne, que queria ter toda afinidade e obter essa afinidade por meio de uma energia espiritual imensa que chegava à própria anulação. Mas isso apenas como baile à fantasia. Como sensação cultural. Como anedota de luxo da história da literatura. E Ulrike. Dois anos de encantos de menina devido a puros espirituosos não-quis-dizer-isso. Ainda no ano anterior, um fino não despertar, um vívido querer-estar-presente, sempre esforçada para não fazer nada errado, uma paisagem sobre a qual o sol ainda não nascera, e agora o sol surgiu, a paisagem vive. Agora o seu olhar. Não há defesa. Tu não saberias de quê defender-te. Estás preso. Prisioneiro desse olhar.

Ele ainda precisava ir à escrivaninha. Essa Ulrike, a *Contresse* Ulrike, pertence ao romance, à segunda edição mais do que urgente de seu romance *Os anos de peregrinação*.[2] Hersilie é a personagem que ele pode enriquecer com a *Contresse*. Mas nenhuma palavra a Ulrike. Mesmo considerando-se que adorarias confidenciar-lhe que ela estará em teu romance, controla-te homem! Não se pode revelar a uma fonte que ela o é. Ela então não seria mais pura.

Ele não conseguiu ir para a cama. Tudo agora, exceto entrar naquela perda-de-si-mesmo chamada sono. Se

---

2. A saga de Wilhelm Meister é composta de dois volumes *Os anos de aprendizado de Wilhelm Meister* e *Os anos de peregrinação de Wilhelm Meister*. Ambos são mencionados no decorrer do romance. (N. T.)

pudesse ter a esperança de sonhar com ela, então certamente. Mas assim! Trocar uma vigília na qual pudesse pensar nela ininterruptamente, imaginá-la, por um estado de sonolência no qual ela muito provavelmente pode nem mesmo surgir. Ainda não.

Caminhar de um lado para outro. Parar ao lado de toda janela. Olhar para o outro lado. Atrás de qual janela ela dorme? No ano passado, ele também ficara hospedado na casa de Klebelsberg, que era chamada tanto de palácio como de hotel. Exceto pelo fato de a jovem viúva Levetzow ser companheira do conde de Klebelsberg, o avô dela, Broesigke, tinha eterno privilégio de anfitrião. Naquele ano, o grão-duque Carl August também queria tratar-se em Marienbad e, como mantinha relação de amizade havia anos com as famílias Broesigke, Klebelsberg e Levetzow, teve de se hospedar em sua casa. No primeiro andar, na suíte dos príncipes, a qual Goethe ocupara no ano anterior. Carl August era, havia cinquenta anos, soberano de Goethe, chefe de Goethe e amigo de Goethe. Este poderia ter se hospedado de novo em Klebelsberg, mas preferira o Goldene Traube em frente. E depois do que acontecera, ele se admirava por seu sábio instinto que o levara à casa em frente. Estar agora com ela sob um teto comum, mas separado por piso e paredes. Ele teria de inventar algum barulho que chegasse até ela, para sinalizar-lhe que estava lá e não podia respirar se ela não soubesse, sentisse, ouvisse que ele estava lá. E estava lá apenas para ela. Ela tem um rosto miúdo. Mas mesmo assim um nariz que não poderia ser chamado narizinho. E olhos em forma de caroços de ameixa que trocam de cor. Mas resplandecem sempre. Isso ele já sabia no ano anterior: esses olhos nunca fatigados, nunca sombrios, esses olhos de uma incessante resplandescência azul e verde. Na maior parte das vezes, porém, eles não são azuis ou verdes, mas verde-azulados. Voltou-se para sua boca. Os lábios não eram montanhosos, o lábio superior cheio e bastante harmônico que podia contar com um lábio inferior humildemente prestativo. Quase um pouco solitária, essa boca na metade inferior do rosto. O nariz também permanece autônomo. Ele tem uma refração mais conjecturável do que perceptível. Simplesmente não quer se conduzir fleumático e enfadonho em linha reta. Quem não observa atentamente, acredita que ele termina agudo. Na verdade, ele termina em uma ponta ainda arredondada. Termina exatamente como deve terminar um nariz sobre aquela bela boca solitária: voltado para ela, sem aproximar-se demais. Uma grandiosa austeridade tem esse rosto. Tem toda a Ulrike. Agora ele lamentava ter desenhado sempre apenas paisagens e nunca pessoas. O rosto de Ulrike é certamente também o primeiro rosto da sua galeria de rostos que gostaria de ter desenhado na vida. Ele é uma paisagem na luz. Se não fosse um desenhista, mas um pintor, diria: em uma luz celestialmente radiante. Isso podia ser pintado, não desenhado.

Ele precisou ir até o grande espelho no quarto de vestir. Lâmpadas dos dois lados do espelho.

O dono do Golden Traube era conhecido no local como um fanático por luzes. Não faltava a uma feira na qual houvesse a expectativa de uma nova lâmpada. Essa foi uma informação que provavelmente tornara a escolha desse hotel agradável ao Conselheiro. Ele levou as mãos às costas, o que resultou em sua imponente e ensaiada aparência. Teve de ir até a sala de trabalho e pegar a revista

Wiener Zeitschrift que lhe havia sido enviada por um senhor Braun Von Braunthal, porque ele, o poeta de vinte e um anos, descrevera nela sua visita a Goethe em Weimar. Goethe ria sempre que lia nessa reportagem a parte, e sempre lia apenas esta, que tratava de sua aparência:

Naquele instante, porém, aquilo não era o banal invólucro de um homem da civilização; Goethe pareceu-me ali, ao se demorar por um segundo à porta e olhar-me nos olhos, realmente uma estátua de Zeus esculpida em mármore de Paros. Aquela fronte! Aquele perfil! Aquela postura! Beleza, nobreza, sublimidade! Já um ancião de setenta e três anos, o cabelo ondulado em torno da forte nuca, branco como neve recém caída, os nobres traços ainda firmes, os músculos ainda fortes, a testa abaulada lisa e pura como de alabastro, os lábios com a expressão serena de segurança, dignidade e complacência ao mesmo tempo, o queixo que anuncia força, ainda não caído, e por fim aqueles olhos, essas maravilhosas miniaturas de lagos montanheses que refletem o céu de puro azul! De todos os seus retratos que até então chegaram a meus olhos, nem um único fazia jus a essa admirável união de grandeza, beleza e força. Certamente foi possível, com o mais alto esforço artístico, o que certamente ocorreu, construir-se plasticamente essa unidade, mas nunca reproduzi-la em um retrato em cores; o mesmo que ocorre quando alguém pretende pintar o Monte Rosa ou o Mont Blanc glorificados pelos raios do sol poente. Assim surgiu Goethe e meu espírito o homenageou. Como me senti afortunado por ainda não ser uma pessoa de importância, por ser um principiante; pois já sabia que ele já negou eventualmente a aproximação de homens expressivos, de pessoas já prontas, e percebi, pelo seu robe, que me concedera uma exceção ou que era menos cerimonioso comigo. Ele me abordou com os olhos como a majestosa jiboa constrictor uma corça. Só que não me espremeu, mas caminhou lentamente até o divã, o "leste-a-oeste", convidando-me com um suave movimento de mãos a segui-lo e então – oh deleite – sentar-me ao seu lado. Ele iniciou a conversa levemente circunspecto, e eu senti atravessar todos os meus membros um benéfico e convulsivo choque elétrico, que se originou do fato de o magnífico poeta ancião tocar de leve minha mão, minha mão trêmula de encanto e reverência, e emoldurá-la suavemente com suas duas mãos enquanto, pousando seus olhos sobre mim, disse...

Ele voltou a colocar a revista, com sentimentos contraditórios, na gaveta, caminhou mais uma vez até o espelho, sorriu um pouco e viu o vão onde um de seus dentes anteriores faltava. Há treze anos. Ele ainda não se habituara. Entretanto, disciplinara a região da boca de tal forma que o vão nunca aparecia na presença das pessoas. Ele esperava. Encarregara a nora Ottilie de estar sempre atenta e, caso o buraco se tornasse visível por causa de qualquer arrebatamento, adverti-lo. Ele achava que Ottilie realizava essas admonições sempre com um prazer um pouco reluzente demais. A si mesmo, ele não ocultava o buraco. Quando estava só. Portanto, neste instante. Fora Ulrike que o fizera revelar-se. Como se houvesse previsto ou temido o que ocorria agora, escrevera, na pele de seu Homem de cinquenta anos que acabara de emergir, que cortejar uma jovem amada com um vão como aquele seria completamente humilhante.

Ele foi até o dormitório, deitou-se assim como estava na cama e procurou entre os personagens de seus livros uma frase que expressasse o que o dominava agora. Essa frase existia. Ele a recuperou rapidamente de sua memória. Seu Wilhelm, quando ainda era jovem, pensara: dessa forma, então, tudo é nada.

2

Se ele, 74, se casasse com ela, 19, seria ela, 19, a madrasta de seu filho August, 34, e de sua nora Ottilie, 27. Encontrava-se ocupado com tais cálculos enquanto estava sentado diante da mesa do desjejum para a qual Stadelmann trazia do *Traiteur* toda manhã tudo o que alguém poderia desejar.

Naquele dia, enviara Stadelmann, o qual já transformara no ano passado e retrasado em um conhecedor de rochas, para a montanha Wolfsberg a fim de cavar augitas. Um cristal geminado de feldspato também seria muito bem-vindo, assegurou-lhe ainda. Ao escriba John disse que hoje ditaria apenas às onze. Pois o dr. Rehbein se anunciara, o seu dr. Rehbein, médico da corte em Weimar, mas também médico de Goethe. E havia passado muitas horas no leito de morte de Christiane! Não se passara ainda um ano desde que a terceira esposa do dr. Rehbein falecera. Ele era talvez o homem mais estimado de Weimar.

Quando Goethe surgiu no quarto em que recebia seus visitantes, o dr. Rehbein, que estivera esperando, veio impetuoso ao seu encontro. Mal deu a Goethe a oportunidade de vangloriar-se de quão saudável sentia-se ali, completamente liberto das misérias respiratórias do inverno anterior, e logo começou a falar apressadamente. Quer se casar. Precisa. Se não se comprometer imediatamente, perderá Catharina, sim, a trinta anos mais jovem Catty Von Gravenegg. Como, além disso, teria de partir antes do duque, não lhe restava outra alternativa a não ser comemorar o noivado ali em Marienbad. Todavia, era-lhe impossível imaginá-lo sem a participação do senhor Conselheiro. Ele se desculpava pela indelicada pressa. Mas Catty. O senhor compreende. Afinal, não pode ali agir como o médico de banhos de Sua Alteza, o que, aliás, não é permitido aqui, os médicos locais têm o monopólio. Está bem, ele é então um hóspede a mando de Sua Alteza e assim por diante, mas passar semanas em passeio aqui, e Catty correndo por Munique, isso é insalubre. Ela vem portanto, e haverá um noivado. Todavia teve de ainda reconhecer como lhe fora penoso ler, em "O homem de cinquenta anos", que o cirurgião seria o homem mais venerável em toda a superfície terrestre.

Goethe complementou: ele te libera de um verdadeiro desgosto. Então abraçou gentilmente o dr. Rehbein e lhe disse, quase no ouvido, que o louvor aos cirurgiões seria necessário à linha narrativa do romance de *Os anos de peregrinação* do qual fazia parte "O homem de cinquenta anos". E esse romance, apesar de publicado há dois anos, estaria tudo menos pronto. Diariamente ele era constrangido por frases e personagens que queriam participar dele. E Wilhelm, o herói dos anos de aprendizagem, deve, quando tiver estudado e experimentado todas as ofertas do mundo, tornar-se médico-operador, ou seja, cirurgião. E por quê? Porque o autor quis escrever no corpo e alma de seu Wilhelm, descrito durante toda uma vida, uma profissão com a qual pudesse auxiliar ao máximo as pessoas. Utilidade, doutor. Partir da utilidade passando pela verdade para chegar à beleza. Para lá queremos todos nos encaminhar, doutor. E ainda pude lhe dizer de forma crível que ele mesmo, dr. Rehbein, seria um exemplo. Quem, como ele, aos cinquenta, parece tão bem, realmente belo, não perdeu nada, não fez nada errado. Seguiu-se um longo aperto de mãos.

O doutor partiu com a calorosa promessa do Conselheiro de que participaria com prazer do noivado. Goethe sentou-se e pensou: trinta anos mais jovem. Não era inveja o que sentia. Sentia-se justificado por essa visita. Ah, sim, inveja também. O que é a inveja senão uma forma de admiração condenada ao infortúnio. Agora, quanto mais quinquagenários quiserem firmar compromissos com vintaneiras melhor! Que surja uma epidemia de noivados. Simplesmente para que ele, com seu número colossal – 74 menos 19 é igual a 55 – não pareça tão absurdo.

Ele percebeu o quão estimulante foi a visita do dr. Rehbein por ter pedido ao doutor, que atravessaria então a rua até o Palácio Klebelsberg, à soleira da porta, da forma mais casual possível, que lá transmitisse suas saudações a todas as Levetzow, a Ulrike em especial, a quem deveria comunicar que o desejo ontem por ela manifestado poderia ser atendido hoje à tarde. A qualquer hora. Ele percebeu que o dr. Rehbein, em seu papel de mensageiro, não sabia como deveria entender aquilo, ou seja, dizer aquilo do outro lado, portanto acrescentou em um tom de extrema insignificância: nós precisamos formar as crianças quando elas o demandam. Depois ficou olhando, segurando-se à cortina, o médico atravessar a rua e entrar no Palácio Klebelsberg do outro lado.

O escriba John foi informado de que deveria trazer a correspondência mais tarde, somente quando a senhorita Von Levetzow lá estivesse e depois que houvesse se sentado. Talvez Ulrike tivesse esquecido o que dissera ontem: mas quem é ele! Se ela houvesse esquecido, fora tudo flor de retórica, então tudo foi, tudo é puro ornamento e ele não é nada mais do que um ilusionista. Não um vulcanista, não um netunista, mas um ilusionista. Talvez o olhar dela nem mesmo exista, talvez ela seja, com seus dezenove anos, a mais serena, a mais determinada, a mais inabalável daquela família.

Ele teve de soltar um curto grito. Uma negação daquilo que acabara de lhe passar como solilóquio. Em seguida, de novo um curto grito. E como era seu costume não apenas deixar passar tudo o que ocorria com ele, mas conscientizar-se de que aquilo ocorrera, continuou seu solilóquio: quando dou gritos, gritos curtos, não muito altos, então sempre o faço de modo que apenas eu ouça meus gritos. Eu realmente não quero que qualquer um, além de mim, ouça que grito. Absolutamente: ele ainda não precisava gritar. Apenas sentar e esperar. Se ela não vier, ficará aqui sentado e nunca mais se moverá. Uma pessoa paralisada durante a espera. Admirou-se com o fato de que a dor que a espera lhe causava o tornava incapaz de qualquer movimento, de um caminhar libertador de um lado para outro. Isso ele queria demonstrar a si mesmo. Este era seu estado: Ulrike ou nada. Ele, por favor, ele aqui e agora, que não sabe como poderá respirar sem a consolação de Ulrike, ele reforçara no ano anterior no círculo da família quanto desejava ter mais um filho, o qual então deveria se tornar marido de Ulrike, ele próprio, dissera, queria educar Ulrike de tal forma que ela se harmonizasse completamente com seu filho. Ele não conhecia aquele que insistira de tal forma, tão paternalmente mentirosa. Pois isso já fora hipócrita naquela época. Mas não moralmente hipócrita, e sim um acesso de fraqueza, uma covardia vital. Nunca mais poderia dizer algo assim. E, além disso, Ulrike naquela época ainda não era Ulrike. Ela era um adormecer de moça, mas agora... porém, ainda sem adornos. Nu o pescoço, os lóbulos das orelhas. Será que também não usara joias no último e no penúltimo verão? Talvez porque o clima estivera tão ruim. Mas agora, neste verão vigoroso! Será que queria se distinguir de todas as mulheres adornadas com joias?

Ela chegou. Um vestido verde quase descorado que delineia com exatidão sua figura com vários pequenos botões. O decote redondo ocupado por rendas. Seu cabelo sempre um pouco mais solto que o de todas as outras mulheres. Ele conseguiu se levantar sem esforço. Ela o cumprimentou. Quase alegre. Esse não era o estado de espírito dele. De qualquer forma, não conseguia compartilhar daquele tom. Mas quando ela se sentou no sofá, em um canto do sofá, um braço sobre a grande almofada amarela, então ele conseguiu caminhar de um lado para outro e falar como que para várias pessoas. Logo veio também o escriba John, entregou a bandeja na qual a correspondência se acumulava.

Ah, a correspondência, disse ele. Ah, não, caro John, quando temos uma visita como esta, não lemos cartas enfadonhas. Ah, fique, pois quero mostrar à minha visitante como as coisas se dão aqui. Oh, um momento, há até mesmo algo urgente. Veja, disse ele a Ulrike, nós estamos tão afinados um com o outro que meu bom John põe a única carta que não permite atraso por cima de todas as outras. Ela é urgente porque Sua Majestade Real parte de Weimar em sete dias, portanto essa carta precisa sair ainda hoje. Por favor, John. Se me permite, ainda perguntou a Ulrike.

O senhor deve, disse ela.

Ele caminhou, ditando, de um lado a outro em frente a Ulrike: Sua Alteza Real mais clemente condescendeu ao abaixo-assinado a revelação de que a Sua Alteza em pessoa teria a intenção de agraciar o bom Bergrat Lenz em seu jubileu próximo com um presente real, para o qual os regalos a seguir seriam provisoriamente acertados. A celebração consistirá de um banquete. Assim, estas seriam minhas imprescientes sugestões: como peça principal, reproduzir o Vesúvio jorrando vigorosa lava; sob este, poderia encontrar-se a medalha que o laureado deve receber. Ele interrompeu e perguntou a Ulrike: A senhorita entende?

Ulrike quis saber o que seriam imprescientes sugestões.

Seria uma circunlocução cortês para um desejo de antecipação não arbitrário.

E o que isso quer dizer, perguntou Ulrike.

Minha sugestão deve ser apenas uma sugestão, o grão-duque deve decidir. A senhorita compreende, Bergrat Lenz é um netunista apaixonado e em seu jubileu lhe é servida como sobremesa uma torta vulcânica sobre cuja base ele encontrará a medalha que lhe será concedida. Contudo, o grão-duque deve levar em conta minha sugestão ao tomar sua decisão.

Ulrike: Que, contudo é justamente impresciente.

Goethe: Exatamente.

Ulrike: Uma palavra maravilhosa. Vou pedir hoje à mãe para não vestir novamente o azul brilhante, minha impresciente sugestão seria: o bege-claro.

Goethe: E ela vai acatar.

Ulrike: Portanto impresciente é uma espécie de comando.

Goethe: A forma mais cortês de se desejar algo imperativamente.

Ulrike: E ainda mais importante, é um elogio, o outro sente-se incluído. Eu tenho confiança de que ele me compreende completamente. Isso o lisonjeia. O senhor Conselheiro é requintado.

John, nós paramos por hoje.

John saiu. Goethe sentou-se ao lado de Ulrike no sofá e disse que gostaria de nomear tudo o que já lhe dissera algum dia de impresciente. Isso lhe daria coragem de dizer mais do que poderia. Posso transformá-la imprescientemente em alteza real por um instante?

Eu fui educada em um internato pós-revolucionário, disse Ulrike, altezas reais são tensas.

Goethe levantou-se, caminhou discursando de um lado para outro: Ainda restaria um conveniente pedido leal. Sua Alteza me agraciaria com a constante benevolência de lembrar-se de mim com generosidade e, em futuro próximo, conceder-me indulgente a oportunidade de diversificada participação.

Ele estava de pé diante dela, gostaria de se ajoelhar, mas sabia que poderia falhar ao se levantar. Ela estendeu-lhe a mão para um beijo. Ele segurou sua mão por tempo inapropriadamente longo, tocando, porém, as costas da mãos apenas de leve com os lábios. Quase nada.

Ulrike levantou-se. Ah, Excelência, o que uma revolução como essa não corrompe.

E ele retrucou em tom casual: Imprescientemente eu gostaria de dizer agora que desejo passar meu tempo apenas com a senhorita.

Ainda não teria, disse ela, nada a objetar.

O seu modo de falar comigo, disse ele, desperta algo

em mim. Eu não posso, não quero, antes que se mova e alvoroce, nomeá-lo. Mas faz-me sentir estimulado.

Eu tenho de ir, disse ela, a fim de dar à mãe a impresciente sugestão.

Vá. Cada segundo em sua presença é... uma... revolução. Eu tenho medo.

Ela olhou para ele, não disse nada.

Neste momento os seus olhos estão verdes, disse ele. Puro verde.

Eu não acho o medo ruim, retrucou ela em tom casual, alto, inocente, infrutífero.

E ele: Seria bom ter uma pessoa que sinta exatamente o mesmo medo que sentimos. Isso seria intimidade. Isso seria a verdadeira intimidade.

Oh, disse ela, essa é mais uma daquelas suas frases. Ter uma pessoa que sinta exatamente o mesmo medo que sentimos. Excelência, posso dizer o que penso?

Quem não me diz o que pensa, ofende-me, disse ele.

Mais uma dessas frases. Das suas. Suas frases sempre exercem efeito categórico sobre mim. Mais nenhuma reflexão é possível ou necessária. As coisas são como são, melhor dizendo, como o senhor disse. Eu sempre considero as aulas de física e química as mais interessantes, pois algo acontece nelas. Alguma coisa surge. Por meio de experimentações. Se nós, naturalmente só o senhor e eu, realizássemos experimentos com suas frases ou mesmo com quaisquer frases que tenham esse tom assertivo, isso seria ilícito ou interessante?

E ele: Quanto mais ilícito, mais interessante.

Mais uma frase soberana, disse Ulrike, mas riu alegremente. Sendo assim, ela disse então, antes que o senhor decrete mais decretos, talvez o senhor tenha sido ministro de Estado por muito tempo, eu venho agora e digo: todas essas frases são, quando invertidas, tão verdadeiras como as originais.

Goethe pôde dizer não menos alegre que a frase de Ulrike sobre seu ímpeto legislador superava as suas próprias de longe.

Todavia, disse Ulrike, eu apresento imediatamente a comprovação de que o inverso soa exatamente tão verdadeiro. Eu não digo é, mas soa.

Por favor, disse ele.

Ela: Seria bom ter uma pessoa que não sinta exatamente o mesmo medo do qual sofremos.

Ele: Continue!

Ela: Quem me diz o que pensa, ofende-me. Por favor, Excelência, não examine agora se a frase coincide com sua experiência, mas apenas se soa exatamente tão verdadeira como a inversa.

Ulrike, disse ele, a senhorita está se tornando perigosa para mim da forma mais desejável possível. Por favor, não inverta essa frase. Por hoje, basta.

O senhor está bravo agora, Excelência?

Ulrike, ele respondeu, no momento eu seria capaz de declarar minha vida arruinada porque não tenho a senhorita.

Ulrike: Isso é, sem precisar ser necessariamente verdade, reconfortante.

Goethe lembrou-se de que havia dois anos levara para Ulrike em Marienbad o recém-publicado romance *Os anos de peregrinação* e escrevera no livro: à senhorita como recordação amigável do agosto de 1821. E eles haviam se encontrado aqui no ano anterior, encontraram-se este ano de novo, ela nunca havia nem mesmo mencionado o livro. Ele sabe o que isso significa, mas não quer pronunciar. No entanto, o significado se pronuncia dentro dele. *Os anos de peregrinação* não é legível para Ulrike. E se não é legível para Ulrike, não é legível de forma alguma. Ele tinha de pensar nisso.

Ulrike disse que ainda tinha algo improrrogável. Como sua leitora, ela sabia que ele não deixava passarem situações sem tê-las explorado pedagogicamente, por isso ela queria imitá-lo oferecendo-lhe, como diversão, algo instrutivo.

Ele fez um movimento de mão convidativo.

Ontem, ela disse, minha irmã sempre vivaz, Amalie, teria cometido o erro de perguntar-lhe se gostava de seu vestido.

Sim, disse Goethe, e eu disse: Muito gracioso.

E Ulrike: Mas o de Ulrike é mais gracioso, o senhor ainda acrescentou.

E Goethe: Ao que a irmã retrucou, eu não devia ter perguntado, tudo em Ulrike é mais bonito.

Isso não era necessário, disse Ulrike.

Mas verdadeiro, disse Goethe.

A verdade não é pretexto para um embaraço.

Mais uma frase soberana!, exclamou ele.

Eu o preveni de que o imitaria. Se o senhor agora me criticar, estará criticando a si mesmo.

Eu capitulo, ele rebateu.

Por favor, disse ela, lembre-se de que Amalie tem dezesseis anos.

Já ou ainda, perguntou Goethe.

Já e ainda, disse Ulrike.

E ele: Ulrike, eu tenho de admirá-la.

O que não temos de fazer, disse ela, mas isso me alegra. Naturalmente. Muito. Adeus. E partiu.

Ele a observou, encostado na cortina, enquanto atravessava para a rua. Como ela caminhava. Ela parecia querer flutuar a cada passo. Caminhava como se fosse para o alto. Mas sem nenhum esforço. Ela era extremamente leve. Como não podia gritar-lhe o que sentia, pegou o poema que lhe escrevera havia alguns dias quando tinham se desencontrado na *promenade*. Quando quis entregá-lo, ela disse que queria antes ouvi-lo lido por ele. Ele leu.

Tu passas teus dias na fonte aquecida
Isso me aflige em desacordo interno
Pois como te trago em meu coração
Não compreendo que estejas alhures.[3]

Bom, ela disse.

E ele: Sim?

E ela: É bom ser tratada assim.

Ele a tratara por tu no poema.

Então ela disse: Nós precisamos nos desencontrar mais vezes.

Agora ele se sentou à escrivaninha e escreveu: A mais adorável entre as mais adoráveis criaturas. E teve a agradável sensação de ter se superado mais uma vez.

---

3. *Am heißen Quell verbringst du deine Tage,/ Das regt mich auf zu innerm Zwist;/ Denn wie ich dich so ganz im Herzen trage,/Begreif'ich nicht wie du wo anders bist.*

3

Agora ele nunca era visto sem ela. E ela nunca sem ele. Todos viam. E Goethe via que todos o viam. Com Ulrike nos braços. Ele se deliciava com os olhares, as cabeças inclinadas num sussurro, e sempre cuidava para que ele e Ulrike estivessem conversando. Exibia si mesmo e Ulrike como um casal em discussão, como um casal sempre entusiasmado com algo, como um casal que tinha mais a se dizer do que todos os outros casais do mundo. E esse casal tão enlaçado entre si na conversa não podia ser atrapalhado, devia estar claro para qualquer um que, com um copo na mão, buscasse alguém na *promenade* com quem pudesse conversar. Goethe, no entanto, não precisava apenas demonstrar sua imperturbabilidade, mas também atentar se, entre os passantes, surgia alguém que pudesse servir a Ulrike, simplesmente porque essa pessoa fosse tão importante, tão famosa, que fosse favorável a Goethe servir-lhe uma tal celebridade. No verão passado, ele já praticara isso com a condessa Strachwitz, como brincadeira, dissera-lhe que ela e ele caminhariam conversando tão envolvidos entre si que nenhum caminhante entediado se atreveria a atrapalhá-los. Aquilo fora uma brincadeira. Agora era sério.

Como ela, aluna de internato de Estrasburgo, se interessava por tudo o que era francês, ele se aproveitou da situação quando viu o conde de Saint-Leu chegando. Ele era o irmão de Napoleão, Luís Bonaparte, inicialmente ainda rei da Holanda, mas depois do rompimento com o parente, conde de Saint-Leu estava havia anos muito ligado a Goethe, pois escrevia poesias e todo verão esperava pela opinião do poeta sobre os novos escritos. Este não os achava ruins, então permitiu ao conde que participasse da conversa, disse-lhe algumas palavras agradáveis sobre os poemas e pediu permissão para mostrá-los em breve à senhorita Von Levetzow que, como aluna de internato estrasburguense, simpatizava mais com a literatura francesa do que com a alemã. Mas Goethe também providenciava para que tais intrusos a quem fora permitida a entrada não pudessem permanecer. Depois que se despediram do conde de Saint-Leu, ele disse a Ulrike que seu escriba John estava ocupado em fazer uma lista de todos os escritos de Goethe desde 1769, os quais ele então mandaria traduzir para o francês. Para isso, o julgamento dela seria bem-vindo. Naturalmente, Ulrike quis saber mais sobre o próprio Napoleão do que sobre o antigo rei da Holanda escritor de poemas. Nesse ponto, Goethe pôde ser útil. No dia da Batalha das Nações em Leipzig, a imagem de Napoleão, um relevo em gesso, simplesmente se soltou do prego em seu escritório em Weimar. E os olhos de Napoleão, ele precisava mencionar, o olhar de Napoleão por todos temido. Penetrante, dizia-se que aquele olhar era incisivo. Goethe não achara nada disso em seus três encontros com o corso. Ele teria um olhar constante, disse Goethe olhando para Ulrike. Ele não piscava, nunca. Como se as pálpebras fossem de pedra. A senhorita certamente não é assim, Ulrike, mas também tem esse olhar constante. A senhorita nunca pisca. E existe um registro da Antiguidade de que se pode diferenciar deuses e homens por essa característica. Homens piscam, deuses não. E olhou para ela, e ela olhou para ele. Isso na *promenade*, a cem passos de Kreuzbrunnen.

Ela quebrou a magia. Disse: Mas ele sempre foi amável com o senhor.

Sim, disse Goethe. Alegadamente ele leu o Werther sete vezes. Naturalmente, encontrou um trecho que precisava criticar.

Agora estou curiosa, disse Ulrike.

O fato de eu ter misturado os motivos, disse Goethe, foi para que um reforçasse o outro. Werther não apenas ama de forma infeliz, mas sua ambição profissional também se ressente. Portanto, uma infelicidade reforça a outra. Isso, disse Napoleão, seria um erro. Ele acha que isso não é natural. Isso enfraqueceria a imagem de Werther que devia se tornar infeliz como amante. O amor, o amor infeliz deveria ter permanecido o único motivo para sua ruína.

Verdade, disse Ulrike.

Ele não apenas contradissera Napoleão, mas também teve de dizer que, para o artista, o importante era o efeito e, nesse caso, justamente o reforço, o exagero eram necessários.

Mas Napoleão tem razão, disse Ulrike. Pois o fato de Werther tornar-se infeliz também por causa de seu ofício, significa que apenas como amante infeliz ele não era tão infeliz e que, por essa razão, ele não precisaria matar. Isso o torna menor, mais comum, mais desinteressante.

Porém mais crível, disse Goethe. As pessoas podem identificar-se melhor com ele.

E isso é uma pena, disse Ulrike. Ele devia ser um crasso prodígio da infelicidade devido a nada mais além do amor.

Isso, disse ele, ninguém mais vira em toda a Europa em cinquenta anos além de Ulrike Von Levetzow e Napoleão I.

Napoleão era de natureza absoluta, disse ela. Melhor não ter efeito do que ter um prenunciado.

Goethe disse, a fim de destacar sua importância para Napoleão, que este teria, de qualquer forma, encomendado-lhe uma tragédia sobre Brutus. Provavelmente confiava em um afeamento fundamental do assassino de reis por parte dele.

Ele próprio, informou ela, conseguiu chegar a Santa Helena sem Brutus.

Goethe ainda precisou comentar que Napoleão o nomeara *officier* de La Légion d'Honneur e isso, na época, ofendera os bravos alemães.

Ulrike quis saber por que ele nunca usava sua comenda.

Você acha que devo?, ele perguntou.

Não, respondeu ela.

Tais concordâncias eram sempre seladas em silêncio por uma troca de olhares. Ele sentia, não experimentava tal concordância com nenhuma outra pessoa do mundo. Como um barba grisalha que passava por eles naquele momento os cumprimentou, Goethe disse que fora general intendente em Champagne e acrescentou, porque Ulrike mostrara um olhar e fronte de dúvida: campanha de 1792. Quando percebeu que aquela informação não era sensibilizadora para ela, ainda disse que durante toda a campanha da França chovera. Isso também não tivera efeito. Então: ele mesmo tinha se ocupado principalmente de seu diário. Às vezes, uma pessoa simplesmente não consegue atingir nada. Depois de ter se designado, em duas outras frases, um eleito da sorte, o que, porém, achou exagerado, ouviu-se dizer resoluto que nunca tivera um opositor, mas muitos rivais. Todos os físicos contemporâneos repudiavam sua doutrina das cores, seriam repetidores de Newton. E logo teve de lhe expor que seus rivais desmembravam luz e olho, apesar de eles, na verdade, não parecerem desmembrados. Ele mantivera luz e olho como pressupostos básicos de sua doutrina das cores. Como no primeiro dia na *promenade* festejara os olhos de Ulrike, pensou, ainda poderia persuadi-la de seu ponto de vista. Por outro lado, sabia, quando se ouvia queixar-se de sua miséria no que diz respeito à doutrina das cores, que não poderia causar maiores danos do que aquelas expressões querelantes sobre a injustiça do mundo.

Afortunadamente, caiu uma tempestade, de forma que ela soube por ele que, em Sêneca, consta que as pessoas atingidas por raios caíam sempre na terra com os rosto para cima. Quando Ulrike admirou-se por ele saber tanto, disse que teria essa informação sobre os mortos por raios pelo chefe de polícia Grüner, em Eger, o qual visitava todo ano durante a viagem de Weimar para a Boêmia e na volta. Com ele já subira praticamente todos os cumes, colinas e montanhas das redondezas, escavando em busca de rochas raras. Por intermédio de quem, se não desse chefe de polícia, ele poderia ter sabido que sob o reinado de Luís XIV a charamela fora proibida porque os suíços morriam por nostalgia. E quando entra na casa de Grüner, sua primeira frase sempre é: Agora, meu bom homem, quais são suas mais novas aquisições! E Grüner: Para a Sua Excelência está tudo à disposição, eu devo tudo ao senhor. Ah, Ulrike, se nós nos relacionássemos apenas com pessoas que devem tudo a nós.

E Ulrike: O que ganharíamos com isso?

Poderíamos dizer, disse Goethe, a quem me é grato que eu sou, pelo fato de ser grato a mim, muito mais grato do que ele.

O senhor sempre quer sobrepujar todos, disse Ulrike.

Só porque não quero ser sobrepujado, disse ele.

Só porque o senhor sabe que sempre sobrepuja todos.

Ulrike, disse ele, a forma como posso agora conversar com a senhorita e a senhorita comigo, ainda se lembra, será que no ano passado e no retrasado no escarpado Karlsbad, lá teríamos podido conversar assim?

Marienbad tem algo de americano, ela disse.

Ele não compreendeu no mesmo instante.

Veja só, em torno da ampla bacia relvada, lá bem na margem mais alta da bacia, onde a floresta se inicia, há um hotel ao lado do outro. Três, quatro hotéis imensos, inseridos no meio da selva verde. Pois há quatro anos, aqui ainda havia selva verde. Isso lhe pareceria americano.

O Palácio de Klebelsberg, disse ele, já chega a ser uma provocação. Cem quartos distribuídos em três andares, uma fachada suntuosa, cinquenta metros de largura. Isso pode prosperar?

Excelência, quando algo deve prosperar, prospera, disse ela severamente instrutiva. Na verdade, no tom dele.

Goethe admirou-se. E perguntou, quando ela falava assim, quem ele ouvia falando.

A mim, disse ela. Mas assim como ele sabia tudo sobre mortos em tempestades e Sêneca por um chefe de polícia em Eger, ela também sabia tudo o que se referia a

Marienbad por causa de seu futuro padrasto, o conde de Klebelsberg, e pelo seu avô, o barão Broesigke. O Conselheiro devia ouvi-los conversar à noite. Marienbad, o mais verde ermo da Europa pelo qual os mais ricos da Europa sempre passavam a caminho de Karlsbad. Eles agora vão parar em Marienbad. Klebelsberg, todavia, ministro das Finanças austríaco por profissão, e seu avô Broesigke, gostavam de calcular. O avô teria participado da construção daqui. Ele, aliás, era, e ela só dizia isso para que Goethe soubesse que em sua família havia tanto nobreza como ancianidade, o pai de sua mãe era afilhado do grande rei Friedrich da Prússia.

Ah, disse Goethe, essa é uma bela ponte: do grande Friedrich para a americana Marienbad.

O avô, disse ela, se alegraria se Goethe quisesse ver a carta do padrinho um dia, ela sabia.

Goethe: Eu quero realmente vê-la. Aliás, ele certa vez, no final de um romance, quando seu herói pôde escolher onde queria investir dinheiro, Rússia ou América, fizera que escolhesse a América.

Excelência, exclamou ela, mudança de tema!

E ele: Por que isso agora?

Ela: Agora queria gabar-se um pouco falando da América e ele, nenhuma novidade, já o fizera há muito!

Mas infelizmente apenas num romance, disse Goethe, e num tom melancólico.

Ulrike naturalmente percebeu que Goethe sentia orgulho em passear com ela. Ela também compreendeu que se tratava de mostrar, por meio de conversa animada com todos os respectivos gestos, ao público de Marienbad que eles simplesmente não queriam ser incomodados. O fato de Ulrike surgir todos os dia em um novo vestido aprazia Goethe como se ele próprio houvesse inventado esses vestidos para ela. Provavelmente, todos os seus vestidos vinham diretamente de Viena, do namorado da mãe, do conde de Klebelsberg. Todas as mulheres Levetzow eram mais vivazes, sim, na verdade mais bem aparelhadas intelectualmente que as outras. Nunca usavam uma peça de roupa que as transformasse em mera exibidora da roupa. Sua nora Ottilie podia aprender algo a esse respeito. Mas ele já sabia: quando descrevia em Weimar veludo e seda, lã e couro das Levetzow, Ottilie reagia com uma grande crise nervosa, ou seja, ficava doente ou colérica. Ou as duas coisas. Ele acabara de receber uma carta da irmã de Ottilie, Ulrike Von Pogwisch, que o informava sobre a situação em Weimar. Ela ouvira, escreveu, que Goethe honrava especialmente uma sua homônima. Não gostava nada do fato de ela se chamar Ulrike. Quando ele então, de volta a Weimar, ouvisse este nome, pensaria sempre na longínqua, bela, gentil. Em sua correspondência ao filho, mencionara amavelmente a família Levetzow. Ademais, ele precisava mesmo tratar Ottilie como se fosse sua esposa e não a de seu filho August. Que ele e a Ulrike de lá eram conhecidos como casal entre Zurique e Hamburgo, por rumores, intrigas epistolares e prosa registrada em diários, ele sabia, pois já conhecia a sociedade havia tempo suficiente. Um balneário como aquele é um caldeirão no qual os rumores são cozidos e então enviados para o mundo todo. Ele podia imaginar quais senhoras do mundo da *promenade* haviam escrito a quais senhoras ali e acolá sobre ele e Ulrike. Lá fora, no mundo, os rumores são então agravados pelas destinatárias. Bettina Von Arnim providenciará para que em Berlim nenhum endereço influente fique desinformado. Goethe, 74, uma das Levetzow, 19, cuja mãe, duas vezes viúva, agora atrás de um rico político carreirista de Viena, que ainda acompanha a si mesmo no piano. E um nada mais refinada, mas realmente apenas um nada, Caroline Von Wolzogen, irmã da viúva de Schiller de Lengefeld, autora de romances realmente encantadores. Ela informaria a amiga também Caroline Von Humboldt, a importante esposa de Wilhelm, em seu estilo ambíguo por princípio, que Goethe, por um lado, não estaria bom da cabeça, mas por outro, conseguia impressionar por ter ainda compreensão suficiente para apaixonar-se. Ela diria que, para ele, as mulheres nunca teriam sido um problema, pois sempre encontrava uma que pudesse enfeitar com sua fantasia. Sobre aquelas Levetzow, escreveriam nessas cartas intrigantes que elas conheciam os artifícios para se destacar de forma lucrativa. Então essa ou aquela fará um balanço moral proeminente: agora que todos se lançam sobre Goethe em uma maledicência universal, seria mais original poupá-lo. Transformar isso em costume: poupar Goethe. Em Frankfurt, talvez, uma delas o veja como fenômeno natural que não tem caráter. E essa ou aquela Caroline responderá de forma um pouco mais refinada, mas não muito diferente.

Ele não podia dizer a nenhuma pessoa quão bem se sentia quando examinava os conjecturados estados de espírito de seu círculo. Independente de estar nos bairros culturais da Alemanha ou aqui no calor do caldeirão mágico boêmio, no que concernia a ele, eles não precisavam se controlar. Podiam gritar em voz alta: Escândalo! Mau gosto! Infame ancião lascivo! Triste fim de uma grande personalidade! Tudo o que se relacionava a

Ulrike o elevava. Ele a sentia como suprimento de vida. Já lhe fora dito por mais de uma testemunha incorruptível que tinha aparência tão boa no momento, parecia tão radiante, tão vigoroso, sim, realmente belo. E ele, no caso dessas influências, não devia adorar o motivo de todas elas! Sim, adorar! Pois simplesmente havia aprovações suficientes que ele e Ulrike também podiam absorver. Essas eram as influências sobre as quais discutiam. O senhor viu, Excelência, a mulher indolente, como ela nos apontou para seus três filhos e permaneceu nos acenando até que os filhos também acenassem! Houve até aplausos. Quase teatral. Todavia, outros então acharam que aquilo já ia longe demais e voltaram claramente as costas para os aplaudentes. A *promenade* de Marienbad nunca fora tão animada.

Quando acompanhava Ulrike de volta ao hotel, eles frequentemente ainda se sentavam no lindo terraço palaciano, rodeado de flores. Ulrike, que não conseguia interessar-se por rochas, era atraída por flores como por uma pátria perdida. Ela sempre precisava caminhar ao longo das flores que orlavam o terraço, inalar o perfume delas e, então, dizer de olhos fechados de qual flor era aquele perfume. Pois elas também são majestosas, dizia ao sentar-se de novo ao lado dele.

Minhas majestades preferidas são os lupinos, disse ele.

As minhas, as arnicas, disse a moça.

E como estava sentado exatamente à sua frente, preso pelo seu olhar, ele disse que, por causa da América em Marienbad, precisava agora, como antídoto, de mais uma sequência de seu jogo cortês. Ela aquiesceu com a cabeça, pareceu-lhe, contente.

Ele portanto: Como prelúdio, acate meus culpados agradecimentos pelo fato de Sua Majestade conceder-me, há vários dias, as mais variadas provas de amável interesse, de forma que, de imediato, surja a esperança de que aquela flor por mim cultivada com desvelo a partir de uma secreta semente e que ainda se encontra em sua infância, possa continuar recebendo a benévola atenção de Sua Majestade, o que certamente encorajaria o seu afortunado crescimento.

Ulrike: Um afortunado crescimento é o que deseja a amante de tudo o que floresce e se digna a avaliar, com dimensão incalculável, aquilo que foi erigido de forma que seja possível se gozar verdadeiramente de um afeiçoado e excelente envolvimento.

Nesse momento, a igreja iniciou as badaladas das seis. Essa igreja ficava a meio caminho entre a *promenade* do Kreuzbrunnen, lá embaixo, e a incipiente guirlanda de palácios hoteleiros. Ela ainda parecia grande demais naquela verde solidão. Enquanto tocava os sinos, ninguém mais falava no terraço.

Ele agora, de certa forma arrebatado, ou no mínimo menos controlado do que permitiam a hora e o local de sua conversa: Ir com a senhorita até Eger, Ulrike, é isso. Sem público. Com a senhorita de Eger para o oeste, para Haslau, depois de Haslau, ao longo da vertente da montanha. Depois seríamos recebidos pela floresta chamada Himmelreich, e lá, à margem da estrada, o imenso penedo de quartzo onde sempre me ponho de pé para nada além que observar. E isso com a senhorita, Ulrike! Perdoe-me se meus desejos agora tendem à exageração. E levantou-se repentinamente, caminhou, virou-se no entanto mais uma vez e disse: Até de noite, minha adorada. Acrescentando aquela leve mesura, mais sugerida que real. E foi para o outro lado, para sua Goldene Traube. Caminhou da melhor maneira que podia. Só conhecia dificuldades para caminhar por ouvir falar. Mas o fato de que Ulrike talvez o estivesse observando tornou seu caminhar inseguro. Portanto, reforçou a segurança de cada passo dado. Isso, porém, poderia parecer estranho. Quando, do outro lado, atravessou a porta, olhou, digamos, disfarçadamente para trás. O terraço estava vazio. Ulrike não o observara enquanto caminhava. Tampouco alegrou-se com isso.

Ele sabia que agora precisava escrever. E como se sentia forte o suficiente para apresentar a Ulrike naquele mesmo instante o mundo mais adverso, escreveu a Ottilie. Ulrike não podia ser mencionada, mas todas as frases das quais sua força jorrava, eram frases repletas de Ulrike. Seu estado de espírito era, com toda a força sentida, pacificador. Paz com Ottilie! Uma carta para acalentar todo o espírito belicoso gerado pelas notícias ou rumores.

Para além do saber e do querer, consegui tudo o que é satisfatório para o coração, para o espírito e a razão, como se costuma dizer...

Não era seu estilo, mas Ottilie, como bem a conhecia, não lerá mesmo aquilo que está escrito, mas o que ele calava. Ela farejara seus sentimentos por Ulrike Von Levetzow antes que ele mesmo os experimentasse de verdade. Quando, há dois anos, voltou do verão de Boêmia para o outono de Weimar, Ottilie já estava armada com rumores que, na época, realmente não eram nada além de rumores. A coragem de lhe dizer cara a cara o que Caroline X e Caroline Y haviam lhe contado ela não teve, mas em um papel no qual o informava sobre as atualidades dos negócios, acrescentou, mantendo o tom absolutamente profissional, que ele não deveria, por favor, envolver-se mais nesse tipo de relação, cuja escrupulosa concretização sua avançada idade não permitia. Ele zombara de Ottilie. Naquela época.

4

Dr. Rehbein posicionou-se no centro do salão do *Traiteur* recém-construído e abriu as festividades de seu noivado com Catty Von Gravenegg cumprimentando a todos. O primeiro a ser saudado foi o grão-duque Carl August, o segundo, Goethe. Sua Excelência, conselheiro e ministro de Estado barão Von Goethe. A seguir, aplausos mais intensos do que após a saudação do grão-duque. Goethe, que naturalmente estava sentado a uma mesa com as Levetzow, exatamente na frente de Ulrike, olhou, quando foi saudado, para ela. Ela só aplaudiu quando percebeu que Goethe foi mais fortemente aplaudido do que o grão-duque. Ela aplaudiu o aplauso. Mas então também olhou para ele. Como não estava muito claro no salão, seus olhos estavam verdes.

Dr. Rehbein derreteu-se com um pouco de efusividade, gratidão e felicidade, por poder saudar o enteado de Napoleão, Eugène de Beauharnais, outrora vice-rei da Itália, hoje duque de Leuchtenberg e príncipe de Eichstädt; o irmão de Napoleão, Luís Bonaparte, outrora rei da Holanda, hoje conde de Saint-Leu. E muito me apraz saber da presença, entre nós, de Julie Von Hohenzollern. Aqueles que se encontram lá fora, no mundo, sem empatia, a história em Marienbad aproxima. Estrondoso aplauso. dr. Rehbein pediu que Catty Von Gravenegg fosse até ele. Ela foi. Goethe a viu pela primeira vez. Uma moça imensa. Cabelo louro claro na altura dos ombros desnudos. Cabelo que nunca tivera de sofrer com rolos de cabelo ou com o ferro de ondular. O decote enfeitado com rendas de seu vestido preto convidava a imaginar seus consideráveis seios. Goethe o fez e logo percebeu quão inócua permaneceu essa imagem. Evidenciou-se apenas como ele pertencia somente a Ulrike. Ah, se pudesse lhe mostrar mais claramente.

Dr. Rehbein discursava como só um afortunado consegue. Como conseguira conquistar essa moça! Olhem para ela e olhem para mim. Ele se sentia parte da brilhante novela de Goethe *O homem de cinquenta anos*. Mas Catty não é Hilarie, que primeiro se lança ao pescoço do quinquagenário e depois se entrega ao menino rebelde Flavio. Catty interveio rapidamente: Eu só vou me entregar uma vez em minha vida. Ainda com um sotaque da Bavária. Estrondosos aplausos. Ela não flexionou os joelhos, mas curvou-se como uma atriz. Eles estavam de mãos dadas. Eram um casal esplendoroso. Cabelo preto cacheado, ele, ela, uma onda loira. Ambos irradiavam sua felicidade.

Goethe observou Ulrike. Só ele a via, pois ela havia se voltado para o centro do salão, apenas de perfil. Ela sempre parecia muito ereta. Sempre como se conseguisse olhar mais facilmente para cima do que para frente. O que se passava na cabeça dela? Ele não imaginou que a diferença de idade do casal se transformasse em tema da festa de noivado. Olhou mais uma vez para o casal, fascinado, comovido com aquela demonstração de pura felicidade. Não temia ser observado. Seria compreensível se repentinamente todo o salão se voltasse para ele e Ulrike. Por favor, façam-no. Aquilo que o preenchia agora, ele podia denominar a mais alta tranquilidade. Ulrike não estava sentada um pouco ereta demais? Ah, se ela se virasse rapidamente para o outro lado de modo que pudesse fazê-la ver sua tranquilidade. Pudesse animá-la a estar tão tranquila como ele. Enquanto ela estivesse quase ao alcance de sua mão, de qualquer modo, sentada, amplamente visível à sua frente, ele era invulnerável. Sim, o mundo está sempre pronto a te ferir. Mas não aqui. Marienbad, aqui não era o mundo. As alturas guardadas por pinheiros que a contornavam protegiam-na de Weimar, portanto, do mundo. Vira-te rapidamente para cá, Ulrike, para que eu veja como estás envolvida, o que significa para ti o celestial teatro nupcial. Estamos sendo representados aqui? Ele esperava que ela estivesse acompanhando os acontecimentos do centro do salão com o sorriso minúsculo que sempre fora sua expressão de que não tinha nada contra. Não é verdade, Ulrike, nós vamos depois, quando o festejo tiver continuidade lá na casa de Klebelsberg madrugada adentro, conversar detalhadamente sobre cada segundo que vivemos juntos aqui. Nos perguntaremos: O que a senhorita achou disso? E o senhor, o que achou? Ele estava profundamente feliz por estar vivendo aqui junto de Ulrike um evento público, o que reforçava positivamente sua importância. Maravilhosas, as animadas reuniões com a família. O mais fascinante eram os diálogos diante do público espectador na *promenade*. Mas era preciso que, finalmente, ocorresse um evento a ser vivido conjuntamente! E, mais ainda, um que pudesse parecer como que encomendado para ou por eles. Não confronta agora estes números preceituais com os teus próprios números. Se Ulrike pode gozar este evento, ela pode... ela pode... Ah, Ulrike, vira-te para mim, só por um segundo.

Quando o dr. Rehbein terminou seu discurso espontâneo e genuíno, já que surgira realmente dos sentimentos momentâneos, aplaudiu-se mais uma vez com entusiasmo. E antes que ele, abraçado a Catty, retornasse ao seu lugar, dois serviçais vestidos de camareiros entraram com um berço alegremente abarrotado de presentes, provavelmente insinuativos, e o grão-duque passou a ser o centro dos holofotes e se congratulou com o casal, indicando o berço abarrotado como seu presente. Então, ele entrelaçou as mãos do casal e levantou essas quatro mãos entrelaçadas como um troféu – Goethe logo lembrou-se de que os alvos de caçada preferidos do grão-duque eram patos – e exclamou no salão que era seu interesse que seu médico particular estivesse em boas mãos. Goethe aplaudiu entusiasmado e exigiu de seu rosto um sorriso onisciente. Ulrike virou-se de novo para a mesa, Goethe fez-lhe um aceno de cabeça para lhe mostrar que tudo aquilo corria totalmente a seu contento. Então a refeição foi servida. O dr. Rehbein pediu mais uma vez a atenção de todos. Por ser sua noiva vegetariana, a refeição seria isenta de carne, mas, isso ele podia jurar, nosso banqueteiro *Monsieur* Charcot havia reunido o que havia de mais saboroso em toda a Europa e preparado como só ele sabia, sendo que havia mesmo sabor de carne, porém sem carne. Algumas exclamações corajosas de bravo. Ulrike estava entre os exclamadores.

Para Goethe, Catty Von Gravenegg era agora duplamente insigne e atraente: pelo sotaque bávaro e pela abstinência de carne. Ele podia considerar-se especialista em efeitos expressivos. Essa moça que festejava o próprio corpo em cada movimento é ainda vegetariana. Voltando-se para Ulrike, ele disse que não sabia que ela se inclinava ao vegetarianismo. Ela elevou as sobrancelhas, jogou as duas mãos para o alto e disse: Eu me inclino absolutamente, Excelência. A partir daquele momento, ela passou a chamá-lo sempre de Excelência. Depois eles realmente se tornaram testemunhas de uma variedade de sabores que não poderia ser alcançada por nenhum menu composto de carnes. A senhora Von Levetzow alegrou-se com o fato de o dr. Rehbein ter incluído *O homem de cinquenta anos* com tão bom humor em seu discurso. E convidou a um brinde ao *O homem de cinquenta anos* com o vinho branco proveniente do Loire. Todos o que estavam sentados a uma distância que lhes permitira ouvir o convite, beberam calorosamente em homenagem ao poeta. Ulrike, todavia, não. Goethe viu, ela balançou a cabeça e formulou com os lábios, sem som: vinho não. Álcool não, de maneira geral. Nesse momento, ele pousou sua taça sobre a mesa e disse que agradecia a todos que haviam bebido em sua homenagem ou ao *O homem de cinquenta anos*, ele próprio gostaria muito de ter bebido junto, mas como momentaneamente não podia fazer nada que Ulrike Von Levetzow tampouco fizesse, e ela, contudo, ainda não queria abrir-se ao vinho, ele hoje se fecharia ao vinho. E amanhã, perguntou um jovem que, pela aparência, vinha de longe. Goethe olhou para ele. Depois olhou para Ulrike. Então disse: O que será amanhã apenas a nobre Von Levetzow pode decidir, meu senhor. Eu gostaria de brindar a isso, se me for permitido, Ulrike. Ela jogou as mãos para o alto na direção dele e exclamou: Sim, sim, Excelência. Goethe tomou um grande gole.

Então todos se encaminharam para o palácio Klebelsberg. Eles foram recebidos sob os arcos de cores avermelhadas do vestíbulo do anfitrião que chegara de Viena no horário do almoço. Um homem ainda mais bonito que o dr. Rehbein, conde Franz de Klebelsberg, que deu as boas-vindas a Goethe de braços abertos e disse com uma voz como somente os cantores têm: Apesar de o Conselheiro certamente já estar farto de ouvir, ele teria naquele momento exatamente quarenta e nove, ou seja, cinquenta em janeiro, e tomara conhecimento, horrorizado, do que o aguardava naquele livro abundante dos mais belos pormenores. Se não tivesse sua Amalie Von Levetzow, iria mesmo querer escapar daquela data indo para o Polo Norte, na esperança de que todas as datas ali congelassem. Assim que se aproximou de Goethe, baixou os braços, inclinou-se em uma profunda mesura e disse apenas: Uma grande honra, Excelência. Franz, disse a mãe de Ulrike que a tudo observava, modere-se. Assim eles entraram no grande salão, transversal ao vestíbulo.

O salão, concluído há um ano, era uma construção radicalmente romântica com todos os deslizes decorativos necessários a tanto. Janelas enormes nas quais vidracistas, boêmios virtuosos, haviam talhado padrões floridos com diversos graus de transparência. Em cada canto, e sempre entre duas janelas, pares de colunas de mármore vermelho que não tinham nada a carregar a não ser capitéis de acantos. Um salão cheio de graça e de um espírito sonhador e atrevido. Quem era convidado pela primeira vez, parabenizava o conde. Assim que a orquestra do hotel começou a tocar, todos foram transportados a Viena. Desde o Congresso, quem queria ser moderno, ser jovem, ser belo, ser feliz, dançava a valsa na Europa. A senhora Von Levetzow viu o efeito que essa música produzia sobre Goethe. Senhor Conselheiro, disse ela, para o homem de cinquenta anos não é problema. Que Goethe nunca negligenciara o corpo em favor do espírito ela sempre percebera em seus escritos. Mas agora, no Homem quinquagenário, a coroação, o ápice: o herói recebe um serviçal remoçador, um consulente cosmético, assim consta no livro, isso soa tão objetivo, tão prometedor, consulente cosmético, e então ainda um serviçal remoçador, senhor Conselheiro, eu gostaria de beijá-lo pela criação desses termos. E o beijou de lado. Ele viu que Ulrike observava sua mãe severa. Ela franziu sua testa alta e redonda. Mas a mãe ainda tinha mais animação a descarregar. A mais bela criação terminológica, disse ela, seria o professor de conservação da beleza. Um belo ramalhete de palavras realmente digno de um abraço! Nesse caso, gostaríamos de perguntar diretamente sobre a parte autobiográfica...

Mamãe, disse Ulrike agora severa. E isso bastou. Venha, Excelência, disse ela e se levantou. Estava claro, ela queria dançar com Goethe. Apontando para Ulrike, ele se desculpou com a mãe pela interrupção abrupta, a qual lhe foi muito oportuna. A caminho da pista de dança, ela caminhou bem próxima dele, deu-lhe o braço, pendurou-se em seu braço, como fazia sempre que aparecia com ele em qualquer local de Marienbad. Ele a puxou quase com força em sua direção. Ela olhou em sua direção, seus olhos estavam verdes, e disse: Perdoe. A senhora Amalie Von Levetzow, *parfois elle est un peu volubile.*[4]

Nos últimos anos, Goethe evitara chás dançantes e bailes. Desde o Congresso, o ritmo três por quatro tornara-se quase uma religião. Ele se interessava, naturalmente, pelo que e como era expressado ali. Já tinha pedido que lhe mostrassem os passos havia anos. Em suas acomodações. Por um professor de dança. Em todo caso. Esse caso surgira agora. Uma licença de antigamente ainda era mantida. Bater palmas para o outro a fim de dançar com o seu parceiro. Mulheres e homens podiam separar casais com palmas.

4. Às vezes ela é um pouco volúvel.

Ele sempre fora um dançarino. Em algum momento, antigamente, quando as noites se tornavam permissivas, ele muitas vezes se soltara de qualquer parceira e bancara o maluco como solista, o que certamente era. Agora, com Ulrike. Ela se tornara imediatamente parte dele. Estava tão leve, entregue em suas mãos e braços, curvara-se para trás por causa das reviravoltas, eles eram um único corpo, ele não tinha nem um pouco de medo de que algo pudesse acontecer. Seus olhares estavam tão fixos um no outro, nem ele, nem ela sentiam tontura. Mas ele recebeu palmas. O jovem que lá embaixo, no restaurante, perguntara: E amanhã? Goethe agora deveria bater palmas para outro casal a fim de ter uma dançarina. Mas só conseguia dançar com Ulrike. Isso o mundo inteiro tinha de compreender. De volta à mesa, as suas qualidades de dançarino e suas condições foram admiradas. Ele achou ofensivo. E o disse.

Perguntou à senhora Von Levetzow quem seria aquele que tomara seu par.

O senhor De Ror. Talvez um grego, certamente não era turco. Enriquecera com o comércio oriental. Fabulosamente rico. E só comercializa as coisas mais finas. Nenhuma especiaria, mas joias. Não havia uma rainha, princesa, condessa na Europa na qual ele não pendurara alguma coisa. As damas em Paris o conhecem tanto como as de Londres e Viena. Ao mesmo tempo, ele ainda traduz. Poemas. De várias línguas, preferencialmente do oriente. Dizem que fala dezessete línguas.

Como ela sabia tudo aquilo, ele perguntou.

Pelo Franz. Fora ele quem o convidara hoje. Ele estaria hospedado na casa. Na segunda maior suíte. Com o que ela queria dizer que na maior estava o grão-duque.

Era digno de nota o fato de ele ser uma pessoa sem prenome. Já se especula a esse respeito.

No lugar de Ulrike, que ficara vago, alguém se sentou com a frase: Eu tomo a liberdade de sentar-me por um instante com o senhor, conde Leuchtenberg. Nós temos um encontro.

Eu sei, disse Goethe.

Que bom, disse ele, então não viajei em vão de Roma a Marienbad. O fato de o senhor se lembrar, senhor Conselheiro, me dá esperanças. Nossa conversa, exatamente há um ano, nesta casa, naquela época ainda nos queixamos dos golpes de martelo dos operários e agora está tudo pronto, uma quadra de contos de fadas. O Klebelsberg é mesmo um grande rapaz. Prezada senhora, eu a felicito... Bem, o fato de o senhor se lembrar, senhor Conselheiro, diz-me que vamos continuar, o canal entre o Reno e o Danúbio será construído! Eu sou austríaco, por favor, bávaro por matrimônio, o senhor e eu, senhor Von Goethe, parimos a ideia, os outros constroem...

Goethe interrompeu o palrador. Por mais indelicado que fosse, não lhe restou outra alternativa, ele precisava acompanhar naquele momento como se dançava sob o comando vienense. Pois em Weimar ainda se dança segundo o *ancien régime*. Sentia-se, como ministro de Estado de Weimar aposentado, obrigado a fazer aqui as vezes de investigador. Enquanto dizia isso, não tirou os olhos de Ulrike e do senhor De Ror nem por um segundo. O conde de Leuchtenberg não teve outra alternativa a não ser interessar-se também pelas pessoas dançantes. Goethe continuou representando o seu papel de educador. Ele considerava uma tolice não aproveitar uma oportunidade de se aprender algo por motivos não apreciáveis. Ali, vejam só.

Agora todos olharam para a direção apontada. De Ror rodopiava Ulrike cerimoniosamente. Às vezes, ele a segurava apenas com uma mão. O seu braço livre voava então livre pelo ar. Mais uma vez, tornou-se visível a fabulosa independência de todos os membros dela. Mesmo sua cabeça em seu longo e esbelto pescoço parecia voar em uma órbita separada. E o senhor De Ror, o cavalheiro que a fazia voar, mantinha-se comparativamente quieto. Nesse meio tempo, cada vez mais pessoas observavam esse casal. Mesmo casais que estavam dançando desistiram, pararam e ficaram olhando. Então, um jovem baixote colocou-se no caminho e bateu palmas. Mas o senhor De Ror não reagiu. O baixote então estendeu a perna na frente do senhor De Ror, ele a saltou levando Ulrike consigo de forma maravilhosa e impedindo que os dois caíssem. Ele continuou segurando a mão esquerda de Ulrike, mas com seu punho direito deu um tamanho soco no queixo do perturbador que este caiu para trás e ficou jogado no chão. A orquestra entoou uma ágil marcha imperial, os casais caminharam, espirituosos, em passo de marcha até seus lugares, quatro garçons logo carregaram o homem desmaiado para fora do salão e o dr. Rehbein correu atrás deles.

Pobrezinho, disse a mãe de Ulrike.

A senhora o conhece, perguntou Goethe.

Meu marido o trouxe hoje de Viena em seu carro. Um jovem poeta que ele protege.

Poeta, disse Goethe.

Braun Von Braunthal, disse ela.

Goethe levantou-se num salto, olhou na direção da porta para a qual o jovem poeta acabara de ser carregado. Braun Von Braunthal, o admirador cujo hino descritivo ele relera há pouco. Ele queria reconquistar Ulrike. Para nós. Goethe sentou-se e censurou-se por não ter feito nada pelo jovem abatido.

O senhor De Ror voltou com Ulrike. Como o enteado de Napoelão não percebera em que lugar se sentara, Ulrike agora se sentou em uma cadeira ao lado do senhor De Ror.

Ulrike disse: Eu sinto muitíssimo.

E De Ror: Ainda vale a regra segundo a qual deve-se deixar aquele a quem se bateu palmas, primeiramente dançar até o final a peça que está sendo tocada. Ou isso não vale mais.

Todos lhe confirmaram que ela ainda valia.

Ulrike disse mais uma vez como aquilo era terrível para ela.

Felizmente, o conde Klebelsberg sentou-se ao piano atraindo a atenção de todos para si e para o instrumento com alguns glissandos virtuosos e anunciou, com sua bela voz, que pretendia apresentar aqui a mais nova composição musical de um dos poemas mais belos de nosso mestre, pois presumia, ou na verdade estava certo de que aquilo que Franz Schubert compusera com a "*Sehnsucht*" de Goethe ainda não fora ouvido ali. Sim, talvez não seja do conhecimento nem mesmo do próprio mestre o que um gênio de Viena fez com Goethe. E cantou:

Apenas quem conhece a saudade,
Sabe o que sofro!
Só e separado
De toda alegria
Olho para o firmamento
Para aquele lado.

Ah! Aquele que me ama e conhece
Está distante!
Sinto-me desnorteado, queimam-me
As entranhas.
Apenas quem conhece a saudade
Sabe o que sofro![5]

No início, houve um silêncio total, então todos, como se um maestro houvesse dado o sinal, irromperam em estrondosos aplausos. Para o conde de Klebelsberg. Inicialmente. Depois para Goethe. Ele se levantou, fez uma mesura, levantou as duas mãos entrelaçadas agradecendo assim ao cantor. Não podia se opor a essa voz. Viu que Ulrike tinha lágrimas nos olhos, sua mãe também. Pensou na musicalização desse poema por Zelter. Schubert, esse nome agora era frequentemente citado por visitantes que chegavam de Viena ou haviam estado lá. Ele estava bastante satisfeito com as musicalizações de Zelter. Por ele, seus poemas não precisavam ser musicados. Mas agora estava incomodado. Aquilo que fora arranjado com o poema fora longe demais.

O conde de Klebelsberg anunciou que cantaria ainda o "*Erlkönig*".[6] Quem não for arrebatado por essa canção, sem dúvida pode ser exposto no museu, na seção dos escombros das pirâmides.

Risos. Ele começou, cantou, Goethe percebeu que não conseguia se opor. Estava incomodado com o fato de aquela música assenhorar-se do texto de tal forma que

---

5. *Nur wer die Sehnsucht kennt,/ Weiß, was ich leide!/ Allein und abgetrennt/ Von aller Freude,/ Seh'ich an's Firmament/ Nach jener Seite./ Ach! Der mich liebt und kennt/ Ist in der Weite!/ Es schwindelt mir, es brennt/ Mein Eingeweide./ Nur wer die Sehnsucht kennt,/ Weiß, was ich leide!*
6. "O rei dos elfos."

ele fosse apenas um pretexto para gestos descomunais, na verdade, demoníacos. Gestos sonoros. Furor consternado. Mais uma vez pensou na simples subserviência de Zelter. Ele queria recitar o texto. Esse Schubert queria arrancar a alma de nosso corpo e o texto, para ele, não era nada mais que um pretexto. Ele veio em hora certa.

Mais uma vez *Saudade*, exclamou Klebelsberg atendendo ao desejo profundo de algumas ouvintes que nunca haviam ouvido algo assim.

Goethe achou aquilo perspicaz.. O efeito foi dez vezes mais intenso do que na primeira apresentação. Algumas mulheres agarraram-se aos pescoços umas das outras e choraram alta e abertamente. Goethe levantou mais uma vez suas mãos entrelaçadas e virou-se cordialmente para o conde de Klebelsberg. Os aplausos não queriam cessar.

E agora, Excelência? disse Amalie Von Levetzow.

Goethe balançou a cabeça. Fez um gesto na direção de Ulrike, do outro lado, que agora estava sentada mais distante dele do que antes, mas deixava entrever com clareza que tinha lágrimas nos olhos. Porém ele também tem uma voz comparável a sete enxames de abelhas paradisíacas, disse Goethe então para desanuviar a pesada atmosfera.

O senhor me deixa feliz, disse ela. Ela iria relatar ao conde e ele provavelmente morreria de orgulho e alegria.

Nesse momento, a princesa Von Hohenzollern surgiu à mesa e disse, através do brilhante leque dourado japonês pelo qual era conhecida, caso houvesse mais uma dança, gostaria de lhe rogar que lhe concedesse o prazer de valsar com ele.

Ele concordou com gestos que conhecia. Eram gestos do século passado.

O enteado de Napoleão distanciou-se com o comentário de que ficaria no encalço do senhor Conselheiro. Goethe não pôde reagir de maneira apropriada. Pois queria muito saber sobre o que se falava na outra ponta da mesa. Ulrike não utilizou a cadeira que ficara vaga para sentar-se de novo diante de Goethe. Continuou voltada para o senhor De Ror e aqueles que debatiam com ele. Até mesmo Amalie Von Levetzow que, afinal, estava sentada ao lado de Goethe, agora estava virada para De Ror e para aqueles que conversavam com ele. E Ulrike! Como um girassol, não apenas sua cabeça, mas seu tronco inteiro, sim, simplesmente sua existência estava voltada para o mais novo sol. Ele pode apenas entrevê-la de costas. Eles falavam de literatura, isso ele ouviu. Fosse em Viena ou em Marienbad, só se ouviam dois nomes: Byron e Scott. Nesse ponto, todos concordavam. Byron e Scott eram os únicos autores que as pessoas ainda liam.

A senhora Von Levetzow intrometeu-se no debate exclamando: E o que Byron disse, meus senhores, justamente sobre nosso Goethe: ele seria o *indisputed sovereign of European literature*.[7]

O senhor De Ror achava que aquele era um elogio ambíguo. *Sovereigns* seriam aqueles que cochilam em seus tronos, enquanto um Byron parte para a Grécia, para a batalha de libertação contra os turcos, apesar de, ou melhor, porque o seu governo inferior impedira por veto no Congresso de Verona que as nações europeias apoiassem a batalha de libertação dos gregos contra a dominação otomana.

Byron dedicou há pouco seu *Sardanapalo* a Goethe, disse a senhora Von Levetzow firme.

---

7. Soberano indiscutível da literatura europeia.

Isso nem se discute, Excelência, o senhor é o monumento mais vivo que já dominou uma época. Essa frase de De Ror foi aplaudida por todos.

Goethe achou necessário dizer ainda uma frase em honra a Scott. A magia dele se origina, senhores, do esplendor dos três reinados britânicos, da riqueza de sua história. E o que nós temos da floresta de Thüringer até os desertos de areia de Mecklenburg: nada. Na Alemanha, um bom romance sempre será exceção. Ele tivera para seu romance sobre o Meister apenas a matéria mais miserável, uma trupe de artistas andarilhos que andava em torno dos nobres provincianos apresentando-se eventualmente.

Ninguém contra-argumentou, mas ninguém tampouco quis dar continuidade ao tema. Goethe contrariou-se imediatamente por ter atribuído a notoriedade e o brilho dos romances de Scott a circunstâncias que não eram mérito dele. E depois ainda a ridícula tentativa de engrandecer seu próprio romance: Olhem só, isso eu consegui com a parca oferta de conteúdo alemão. Além disso, não tinha encontrado absolutamente o tom correto, aquele que pode ser jogado adiante como uma bola.

O senhor De Ror logo contou, sem nenhuma transição, que estivera anteontem no teatro em Viena, então o herói sobe ao palco, tira lentamente seu luxuoso capacete, coloca-o sobre a mesa, o ator que faz o herói é mais que idoso, pode-se ver, as mãos que soltam o capacete tremem, mas ele, depois, ainda levanta as duas mãos para o alto e elas naturalmente continuam tremendo, à sua direita e à sua esquerda está o casal, ambos levantam também suas mãos para o alto e o que elas fazem, tremem, um momento, o ponto alto ainda vem, o confidente do herói esgueira-se do fundo até a frente, coloca-se ao lado dos três, eleva as mãos para o alto, e elas naturalmente estão tremendo, portanto, afinal, oito mãos levantadas para o alto que tremem.

Agora todos riem à mesa. O senhor De Ror agiu como se não tivesse nenhuma relação com as risadas que acabara de provocar. Podia-se vislumbrar o oriente em sua cabeça sem que se pudesse considerá-lo um oriental. Um rosto ainda jovem, sobretudo masculino, um nariz considerável, boca quase inexistente, cabelo curto colado na cabeça, olhos escuros, um olhar que nos distanciava, simples de maneira geral, mas com a promessa de força. Esse homem, ainda jovem por pouco tempo, nunca se perderá em outras pessoas. Ele ficará consigo mesmo. Foi o que passou, numa polêmica, pela cabeça de Goethe. Ele não conseguia se opor. Perdeu-se imediatamente nessa apreciação. Precisava ir. O olhar era o que mais tinha a dizer, devia ocupar-se dele. Mas não aqui. Agora vai de uma vez por todas!!!

Goethe sussurrou no ouvido da mãe de Ulrike: Até amanhã. Foi um prazer. Sou-lhe grato. E a pressionou com delicadeza na cadeira, para que permanecesse sentada e não se incomodasse. E já estava lá fora antes que tivessem acabado de rir das oito mãos trêmulas levantadas no ar. Ulrike também rira, rira junto, com toda inocência, digamos assim. Ele queria ainda determinar do que ela podia rir? Sim, uma voz interna respondeu automaticamente. Ele procurou voltar atrás em sua resposta. E sentiu-se um hipócrita. A última percepção: o senhor De Ror tinha pousado o braço sobre o espaldar da cadeira de Ulrike. Será que apenas sobre o espaldar ou já em torno de seus ombros ou de sua cintura, isso ele, em sua pressa que agora considerava necessária, não pudera mais perceber. Mas ainda ouviu o que ele disse voltado para ela, disse tão desembaraçadamente alto, como se estivessem totalmente sozinhos: *Il y a quelque chose dans l'air entre nous.*[8] E apresentou-lhe seu rosto como se ela fosse o médico que devia examinar se a infecção era grave. Ela realmente olhou para ele como se fosse seu médico. Tão subjugante era sua pantomima distrativa. A última frase que ainda ouviu foi mais uma vez do senhor De Ror que não queria ouvir nenhuma censura ao teatro. A pior peça teatral seria ainda melhor que o melhor enfado. Aí estava Viena de novo. Mas então Goethe já estava fora, e logo do outro lado e no alto, em seu quarto.

E agora o quê? E agora como? Para onde? Certamente não podia ficar aqui. Stadelmann dormia. John dormia. Fazer as próprias malas?

Saber exatamente o que se deve fazer e o que não se deve, isso é uma catástrofe.

Ele sempre soube a todo segundo, mas não admitiu em nenhum momento que podia ser nada. Nada. Nada. Nada. Perdido ele já estava depois do primeiro ano. Aquele algo que não é nada e nada será, que, quanto mais tempo for nada, mais e mais importante se tornará, até se tornar mais importante, o mais importante, até que se torne único, te preencha, defina, beatifique, lance às alturas, sendo que, no entanto, a queda era então ainda pior. Seu coração palpitava. Batia contra o peito. Batia até chegar à garganta. Precisou abrir uma janela, inspirar ar fresco, mover os braços, ele sentia, existem pensamentos que podem nos sufocar. Ele não podia as-

8. Há algo entre nós

pirar tanto ar quanto precisava. Só podia aspirar, respirar circunstancialmente. A regra de vida mais longamente testada, quando sentimos que há uma declividade, descontrole, uma gravitação na direção do impossível – onde está tua resistência, o medo praticado da queda na miséria ofuscante. Nada nos torna tão miseráveis quanto um amor malsucedido. Anota isso. Deus deu-te o poder de dizeres como sofres. Uma desditosa vantagem: deveríamos poder nos matar. O martírio é ter de dizer como sofres. Para teu Werther, Lotte pegou a pistola na parede, limpou-a cuidadosamente e entregou-a a seu Albert, para que ele a entregasse a Werther, para que este pusesse um fim a seu estado impuro com uma pistola limpa por ela. O sofrimento é impuro. Torna-nos impuros. Não há, quando a situação se torna desesperada, nenhuma outra purificação além da morte. Tu te refugias na escrita... Nunca, nunca, nunca sofreste. Até agora, sempre foram os outros que sofreram. A senhora Berlepsch. As cartas de vinte páginas que ela te escreve. Há vinte anos. Já não podes mais lê-las. Cartas de uma mulher miserável, inconveniente, corrompida pelo sofrimento, que alega ter nascido para te amar e espera que tu – mesmo que por apenas um segundo, diz ela – atendas suas súplicas. A comiseração é parente da aversão. Tu podes agora escrever uma carta de vinte páginas a Ulrike Von Levetzow e alertá-la de que ainda deve contar com outras cartas de vinte páginas, já que tu, em vez de atirar, deves escrever. Dezessete línguas fala aquele sem prenome. Ele deve te olhar do alto em todos os sentidos. Alto como uma árvore. Cerca de um e noventa. Esbelto, mas nem um pouco ressequido. E um rosto nem largo, nem estreito, mas dominado por ossos, não por carne. Um queixo compacto que é equilibrado por um elegante bigode sobre o lábio superior mais modesto. Um nariz quase forte demais, não adornado por nenhuma curva. Altas sobrancelhas escarnecedoras. No lenço violeta, uma pedra preciosa verde. Provavelmente esmeralda. A cor dos olhos dela. Isso é oportuno, ambos irão, assim que estiverem sozinhos, perceber isso, celebrar, jubilar. O senhor hoje está bonito, ela dissera anteontem quando ele a buscou para o passeio na *promenade*. Ela não disse: O senhor é bonito. Ele sobreviveu. Tem boa aparência. Está escrito em centenas de jornais como ele é bonito. Porém, a forma como todos se admiram entusiasmados pela sua boa aparência é também extremamente ofensiva. Ainda mais alto que o hino à sua aparência, ouve-se sempre: considerando-se que és um velho matreiro, ainda tens muito boa aparência. Em tua idade, quando se trata da aparência, só existe ainda a ofensa. E não apenas quando se trata da aparência. Veja Byron, Scott, que estão em evidência. Tu és *vieux jeu*. Mas isso não é novidade, nem ruim. Ruim, talvez, mas não mortal. Não se morre pelo fato de se estar velho. Anota. Ruim é não poder mais amar. Mas amar tu podes, tens apenas que te habituar a não ser mais, nunca mais, amado. Escreve à senhora Berlepsch, Isolde é o seu nome, escreve-lhe que agora a compreendes, agora sabes quanto a afligiste pela desatenção e pela comiseração tendente à aversão. Amar sem ser amado, isso não deveria existir. Essa aldravice do destino ele ainda não experimentara, para isso Ulrike Von Levetzow nascera e fora formada. Esse não é o único sentido da vida dela. Ela vai brilhar na Europa como senhora De Ror. Mas antes, ainda, tivera porventura justamente essa função de fazer que experimentasses aquilo que muitos experimentaram por tua causa, como é amar sem ser amado. Certa vez, escreveste impudente e inexperiente: Ninguém me ama no momento, eu não amo ninguém, apenas a morte espreita num canto. O fato de ninguém te amar é apenas um malefício se amares alguém e teu amor não for correspondido, sim, for rejeitado. Se a criação houvesse algum dia se interessado em tornar a Terra, a vida humana sobre esta Terra, suportável, então o mais importante faltou nas instruções que o Senhor deu aos homens por intermédio de Moisés. Não deves amar. Esse é o mandamento número 1. Provavelmente Moisés, depois de subir a montanha de 2244 metros de altura onde receberia os dez Mandamentos, estava muito exaurido e não ouviu o primeiro mandamento que o Senhor enviou. Uma trágica omissão que não pode mais ser corrigida. Se Moisés houvesse trazido esse mandamento do Monte Sinai, a humanidade não teria se privado de nada a não ser da tragédia. A origem de toda tragédia sempre foi o amor. E teria sido tão fácil sobreviver sem amor! Para a reprodução, ele nunca foi necessário. Para que então o amor? Para percebermos que não vivemos mais no Paraíso. Que nenhuma vida humana permanece sem sofrimento. Nenhuma. O Senhor foi suficientemente perspicaz. Eu sou um Deus ciumento, ainda acrescentou.

Goethe precisava livrar-se de suas roupas, jogou-as longe de si. Precisava queimar todas as vestimentas com as quais já aparecera um dia diante de Ulrike. O senhor está bonito hoje. Em três anos, essa única frase. Ele sempre reparara e comentara sinceramente quão bonita ela estava nesse e nesse e nesse vestido. Em 1821 e 1822, ele já se vestia com tanto desvelo como nunca antes em sua vida. Com um detalhismo afetuoso combinara os coletes, lenços, casacas e paletó. Ela nunca reparara. E agora ainda essa complementação: O senhor está bonito hoje. Sim, sim, sim, ela não disse apenas "o senhor está bonito", mas, "o senhor está bonito hoje". De forma que não pudesse acreditar que simplesmente estivesse bonito. Menos ainda que fosse bonito. Mas um homem de setenta e quatro anos não é bonito em nenhuma circunstância. E se ele não pode viver sem ser bonito ou ser considerado bonito, então não deve se refugiar na escrita, ou melhor, no lamento, mas sim, como é apropriado, matar-se.

Ele estava de pé no quarto de vestir diante do espelho que ia até o teto. As seis lâmpadas à esquerda e à direita mais uma vez forneciam a luz mais adequada. Não conseguia achar o homem nu naquele espelho repugnante e nem mesmo um pouco nauseante. Não podia evitar uma espécie de ternura que sentia em relação a esse homem nu. E esse sentimento não era nem um pouco dirigido à pessoa, mas apenas à nudez. No entanto, foi tomado por uma tempestade, uma ansiedade, uma impaciência que quase o sacudia, que o afugentava para longe do espelho de qualquer maneira. Ele desejava Ulrike ao seu lado. Nada podia ser mais grotesco do que desejar ao lado daquele homem nu que alguém – ele não sabia mais quem – chamara de ancião adolescente, do que desejar ao lado dele Ulrike, maravilhosamente vibrante em todos os seus membros. Quando caminhava com ele, ela às vezes sibilava uma canção, e esse quase cantar conduzia então seus movimentos. Na verdade, ela sempre dançava, agora estava deitada em sua cama e o homem-árvore sem prenome estava deitado ao seu lado ou sobre ela. Ele duvidava que ela sacrificasse sua castidade logo na primeira noite. Apesar de não ter certeza. Esse oriental não precisava seguir os costumes locais. E poderia tentar persuadi-la de que ambos haviam nascido mesmo para se regalarem ou mergulharem nas delícias do oriente. Como sempre levava em sua bagagem joias de toda espécie, experimentaria primeiro, assim que tivessem fechado a porta de seu quarto, qual joia seria a mais adequada para ela. O fato de Ulrike não usar joias, nu o belo pescoço, nus os lóbulos das orelhas no mínimo igualmente belos, isso deve ser um desafio para o oriental não oriental. A senhorita precisa de cores, minha cara. Ou então fogo, portanto, brilhantes. Claro que ele não irá com Ulrike até o quarto dela, mas a levará consigo para seu quarto. O beijo, eles já deram nesse momento. O senhor, um grande homem, ela lhe dissera certa vez quando estavam sob as colunatas. Mas provavelmente ela se referia apenas ao poeta. Agora ela podia dizer com mais ênfase. Tu, um grande sujeito. Caso o primeiro beijo já tenha acontecido. As janelas do salão do outro lado estavam escuras. Acima dele, aqui e ali, uma janela com luz. Nenhum aposento realmente iluminado. Apenas um indício de iluminação que encorajava toda ação. *Il y a quelque chose dans l'air entre nous.*

Quando voltou a respirar sozinho, foi até o outro lado, mais uma vez para em frente do espelho no quarto de vestir. Era suficientemente estranho que ele se sentisse tão próximo daquele homem nu. Teve vontade de acariciá-lo. E, ao mesmo tempo, não. Mas ali, entre as coxas, estava mole e flácido seu sexo, que durante uma vida inteira teve a ambição de ser o Todo. Ele teve de domar a ambição ávida de poder desse membro durante sua vida. E nem sempre fora bem-sucedido. Houve tempos em que essa ambição o dominava mais do que ousava admitir. Naturalmente despertada por mulheres. Ele tinha de desejar e fazer apenas o que aquele membro queria. Isso era assim até hoje. É uma indignidade que o membro não possa surgir na linguagem na qual a vida volta a si, seja em latim ou em uma corruptela. Diz logo: uma indignidade cultural. Não fizeste nada para superá-la. Desculpa-te, vangloria-te por esse ou aquele ato de libertação linguística. Era insatisfatório o fato de o membro sexual ainda ter de continuar suportando externamente sua necessidade de expressão, e isso é sua necessidade vital, aprisionado em uma tola alcova de covardia. Ele desculpou-se de novo com seu membro. Apagou as luzes. Ficou sentado na penumbra. Não queria ir para a cama, percebia. Para qualquer lugar agora, mas não para a cama. Para o quarto de trabalho do outro lado? Não, para o salão. Sentou-se no sofá no qual ficava quando chegavam visitas. Ulrike certa vez, sem esperar saber onde ele gostaria que ela se sentasse, caminhara até o sofá e se sentara. Ela era tão confiante. Tão franca. Ele agora pressionou seu rosto na almofada amarelo-dourada com os pássaros vermelho-pálidos. Pássaros como só voavam em contos de fadas. Sobre aquela almofada ela pousara seu braço. E como o pousara. Com um movimento amplo, mas ao mesmo tempo leve até pousar na almofada. Ele pensou em seu Lucidor em *O homem de cinquenta anos*. Ele pressionara seu rosto na almofada quando lamentou a perda de sua Lucinde. Totalmente mergulhado em sua dor. Mas então, Lucinde surgiu diante dele. Ele acreditava tê-la perdido. Apenas com a senhora eu queria viver, diz ele. E ela: Lucidor, o senhor é meu, eu sou sua. Abraçou-o e pediu que ele também a abraçasse. Literaturaliteraturaliteratura!

Ele pegou a almofada e jogou-a no canto mais distante. Ler e escrever agora apenas livros nos quais tudo fosse tão cruel quanto na vida real. Ele ansiou por um romance no qual reinasse a desesperança. Werther! Não, ele pôde matar-se e foi salvo. Ele nem mesmo consegue adormecer, dormir por uma hora, ser salvo por uma hora! Estar desperto, isso é o suplício. Estar desperto significa pensar nela. Goethe é rococó. Quem disse isso? Talvez o filhinho August. Seu sêmen malogrado. Goethe é rococó, ele, século XIX. Disse o filhinho. Ah, se ele fosse rococó. Ah, se aquilo nunca houvesse se interrompido, aquele terreno cortejador, aquele cordão de humor e graça contra o qual o mundo nada pode. Por isso ela teve de destrui-lo. Pelo cordão só podia passar o suportável. Então aquela tola revolução com suas frases-chavão felicitadoras que só felicitavam o próprio criador das frases, mas enviavam as pessoas por caminhos esperançosos que levavam à infelicidade...

Ele teve de repassar os momentos que haviam lhe ficado na memória dos anos 1821 e 1822. Depois as diferenças em relação aos momentos do presente verão. O resultado: se a Ulrike hoje ainda fosse a Ulrike de então, ele não estaria agora sentado no escuro organizando momentos como descobertas pré-históricas. A Ulrike do último e do penúltimo verão o conquistara por sua vivacidade desinibida, pelo seu temperamento resoluto, pela ironia com a qual desempenhava o papel de mãe em relação às irmãs. E, frequentemente, quando dizia alguma frase que, mais uma vez, lhe parecia bem-sucedida, voltava-se para ele quase numa paródia porque queria ouvir se achava bom aquilo que ela acabara de dizer. Isso se tornara um costume encantador, voltar-se para ele com a pergunta puramente pantomímica: Então – o que o senhor acha? Às vezes, ela também dizia diretamente: E o senhor Conselheiro, o que ele pensa disso. Permitia-se até mesmo pequenas provocações: Caso o senhor Conselheiro tenha prestado alguma atenção. O que nós, meninas simples, realmente não merecemos. Independentemente do tema sobre o qual se conversava, ela sempre criava oportunidades para mostrar que ele era para ela o mais importante do círculo. Isso lhe acontecia outras vezes, mas em nenhum lugar havia uma menina que não apenas queria reverenciá-lo, mas também, tão adorável e bem-humorada, tinha a necessidade constante de um convívio sempre um pouco arriscado com ele. Mas era uma menina. Ela indubitavelmente acreditava ter de cuidar para que ele não se enfadasse por nenhum segundo no círculo de sua família. Quando sua mãe lhe contara que Goethe declarara o desejo de ter um filho para o qual pudesse ele próprio formar Ulrike como mulher ideal, ela dissera, em seu próximo encontro, que estava a cismar por que o senhor Conselheiro não queria formar seu filho desejado para ela ao invés dela para ele. Então, ele perguntou, qual sua explicação? Duas possibilidades, ela dissera, ou o senhor Conselheiro acredita que seu filho seja de qualquer maneira o homem exemplar para qualquer mulher e qualquer família, ou... Ela encarara Goethe, abrira os braços e dissera em tom animado: Ou o senhor Conselheiro simplesmente teria prazer em educar uma menina tão travessa como eu. Em vez de responder, ele primeiro olhou para a mãe como se não tivesse contado que ela logo dissesse à filha aquele desejo em relação a ela. Ulrike aproveitou a pausa: A notícia de que o senhor é um preceptor apaixonado já se propagou por aí.

E quem não desejaria ser educado pelo senhor. A terceira possibilidade: O senhor Conselheiro acredita que uma Levetzow deveria, para ser digna de um Goethe, receber adestramento extraordinário! Todos riram. Goethe iniciou então uma confissão em voz muito baixa, a qual fora também para ele próprio. Por que não admitir, dissera, que toda a história do filho só pode ter-me ocorrido porque queria dizer algo que me colocasse em uma situação na qual eu tivesse convívio constante com a senhorita. Sua confissão foi, ele acreditou, recebida pela mãe e por Ulrike com certa comoção. A irmã sempre lépida Amalie naturalmente logo teve de comentar: E quando a Rike tiver sido educada, será minha vez. E Bertha: E eu? No final da estação, despediram-se. *On s'est promis de s'écrire.*[9]

Todas aquelas horas fizeram que ele aguardasse ansiosamente este verão. Um pouco. Mas então aquele raio. A nova Ulrike. Seu olhar. Sua postura. E em tudo o que ela fazia e dizia ele acreditava perceber que dava continuidade ao que se iniciara no ano anterior. Ela mostrava que o fazia. Só que agora como uma Ulrike diferente. Como no ano passado, ela ainda se voltava para ele saindo das conversas para demandar seu julgamento, sua reação. Mas o fazia como se estivesse citando a si mesma a partir do ano passado. O que ele não percebera desde então, vira de forma errada? De onde vinha sua impressão de que Ulrike e ele moviam-se um ao encontro do outro? De onde seu sossego em relação aos números? E que o possível escândalo de suas aparições com Ulrike não merecia reflexão de sua parte.

9. Nós prometemos que escreveríamos um para o outro.

Houve restrições, rejeições que ele não percebera? Ele devia ter percebido não apenas esse ou aquele detalhe, mas tudo de forma errada. Eles haviam vivido um ao lado do outro. Ela provavelmente ficaria horrorizada, sua mãe também ficaria, se ambas soubessem a que ilusão ele se consagrara. Como poderia sair dessa ilusão, ele não sabia. Havia décadas sentia-se assim com sua doutrina das cores, com seu antinewtonismo. Praticamente todos os físicos daquela época zombavam dele ou mostravam-se apreensivos com sua obstinação. Mas ele não consegue mais sair de sua doutrina das cores, mais intuída do que calculada. Contudo, hoje preferiria desertar para Newton e admitir que sua doutrina era uma ilusão obstinada, a aventar a possibilidade de que pudesse perceber Ulrike diferentemente do que a percebia. Se ela não é assim como ele imagina, então ele vive em uma ilusão contra a qual nada pode. Ele a chama de amor. Mas a sente como uma ferida em brasas. Ou como um único grito. Ou até mesmo uma catástrofe. Não se sabe ainda o que caiu, explodiu, pereceu, o céu é um crepúsculo, nenhum ser humano vê mais o outro. Ele se levantou, fechou os punhos e os pressionou contra os olhos. E chorou. Durante um tempo. Muito longo. E ouviu-se cantar. E cantou. Cantou a canção de Schubert de seu texto:

Apenas quem conhece a saudade,
Sabe o que sofro!
Só e separado
De toda alegria
Olho para o firmamento
Para aquele lado.

Ah! Aquele que me ama e conhece
Está distante!
Sinto-me desnorteado, queimam-me
As entranhas.
Apenas quem conhece a saudade
Sabe o que sofro!

O trecho *queimam-me as entranhas* ele cantou duas vezes. E *Sabe o que sofro* ele levou tão terrivelmente às alturas, até o não-poder-mais-acabar, como o conde de Klebelsberg. Percebeu que o imitava, e com o mais íntimo envolvimento.

Ele foi para o outro lado, vestiu o roupão branco de flanela. Ainda não podia ir para a cama, apesar de que o sono o teria libertado da compulsão ao pensamento. Mas deitar-se agora e esperar a chegada do sono era impensável. Deitado, ele estaria desvalido à mercê dos piores pensamentos. Precisava sentar. Melhor ainda, ficar de pé, caminhar, para lá e para cá, as mãos às costas, sua postura pública na qual até então superara tudo. Caminhou vigorosamente para lá e para cá. Para seu caminhar para lá e para cá aqueles aposentos eram pequenos demais. Em Weimar, ele tinha seis aposentos contíguos, quando necessário, sem portas, um trajeto. Aqui, esse ir e vir encurralado! Quando, por favor, ele já estivera tão impotente? Ele tinha de tolerar seus pensamentos. Quanto mais rigorosamente tentava resistir a esses pensamentos, mais eles o dominavam. Portanto, não resistas tanto assim. Desdita, ter escrito tudo aquilo antecipadamente, impudentemente, na forma de romance, por exemplo, que cada conjuntura que atrapalha o caminho de nossas paixões incipientes as aguça em lugar de abrandá-las, e então, quando isso ocorre contigo na vida real, não és nada além de um trapo lamentador e impotente.

Ele precisava impor-se, com toda a força de seu pensamento e de vontade, a decisão de não olhar mais para o outro lado. Mas, de súbito, lá estava ele de novo à janela, abria-a e praticamente se debruçava para fora para ver com mais exatidão, ainda que não visse, o que estava acontecendo do outro lado. De volta, longe da janela, diz a si mesmo que não pode mais ser acometido dessa decepção que o espera. E encontrou-se de novo à janela, olhando para o outro lado. Ele reconheceu que era tolice exigir de si mesmo algo impossível. Treinou o prolongamento do tempo das pausas entre as idas à janela. Assim esperava em algum momento não precisar mais ir até lá. Isso combinava com ele, exigir de si algo que podia sentir como exigível. O propósito de NUNCA MAIS ir à janela estava errado, era artificial, já como propósito, uma mentira. O NUNCA MAIS te torna um mentiroso. Mas permanecer a cada vez um período um pouco mais longo sentado era um programa que podia ser praticado com possibilidade de sucesso. Por favor, até agora sempre estiveste interessado em reconhecer o que ocorre contigo. Talvez o filho August tenha razão. Ele era rococó. Agora, subitamente, existe a seriedade. Extinguir-se como o lume. Isso seria bom. As desprezíveis disposições que eram necessárias nesse caso. Pistola, veneno, corda. Extinguir-se como o lume. Fim. Não ouves mais os uivos de escárnio. Finalmente conseguirias imitar teu Werther. Sempre pudeste ter certeza dos uivos daqueles que não viveram tal situação. Escapar. Para arbustos, peixes, inacessibilidades celestiais. Isso é o que vai deixá-la mais irritada, que tenhas atingido a inacessibilidade. Que venha a chuva, Senhor, e que seja de fogo. Sobre mim.

Stadelmann bateu à porta. Eram cinco horas. Stadelmann buscara a água na fonte. Ele estava acostumado a trazê-la para o senhor na cama. Goethe gritou-lhe para deixar o copo do lado de fora.

Se ela agora for uma mulher, o que isso significa? Anunciou-se muito diligente uma desconfiança contra as mulheres, a qual se dizia originária de experiências. Aquilo que fizeste errado podes ver no homem sem prenome. Tu também sabes que é preciso conquistá-las, as mulheres. Que elas querem ser dominadas. Que fazemos com elas o que quisermos. Essa entrega da mulher não é uma submissão, um obséquio por amor a ti, isso é, para ela, puro gozo. Esse atrevimento experimentaste uma única vez. Por meio de Christiane. Ela transferira seu atrevimento para ti. Tornaste-te um homem como outros o são, talvez naturalmente. Tu precisavas de uma Christiane, nãonãonão, não de uma Christiane, tu precisavas da Christiane, a única. Mas quando ela dançou com o francês, e mais do que dançou, não houve dor, mas uma mobilização da melancolia que já esperava para ser despertada.

Quando mais um vez teve de ir à janela – e agora já ia sem se censurar –, Stadelmann anunciou do lado de fora que o desjejum estava servido. Ele o buscara no *Traiteur*. Quase irritado, de qualquer forma, com um tom de voz mais alto que o necessário, ele gritou que Stadelmann devia tirar tudo da mesa. Comer, beber, deixar o dia passar – não, ele precisava sentar-se e tentar não pensar, não pensar em nada. Agora só ficava todo o tempo de pé ao lado da janela. Não conseguia mais resistir. Sentia que estava em perigo, mas não sabia como escapar dele. Ficaria parado ao lado da janela aberta olhando para o palácio Klebelsberg até que o transportassem para onde quisessem.

Então o chamado vindo lá de baixo. Ele assustou-se. Olhou para baixo. Era Julie, a princesa Von Hohenzollern a quem ficara devendo uma dança no dia anterior. Como ela fizesse um gesto rogador, ele respondeu com um elegante gesto de rotina, que significava: Por favor, suba, será um prazer receber sua visita. Admirou-se por esse gesto ter-lhe ocorrido quase automaticamente. Ela subiu, e com ela veio uma moça chamada Lili.

A princesa inicialmente queixou-se divertida que ele havia lhe vaticinado na semana passada tempo bom, e como era considerado um especialista em nuvens e clima, ela acreditara, e o que acontecera, molhara-se.

Goethe disse: Semana passada eu ainda era jovem e, consequentemente, cruel.

Eu trago aqui uma jovem dama de Berlim, ela lhe traz recomendações de... Ela olhou para a bela jovem, que ainda não contava vinte e cinco anos, indagadora.

De Zelter, disse ela, que é meu mestre de canto.

Certo, Zelter, disse a princesa.

Talvez o único amigo que já tive um dia, disse Goethe.

Ele o ama muito, disse a chamada Lili.

Eu o amo mais ainda, disse Goethe.

Zelter, Schubert, logo vamos cantar somente estes, disse a princesa. Mas o senhor se opõe a Schubert, ela continuou, e eu sei por quê.

Goethe demonstrou com pantomimas que agora estava muito curioso.

Porque ele usa óculos, o pobre Franz, e que óculos.

Goethe disse: Cara princesa, a senhora poderia usar dez óculos e não me incomodaria nem um pouco.

Obrigada!, exclamou ela que sempre preferia exclamar a falar.

Goethe pediu-lhes que se sentassem. No sofá ou nas cadeiras em torno da mesa redonda. A chamada Lili sentou-se imediatamente no sofá. Exatamente no lugar onde Ulrike se sentara há alguns dias. Mas não pôde pousar a mão sobre a almofada amarela com os pássaros vermelho-pálidos de contos de fadas, ele a lançara num canto. Ele fez menção de se sentar em uma cadeira. A chamada Lili disse desembaraçada que devia sentar-se ao lado dela. E ele, em velha rotina: Nem pensara em outra possibilidade.

E ela, aparentemente para reforçar que não fora até lá como aprendiz de canto, mas como admiradora: Eu me chamo apenas Lili, não tenho um parque.

Isso ainda virá, disse Goethe como em uma encenação entre dois amantes. Sempre lhe fazia bem quando alguém fazia menção a algo que escrevera havia longo tempo. *O parque de Lili*, então.

Para que preciso de um parque de admiradores, disse ela, se entre a população de enamorados não há um Goethe. O senhor conhece a última linha de seu poema *O parque de Lili*.

E ele: Às vezes acho que o mundo e o tempo apagaram mais do que havia lá.

E Lili recitou a linha, como apenas uma admiradora entusiástica que estuda canto poderia recitá-la: Eu sinto! Eu juro! Ainda tenho forças!.[10]

---

10. *Ich fühl's! Ich schwör's! Noch hab ich Kraft!*

E ele: Esplêndido, Lili. Ao ouvi-la, poderia acreditar que não preciso temer por meu legado.

O senhor ainda vive, senhor Conselheiro, exclamou ela, eu sinto de cima abaixo.

Zelter escrevia-lhe sempre, disse ele, sobre suas belas alunas, agora sabia o que queria dizer.

Lili virou-se totalmente para ele e disse: O senhor é muito mais bonito do que se pode suspeitar pelos bustos criados por Rauch.

Goethe disse: Ah sim, ah sim. O que soou sofredor.

É melhor do que o contrário, disse Lili.

Se a senhora diz, é verdade, mesmo que não possa ser absolutamente verdadeiro, disse ele.

Eu acho soberbo que o senhor fale como escreve, disse ela.

Mas eu ainda não disse nada, disse ele.

Disse, rebateu ela, o senhor disse "Semana passada eu ainda era jovem e, consequentemente, cruel". Uma frase como essa e da forma como o senhor a diz me comove de cima abaixo.

Foi uma conversa. Goethe ouviu-se falar e ouviu e viu que suas visitas estavam encantadas. Quando descobriram que ele nunca estivera em Berlim, teve de prometer que logo iria para lá. Ele disse que seu filho August e sua Ottilie atualmente só queriam estar naquela cidade nos meses de inverno e a cada vez contavam com mais entusiasmo como era passar pelo portão de Brandenburgo.

Mas e ele?

Está bem, ele prometia que assim que estivesse com espírito de viagem no próximo inverno... E quando ainda hesitou, Lili virou-se de novo totalmente para ele, segurou até mesmo suas mãos e exclamou:

Perdoe-me, mas o senhor precisa ir. Por amor a Zelter, por amor a Berlim. Por amor a mim. Ela tinha lágrimas nos olhos, soltou suas mãos abruptamente. Assustou-se. Mas o que ousara ali! Ela apenas disse, soluçando: Perdoe-me, por favor, por favor, por favor. E levantou-se num salto, pôs-se em posição de canto e cantou: *Apenas quem conhece a saudade sabe o que sofro.* Com a melodia de Zelter. E cantou de tal forma que a melodia mais simples de Zelter expressava mais sentimento que a presunçosa música de Schubert.

Ele não podia permanecer sentado. Julie Von Hohenzollern também se levantou. De pé, eles ouviram. Então ambos abraçaram a cantora. Ele beijou-lhe a mão. Quando voltou à posição vertical, ela o puxou para si, beijou-o na boca, riu quase estridente e disse:

Zelter determinou. Um cumprimento,[11] ele disse, e aquilo que completa a rima. Nesse caso, ele só pode ter pensado em beijo.[12] Ela olhou indagadora para a princesa e depois para Goethe.

Ambos acederam com a cabeça. Goethe postou-se muito perto de Lili e disse o mais leviano possível:

Se eu, cara Lili, não te amasse,
que deleite me daria esse olhar!
Todavia, se eu, Lili, não te amasse,
seria, qual seria minha fortuna?[13]

---

11. *Ein Gru.*

12. *Ein Ku.*

13. *Wenn ich, liebe Lili, dich nicht liebte,/ Welche Wonne gäb' mir dieser Blick!/ Und doch, wenn ich, Lili, dich nicht liebte,/ Wär', was wär' mein Glück?*

Lili girou em seu próprio eixo em uma espécie de pirueta e exclamou: Muitíssimo obrigada, Excelência.

Goethe, em tom claro: Isso foi em mil setecentos e setenta e cinco.

Absolutamente, exclamou a princesa.

Lili correu até a porta, virou-se mais uma vez para ele e disse: Antes que eu faça tudo errado, adeus! E bem baixinho, quase conjurante: Até Berlim. E disse até mesmo: Saúde Ulrike por mim. E saiu.

A princesa balançou a cabeça e disse: Essa era Lili Parthey. E soletrou o nome. Então disse: A vida não é insignificante.

Goethe complementou: Ah, sim.

O senhor conseguiu, disse a princesa, o senhor só precisa dizer ah, sim.

E Goethe em um tom como se estivesse surpreso: Ah, sim?!

Ela: Com o que a utilidade universal do ah,sim fica comprovada.

Ah, sim, disse ele quase suspirando.

A princesa se foi, ele foi até a janela e acenou para as duas que lhe acenavam. Então elas se foram. Ele só via ainda o palácio de Klebelsberg. Mas que bela tempestade, essa Lili e...? E nada. Conversação. Rotina. Ele pensara, enquanto ela cantava, apenas em Ulrike. Estaria perdido? Se não se desvencilhasse dela, estaria perdido. Porque a perdera. Para um homem sem prenome. Agora, à luz do dia, podia sentir a perda muito mais agudamente do que no decorrer da noite. A noite fora misericordiosa com ele. Mas agora, a abundância da luz, as elevações circundantes, ali embaixo a alameda que leva ao Kreuzbrunnen, cada árvore dessa alameda testemunhara como caminhara com Ulrike, cada árvore, quando agora caminhasse pela alameda, perguntaria: O que aconteceu? Onde ela está? Ele nunca mais caminharia pela alameda. Nunca mais iria até o Kreuzbrunnen. Os olhares jocosos e os sussurros simpáticos ou maliciosos dos passantes, ele não queria ter de suportá-los. Aquilo que é ruim torna-se, apenas por meio do ambiente, tão ruim quanto realmente é. E ainda continuava ao lado da janela.

De fato, do outro lado, no terraço de Klebelsberg surgiu ela. Ulrike. Ele não se moveu. Ela já o vira mesmo. A moça olhou para o outro lado, para cima. Então levantou os braços lentamente. Levantou-os tão altos como apenas ela podia levantar braços sem esforço. Essa posição parecia, graças à independência de seus membros, como se os braços humanos não existissem para penderem à esquerda e à direita, como se apenas quando estivessem muito elevados eles estivessem em sua posição natural. A força da gravidade não se aplicava a esses braços, era isso. Era isso com certeza. Assim como a criatura inteira era tão leve que não gostaríamos de vê-la exposta a nenhum vento mais forte. E agora ela deixava as mãos acenarem bem no alto. Era como se não fosse voluntário por parte dela. Elas acenavam por si sós. Talvez uma corrente de ar. Ele agora elevou seus braços, suas mãos, tão lentos, tão pesados, como se ainda não estivesse certo se seus braços e mãos voltariam a cair de novo, só que então para sempre. Ela apontou uma mão para si, a outra para ele, ele entendeu. E ela veio. Quase correu. Ouviu-a correr escada acima. Entrou e disse:

O senhor simplesmente desapareceu, Excelência. Bastou olharmos uma vez para o outro lado, e o senhor já se fora.

Ah, sim, disse ele. Mas eu não queria importunar por mais tempo.

Quem?, ela perguntou.

A senhorita, disse ele.

Ah, sim?, disse ela indagadora.

Sim, respondeu ele.

Importunar, disse ela. Excelência, importunar, isso o senhor nunca soube fazer.

Justamente, por isso ele partiu. Se não tivesse ido embora, teria importunado. E logo disse o nome. Ela agora tinha de suportar.

De Ror, ela repetiu. Um homem rápido, esse senhor De Ror, disse ela. E explicou que o homem sem prenome era sempre desnomeado somente até a meia-noite. À meia-noite ele revelava, onde quer que estivesse, seu prenome.

Interessante, disse Goethe.

Mas não vamos pensar mais nesse sujeito velocífero, disse ela. Acentuou a palavra velocífero de forma que ele compreendesse que estava usando uma palavra que aprendera com ele. E ainda acrescentou que amava essa palavra, amava muito, velocífero. Por favor, não amava aquele que assim denominava, mas a palavra. Ela amava palavras que soavam de forma que as pessoas já as reconheciam pelo som. Palavras que ainda confiavam na imaginação.

Ele pediu que ela se sentasse. Ela se sentou em uma das cadeiras à mesa redonda. Agora poderia perguntar concretamente onde o Sem-prenome, o que precisava voltar a ser à luz do dia, onde ele estava.

Foi embora, disse ela, está em seu lugar.

Goethe fez-lhe saber que precisava esclarecer.

O senhor De Ror quis levá-la consigo. Para seus aposentos. Primeiro, ele lhe disse que contaria seu prenome. Então, revelou como se chamava. Depois disse que, como lhe contara seu prenome, colocara-se totalmente em suas mãos. Ele não sabia como sobreviveria àquela noite sem ela. Agora preciso sair daqui de qualquer forma, ela soube. Puxou a mão, livrou-se, mas ele, certamente sem refletir, exclamou: Assim, não! Segurou-a, prendeu-a, puxou-a em sua direção, para perto de si, já tinha a cabeça da moça entre suas mãos, pressionou-se contra ela, seu rosto sobre o rosto dela, as bocas, isso lhe deu a força que lhe faltara da primeira vez, foi embora, foi para seu quarto, trancou a porta, tremia, ela não sabe durante quanto tempo ainda ficou encostada à porta, escutando se ele a seguira, não sabe como foi para a cama. E não pôde dormir. Ela gostaria de perguntar uma coisa ao senhor Conselheiro.

Pois não.

Ela fizera tudo errado. Tratara De Ror como um demente ou como um selvagem. Mas isso o tornara realmente demente e selvagem. Será que não devia, no início, ter entrado no jogo? Rococó, Excelência! Rococó! Ao invés de logo Beethoven.

Goethe não disse nada. Ele testou vários tipos de expressão. Não encontrou nenhuma.

Ex-ce-lência!, ela exclamou. Ela ainda estaria ali.

Dentro dele, a cena se passava mais uma vez, palavra por palavra, ênfase a ênfase, exatamente como Ulrike descrevera. Ela também demonstrara por meio de movimentos em que posição se encontrara. Ele agora, porém, precisava saber se lhe era permitido perguntar o prenome daquele Sem-prenome até meia-noite.

Pois é justamente essa a questão, disse ela. Ele me fez prometer não contar seu nome. Somente quando eu for sua esposa, diante do mundo todo, somente então eu posso revelar ao mundo inteiro. E ela agora não podia trair a confiança que ele lhe dera de forma tão tempestuosa. Ela tinha a sensação de que, se traísse sua revelação, iria injuriá-lo pessoalmente. Ele lhe fez sentir isso, a traição da confiança significaria uma injúria pessoal que se tornaria física. Ela devia ter declinado imediatamente de ser sobrecarregada com aquela confiança. Em vista do estado extraordinário dele, ela não foi capaz disso. Como se livrar agora daquele pesadelo, Excelência? Eu sinto que preciso do senhor, Excelência.

Ele se levantou. Caminhou, mãos às costas, de um lado para outro. A direita tinha o pulso da esquerda bem preso. Assim ele caminhava sempre quando lhe era importante não parecer nem um pouco encurvado. Assim ele caminhava quando precisava da postura ereta pela qual era famoso. Ela precisava compreender, podia compreender que ele agora não podia reagir de outra forma? Ele olhou em sua direção. E admirou-se. Seu estado de espírito era muito diferente do dele.

Ela exclamou mais uma vez: Ex-ce-lência! Parodiava alguém chamando outro com problemas de audição. Ela também se levantou, colocou-se em seu caminho. Eles ficaram frente a frente, Goethe disse:

Ah, sim.

Hoje de manhã, um bilhete, ele estaria a caminho de Paris. E desejava uma vida e um reencontro felizes. *Et il y a quelque chose dans l'air. Entre nous.* De Ror. Por sorte, sem o prenome.

Goethe disse, e repentinamente sentia-se pugnaz: Ulrike, a senhorita é bem-vinda.

Então estou salva, disse ela verdadeiramente alegre, realmente atrevida. Adoravelmente atrevida.

Ela segurou suas mãos. Levantou suas mãos. De forma que o trouxe para mais perto de si, talvez não tenha tido essa intenção. Se ele agora a beijasse, o estaria imitando, ele começou a concorrer com o outro. Seria comparável. A ele. Ele a puxou um pouco, se ela quisesse nem teria sentido, mas Ulrike também o puxou um pouco, então eles ficaram tão próximos que ela, sem soltar suas mãos, alcançou-o com sua boca. Suas bocas permaneceram por um instante coladas como dois seres que ainda não sabem em que idioma devem conversar entre si.

Ela ainda tinhas as mãos dele nas suas quando disse: Ah, Excelência.

Então, ele ainda conseguiu dizer: Devo saudá-la em nome de Lili Parthey.

Oh, ela disse, mas isso é muito amável.

Ulrike já estava lá fora, embaixo, do outro lado. Ele apareceu a tempo na janela e acenou de volta quando ela acenou. Ele nunca se esqueceria de que, quando ela se foi naquela manhã, chegou a tempo na janela e acenou e ela acenou de volta. O que são as pirâmides do Egito em comparação a isso! Então ficou sentado por longo tempo refletindo. O mais belo fora que ela, quando suas bocas se aproximaram e depois se tocaram, ela fechara os olhos. Ele nunca vivera uma intimidade mais profunda que aqueles olhos fechados.

Agora, não podia permitir a entrada de nada diferente daqueles olhos fechados. Mas teve de permitir um pensamento realmente compulsivo: ele como beijador, nunca rejeitado. Ele nunca puxara uma mulher, uma moça, em sua direção, nunca pressionara sua boca sobre a dela, dentro da sua boca. Beijar nunca sem uma reserva inicial, sim, reverência, não importa como tenha sido a conversa anterior. Sua boca e a dela cresciam na direção uma da outra, sem envolvimento da vontade, nem um traço de teatro. O senhor Sem-prenome faz papel de apaixonado. Como Ulrike vivera aquilo? Como aquilo lhe parece agora? Como ele lhe parece agora? Não pode lhe perguntar. Apenas observar. Ela ainda é a Ulrike que era antes dessa cena? A senhora Von Stein, quando ele a beijara pela primeira vez, dissera: O senhor beija com espirituosidade, meu senhor. Como Ulrike, quando sua boca e a dele se aproximaram espirituosamente, como ela fechara os olhos, essa fora a resposta mais profundamente bela ao teatro apaixonado do Sem-prenome. Talvez ele e Ulrike não tivessem se aproximado tanto sem o seu teatro brutal. Um dia vai repetir a cena com Ulrike, quando suas bocas se encontrarem duramente como na cena de De Ror, eles vão se afastar, olhar-se nos olhos e rir. Comédia de Iffland. Réplica do *boulevard* de Paris. De lá ele tirou isso. Eles rirão. Juntos. Essa ideia o deixou feliz. A partir de agora, ele diria, em vez de "Ah", sempre "Ah, Ulrike". E de tal forma que o mundo inteiro pudesse ouvir. Alto, claro e vivaz, um sinal de beatitude que não pode acabar! Ah, Ulrike! O -i- de seu nome num grito bem alto.

5

E tudo continuou assim. Ele era de novo inseparável de Ulrike, Ulrike inseparável dele. Depois que ele, no dia do primeiro beijo, olhou-a de longe e ela acenou e ele acenou de volta, sentou-se à escrivaninha, sabendo que aquele fluxo de emoções só podia ser secundado pela escrita. Primeiro ele simplesmente deixou a rotina reinar, isso significava, precisava rimar. Então surgiu sobre a folha de papel:

Tu já me encantaras há muito tempo,
Mas agora vislumbro nova vida:
Uma doce boca nos olha tão amável
depois de nos dar um beijo.[14]

Esse desafogo rotineiro ele logo enviou três vezes para fora da casa: para Lili, ainda na redondeza. Para a nora Ottilie em Weimar. E para Ulrike *vis-à-vis*. A si mesmo, explicou o envio triplo com a justificativa de que se tratava de nada mais que um entre as centenas ou milhares de poemas circunstanciais que simplesmente surgem, mas precisam existir, fazem parte do todo. De qualquer forma, receberão o poema apenas pessoas que sabem porque o estão recebendo. Também entre ele e Ottilie houvera um beijo. Durante a viagem de estreia de sua

14. *Du hattest längst mir's angethan,/ Doch jetzt gewahr' ich neues Leben:/ Ein süßer Mund blickt uns gar freundlich an/ Wenn er uns einen Kuß gegeben.*

nova carruagem, aquela maravilha da leveza. Naquilo ela devia pensar agora. Sim, pensou ele, Metternich não poderia tramar com mais sagacidade.

A Ottilie ele ainda escreveu que tudo aqui continuava tão agradável como sempre, Stadelmann martelava pelas montanhas. Mais um baile oferecido pelo rei de Württemberg e então as roupas de baile serão guardadas nas malas, para os chapéus se providenciará uma possibilidade de transporte que os mantenha intactos, o conto de fadas local chegará ao fim, ele fica ainda até o dia 20, a solidão o ajudaria a recuperar algumas coisas que deixara escapar por excesso de sociabilidade. Também ao filho August ele escreveu uma carta inocente do tipo que se escreve para todo mundo. Que se aprazia em observar de sua janela tudo o que se passava do outro lado no terraço, que o grão-duque voltara da caça aos patos, que o clima estava muito agradável, que o conde Sternberg viajara por alguns dias para a Hungria, mas logo voltaria, que John anotava os fenômenos atmosféricos, que era sempre soberbamente servido com as seis travessas do *Traiteur*, a dieta funciona, ele soubera poupar-se de muitas aparições públicas, caso contrário não era mais possível ser senhor de si mesmo. Assim, ele esperava cessar o que transpirara em termos de relatos e boatos alarmantes.

Que sua boca e a boca de Ulrike haviam chegado tão perto uma da outra, permaneceu sua sensação. Mas seu poema sobre o beijo não o agradou. A cena se desenrolou dentro dele, ela se solta, ele a segura, puxa-a para si, precipita sua boca sobre a dela, dentro da sua boca, somente agora ela realmente se solta. A Lili e Ottilie ele podia ter mandado seu poema do beijo, mas não a Ulrike. Com essa ingenuidade inclinada a rimas, ele lançou-a verdadeiramente dentro da cena noturna com o ator da paixão.

Ele tinha de escrever ao conde Leuchtenberg e ao príncipe de Eichstädt. Isso era dever. Rascunhou: Seu comportamento frente ao muito estimado conde durante o noivado de Rehbein não pode ficar sem suas desculpas. Não se pode pensar em nenhum ser humano que tenha tido mais participação na história que o conde Leuchtenberg. O pai guilhotinado, a mãe, consorte de Napoleão, com ele em todas as guerras, então vice-rei da Itália, desposa a filha do rei da Baviera, Max I, depois o Kaiser Napoleão o adota, presenteia-o com a Itália, e o que ele não fizera por esse presente, e quantas coisas salvara para o padrasto em meio à catástrofe da Rússia e principalmente em Viena, no Congresso. E um homem com tamanho poderio histórico e profundidade de caráter ele negligenciara de tal forma na agitação do baile, que desde então cora de vergonha quando pensa no fato. E pensa muitas vezes nisso. Por isso a sincera proposta de se verem em breve, a fim de debaterem a estimulante visão de paz do conde, o canal entre o Reno e o Danúbio, até estarem prontos para tomarem uma decisão.

Tudo era uma tentativa de não pensar constantemente apenas em Ulrike. Ele sentia em tudo o que não se relacionava a ela uma maliciosa futilidade e enfado. Sempre era penoso distrair-se dela. Mas o fato de que, até que a visse de novo, passar-se-iam no máximo horas, tornava toda privação fácil. Ela era o condimento para a refeição do próximo encontro.

As cartas que chegaram de Weimar eram cartas de um mundo ao qual ele nunca mais queria voltar. Ao qual tinha de voltar. Por mais inimaginável que fosse, com toda certeza isso aconteceria. Mesmo quando voltasse, não estaria mais onde estivesse. Ele inventou ambientes ambíguos nos quais aqueles que o procurassem não pudessem encontrá-lo. Evadir-se, eis sua visão. Inflexões que deviam tornar impossível encontrá-lo. Ele não podia admitir nada e nem discordar de nada. Ambas as opções seriam fatais. Além disso, a presença de Ulrike cessaria toda possibilidade de censura. Ele precisava entrar em Weimar com Ulrike e com um romance o qual devia escrever, pelo menos começar, imediatamente. Um romance que ninguém pudesse contestar. Um romance que legitimasse Ulrike e ele. Não apenas em Weimar. No mundo. O título surgiu imediatamente sobre o papel:

Um homem apaixonado.

Ele conseguiria ditar esse romance tão pouco quanto conseguira ditar o Werther. Mas esse romance terá um final feliz. Ele já formulara durante tempo suficiente as difíceis negações da vida em linguagem agradável. Finalmente um tom sem a tensão banal que anseia por uma conclusão. Um tom sem desarmonia e harmonia. Um tom vindo do nada e de si mesmo. Nenhum empréstimo de uma cromática escondida pela astúcia e a aflição. Nenhum programa. Um tom. Na folha estava escrito após o primeiro desafogo:

Um homem apaixonado.

Ele pode voltar a acreditar no verão, no que ele lhe diz. Pode voltar a se misturar às borboletas e ser confundido com os ardentes lupinos. Felizmente, esse dia nunca terá fim. O tempo em que uma coisa era mais importante que outra passou. Por fim, todas as perguntas se evadiram de seu continente negativo. A dependência de Ulrike o enriquece. Aquilo que ainda lhe é ditado, ele ouve, mas não compreende. Sua obstinação é de puro ouro. Ulrike e ele conseguem conquistar tudo o que sempre quis ser conquistado. Assim que Ulrike for sua, ele restabelecerá a paz mundial. Hostilidade, uma linguagem extinta. Todo o mal deste mundo deve-se apenas ao fato de que ele ainda não possui Ulrike. Durante toda uma vida, ele nunca se enfadou durante nem um segundo. Agora poderia ficar desvairado de enfado se pelo menos não a visse. Quem quer salvar o mundo deve lhe entregar Ulrike. Quando ele toca alguma coisa, ela floresce. E não para de florescer. Os dias são de seda, o mundo, uma brisa morna. Com suas joias sonoras, os pássaros se vangloriam, eles cantam unicamente o nome dela. Eu não queria ser mais tão devoto como sou agora. Platão inventou a lembrança porque perdeu o belo. Eu vou perder a lembrança, porque encontrei o belo. Quando estás comigo, futuro e passado não têm valor. Por favor, miséria, não acomete. Resguarda-me, sonho. Sentar-te diante dela torna-te tão leve como ela. Seu olhar te sustenta. Não há nada mais digno de confiança que o olhar dela. Eu não proferirei nenhum grito mais. Chorar, apenas de alegria. Tua boca eu surpreenderei meticulosamente. Teus seios descubro com mãos devotas. Tua leveza celebra triunfos. Se tu, antes de começarmos a comer, me estenderes ambas as mãos sobre a mesa, minhas mãos te receberão. As graças à mesa, uma nova religião. Não haverá nada que não queiramos saber sobre o outro. Se puder te amar, serei imortal. Só então. Agora sei por que nunca pude odiar ninguém. Dentro de mim, morava um amor, durante toda a vida, que dormia, sonhava, realizou extravagâncias algumas vezes, denominou-se assim, denominou-se de outra forma, abalou-se de volta. Na verdade, ele esperava. Tu me deste força para tudo. Agora eu sei: meu amor esperou por ti. Se não o queres, ele me assola. E não resisto. Meu amor não sabe que já passei dos setenta. Eu também não sei.

Ele percebeu como alcançara o tom desejado.

O baile à fantasia para o qual o rei de Württemberg o convidara será o ensaio geral público para o homem apaixonado. Fantasias da sombria pré-história até o brilhante presente, constava no convite. Ele já soubera, antes mesmo de ter lido o convite até o fim, qual seria sua fantasia: casaca azul-clara, colete amarelo e botas. Mas isso deveria permanecer segredo. Apenas Stadelmann e o alfaiate Blastimir poderiam saber.

Stadelmann alegrava-se por poder participar novamente de uma aventura. Blastimir, que até então só fora chamado para reformas, exclamou, quando lhe descreveram a roupa: Werther. Esse era o homem certo. Casaca azul, colete amarelo, botas bem claras.

Quando Ulrike perguntou como iria caracterizado ao baile, ele disse que não lhe contaria.

Que bom, disse ela, eu adiro com prazer a esse mistério. Sua mãe aparecerá como *Madame* Pompadour, o conde de Klebelsberg como Luís XIV, o dr. Rehbein e Catty Von Gravenegg como Romeu e Julieta, o conde Leuchtenberg como Prometeu que não leva o fogo à humanidade, mas a máquina a vapor... A princesa Von Hohenzollern e o conde Saint-Leu não queriam, assim como Ulrike e Goethe, revelar quem seriam. O baile será em frente, no palácio.

Quantas vezes eles ainda caminharam até a noite do baile – como ele não disse quem seria, ela também não revelou.

Se poderia adivinhar?

Ele podia, mas ela não diria nada.

Virgem de Orléans, disse ele. Como ela o encarou quase surpresa, ele disse, por acreditar ter acertado já na primeira tentativa, que não fora difícil. Afinal, Schiller era o poeta dela, e personagens femininos que alguém gostaria de assumir durante uma noite inteira de baile seriam raros na obra do colega Schiller. Elisabeth e Maria Stuart estavam excluídas por causa do excesso de política. Nenhum ser humano quer ser a Amalie dos Bandoleiros. Então, então, então: a Virgem. Essa é uma personagem com a qual se pode dominar um salão. Na ousadia natural que era própria de Ulrike em todos os seus gestos, a Virgem de Orléans sempre estivera presente. Ela sorri, pensou ele, como nunca. Ele acertara.

E o senhor, disse ela então.

Nenhum herói de Schiller, disse ele. Que ela não fosse fantasiar-se de *Gretchen am Spinnrad*[15] o deixava feliz. Não lhe faltaria nada para a Virgem.

Bom que o dia do baile tenha sido chuvoso. Assim, todos desceram envoltos em capas e lenços das carruagens que chegavam até o portal do Klebelsberg. Como Goethe só precisava atravessar a rua, foi de sobretudo e chapéu. O escuro sobretudo de verão tinha uma gola levantada na vertical, forrada de cetim vermelho na parte interna. Na parte superior, a gola tinha uma dobra de um dedo de largura de forma que o cetim vermelho pudesse brilhar. Goethe contemplou-se, sentiu-se bem. Estava feliz porque o clima lhe possibilitara ainda manter sua vestimenta de Werther escondida sob o leve sobretudo

---

15. Gretchen à roca de fiar: referência à personagem de *Fausto*. (N. T.)

de verão. Ele fez uma mesura na direção de Stadelmann, como se praticasse uma mesura do *ancien régime*, então Stadelmann exclamou:

Excelência, *s'il vous plaît*! Pegou a borla do pó de arroz e abafou o branco de seus cabelos com uma fina camada de pó ocre. Isso foi muito duro, murmurou ele, duro demais.

Goethe disse: Ah, Stadelmann. Muito obrigado. E curvou-se mais uma vez, agora mais animado, e foi.

No palácio, homens e mulheres deviam esperar separados pelo sinal da orquestra e, então, surgir no salão por diversas portas, ao mesmo tempo. Assim, ao lado de uma parede estavam os senhores e, do outro, diante das gigantescas placas com as flores gravadas, as damas. Ele viu Ulrike. Foi mais que um raio. Em um vestido branco simples lá estava ela, fitas vermelho-pálidas nas mangas e no decote austero. Austero, comparado ao banquete de decotes que era servido à esquerda e à direita de Lotte-Ulrike.

O mestre de cerimônias logo elevou o bastão dourado, bateu-o três vezes no chão, a orquestra começou a tocar, os casais caminharam até se encontrarem, inclinar, abraçar, segurar, de acordo com o papel que devia ser representado e dançado. Ulrike-Lotte, natureza pura. Meias brancas, sapatinhos baixos pretos com uma fivela de tempos antigos. Os anéis feitos no cabelo normalmente solto sobre os ombros eram parte da fantasia. E ela, que vestia diariamente novas remessas de vestidos de Viena, hoje, na festa, com o vestidinho branco mais despojado. Isso era fantasia, ou melhor, Lotte. Ele imaginou como Amalie e Bertha riram quando Ulrike surgira à sua frente como Lotte com a pergunta: E então, o que acham? Não poderia haver uma diferença mais crassa do que entre aquela mãe, fantasiada de mulher esplendorosa, e essa filha como eterna menina.

Então, a orquestra parou de tocar repentinamente. O mestre anunciou que agora cada casal teria sua dança para apresentar o que queria representar naquela noite. O júri, presidido por Sua Serenidade, a Alteza Real grão-duque Carl August, laurearia o melhor casal com a Coroa de Louros Dourados de Terpsícore. Primeiramente, Julie Von Hohenzollern rodopiou no centro do salão, o conde Saint-Leu não teve chance como Marat. Sua Charlotte Corday pegou subitamente o espinho vermelho cintilante que balançava entre os seios e enfiou-o através da camisa entreaberta no local já maquiado com algo que se assemelhava a sangue. O barco a vapor, batizado como Prometeu, do conde Leuchtenberg estava dividido em duas metades distribuídas entre ele e sua esposa. Quando dançaram, as metades do barco se encaixaram. O mestre ajudou com comentários humorísticos.

Por fim, vieram Werther e Lotte. Não havia muito a dizer. Todos haviam reconhecido o que ambos eram. No entanto, percebeu-se pelo comentário do mestre de cerimônias que ele considerava esse par ideia de Goethe. Que Ulrike e ele haviam escolhido esses papeis independentemente um do outro, sabiam apenas Ulrike e ele. Essa foi a experiência deles, descobrirem que haviam se escolhido sem ajuste prévio. Que ela escolhera Lotte e ele Werther por si próprio fazia de ambos agora, em meio ao brilho do baile e ao barulho da música, um casal feliz. Ulrike desinibiu-se completamente. Ela representou a Lotte. Representou a Lotte que se arrebatara instantaneamente quando foi rodopiada no entediante baile da província por aquele impetuoso magriço chamado Werther, perdendo todo seu peso terrestre. Ulrike disse-lhe, deliciando-se com seu papel, tão alto que se pôde ouvir no salão de baile, gritou-lhe deleitada em seu rosto: Quando era mais nova, não havia nada que amasse mais do que romances. E ele exclamou de volta, fiel à obra: Nunca me movi com tanta leveza. E foi assim. E nunca, desde que se conheciam, eles tiveram a mesma idade. Agora tinham. Ele sentia, ela se curvou para trás, ele a segurou, eles voaram. Demonstraram que o mundo inteiro não é capaz de incomodar dois amantes. Eles abandonaram claramente suas personalidades, tornaram-se papéis, tornaram-se fantasias, tornaram-se Lotte e Werther. Como a música também logo assumiu esse espírito, isso provocou grande comoção. E como eles então agradeceram um ao outro por aquilo que tinham acabado de aperfeiçoar!

Seguiram-se Romeu e Julieta. Também um espetáculo de intimidade, mas voltado para o final trágico: dr. Rehbein e Catty Von Gravenegg. Uma metade do rosto maquiada de forma florescente, a outra com palidez mortal. Ele estava florescente do lado direito, ela, do esquerdo, portanto os lados que se distanciavam um do outro estavam mortalmente pálidos. Primeiro uma apresentação melancólica, mas o florescente venceu. Depois Amalie Von Levetzow: como *Madame* Pompadour em um vestido que era uma onda de seda verde-dourada da qual não se sabia como ficava presa a ela. E brincos até os ombros desnudos. Sandálias douradas amarradas aos pezinhos desnudos com tiras tão finas que eram invisíveis. Os revoltos cabelos estavam presos no alto por uma borboleta dourada. Amalie Von Levetzow! Certamente a mais bela dama da noite. Assim, o conde, como seu Luís, apesar de toda a negra suntuosidade de suas roupas, parecia quase despojado. No máximo, as rendas surgidas de suas mangas e a peruca permitiam que ele existisse um pouco ao lado da gloriosa carnalidade de sua companheira. Seu gestual, sua postura, porém, eram soberanos. Um pouco treinados. Podia-se perceber o trabalho do professor de dança. Por que não. Ele devia fingir que precisava esconder seu desejo até que *Madame* de Pompadour o dominasse a tal ponto que precisasse admitir quão agradável lhe era ser conquistado por ela.

O casais descansaram, o júri reuniu-se. Amalie Von Levetzow disse a Ulrike e Goethe:

Isso foi uma verdadeira conjuração. Lotte e Werther!

Madame Pompadour não estava mais disponível, disse Ulrike.

E a mãe: Mas a Virgem de Orléans ainda estava livre.

Sim, exclamou Goethe, e essa foi minha suposição todos esses dias.

Ulrike: Eu não queria tocar em nenhuma arma.

A mãe ainda não conseguia acreditar que os dois teriam agido sem nenhum ajuste prévio.

Ulrike disse: Não é tão difícil de compreender quanto a verdade.

A mãe: Se isso é a verdade, então... E não falou mais.

Goethe viu-se observado por ela, de forma como nunca o olhara antes. Ele balançou a mão no ar para dissipar seu olhar. Deu certo. Ela diluiu os traços faciais que logo haviam se tornado muito graves com um menear de cabeça e um riso. O conde de Klebelsberg, ainda antes de Goethe procurar atrapalhar seu olhar com a mão, exclamara: Amalie, onde nós estamos afinal! Isso com sotaque vienense.

Em algum momento, Goethe perguntou a Ulrike se não queria pegar um pequeno petisco do *traiteur* no salão do *buffet*. Ele olhou para ela de forma que percebesse que aquilo era apenas um pretexto. Ela o acompanhou. No salão do *buffet*, as pessoas que queriam se servir podiam sentar-se ou ficar de pé. Ulrike pegou seus bombons preferidos, recheados de conhaque, ele pegou um *waffle*. Mas mal encontraram lugar em uma pequena mesa, outras pessoas se juntaram a eles. Quando Romeu e Julieta também se aproximaram, todos os lugares à mesa já estavam ocupados, Goethe disse: Por favor, sente-se. Disse à grande loira Catty, metade pálida de morte, metade florescente. Catty, que trazia nas mãos várias tigelinhas com guloseimas, sentou-se agradecida, exclamou que aquele gesto ainda era à antiga. Goethe olhou para Ulrike, fez um movimento com a cabeça e ainda apontou com o polegar na mesma direção, ela entendeu, eles se foram, sem serem mais incomodados, para fora. No lado montanhoso do palácio, havia um gramado inclinado. O caminho estava um pouco iluminado pelas luzes da tempestade. Goethe foi inicialmente à frente, depois esperou ser alcançado por Ulrike. Então pararam um diante do outro na penumbra. Ele sabia que não podia fazer nada que pudesse aproximá-los mais. Era tudo ao mesmo tempo tão bom, quanto não era. Um caminho que se tornava cada vez mais íngreme levava a um bosque com velhas árvores.

Na primeira versão de sua novela *Werther*, Lotte teria, em vez das fitas vermelho-pálidas, apenas uma única fita cor de carne, disse ele.

Cor de carne em vez de vermelho-pálido, disse Ulrike, eu teria gostado.

Eu não, disse ele. Vermelho-pálido não é uma palavra lisonjeira, mas cor de carne menos ainda. Pelo menos ela mostrara, há pouco, entusiasmo como vegetariana.

Ela não era vegetariana, disse, nunca seria uma, ah, ela não sabia o que seria e o que não seria.

Ulrike, disse ele, venha, voltemos para a humanidade.

Ele esperava que ela dissesse: Ainda não, vamos ficar mais um minuto no ar fresco da chuva. Como ela nada dissesse, ele teve de ir, e caminhou mais rápido do que pretendia, tropeçando em um galho. Ele ainda agitou com toda força, procurando equilíbrio, mãos e braços no ar. Não funcionou. Ele caiu. A mão direita estendida para frente, o joelho direito esticado, ambos tarde demais. No último segundo, ele ainda quis virar o rosto para o lado. Isso só foi possível em parte. Bateu testa e nariz. Acertou entre o centro da testa e a têmpora direita e com a metade direita do nariz. Ulrike soltou um grito. Depois parou, olhou para baixo, em sua direção. Disse então sem cessar: Não, não, não, não. Chorando. Ele foi imediatamente tomado por um medo que sempre estivera ali, pronto a prorromper. Tudo, menos cair. Muitas vezes no inverno de Weimar ele teve de ouvir notícias de pessoas que contavam quem caíra de novo e como, a coxa quebrada, o quadril deslocado. Era um propósito incorporado: nunca vais cair. Agora caíra. E caíra porque, com Ulrike na penumbra, não atentara ao caminho. Ele cedera a uma emoção que se tornara imposta pela conversa. Virou-se de costas. Ele devia parecer a Ulrike como um peixe fora d'água. Sentiu os lugares na testa e no nariz que batera na queda. Sentiu o sangue correr pelo rosto. Levantar foi difícil. Ulrike quis buscar ajuda. Por favor, por favor, não, disse ele e se ajoelhou com esforço e com maior esforço ainda, levantou-se. Agora pediu a Ulrike que fosse até o palácio e, sem causar alvoroço, pedisse ao dr. Rehbein que saísse. Com curativos, exclamou-lhe ainda de longe. Dr. Rehbein veio e assustou-se, queria que Goethe se apoiasse nele para voltar ao palácio. Onde estava mais claro. Mas Goethe não permitiu, não lhe acontecera nada, apenas em dois lugares que, por favor, o dr. Rehbein devia curar, parar o sangramento. O doutor limpou, secou, untou, observou o efeito, então disse: Nós tivemos sorte, não está mais sangrando. O curativo que ele quis colocar na ferida, Goethe rejeitou. O doutor cedeu. Senhor Conselheiro, que o senhor tenha precisado de mim deixa-me pesaroso e, ao mesmo tempo, feliz. Amanhã vou examinar o ferimento mais uma vez. Mas agora, vamos voltar ao salão para a entrega do prêmio. E foi embora. Goethe e Ulrike ficaram frente a frente. Ulrike ainda olhava para o ferimento. Expulso do Paraíso, ele pensou. Desabado do Paraíso. Ulrike estava atônita. Ela aparentemente não sabia o que devia fazer, o que devia dizer. Provavelmente fora uma terrível visão quando ele tentou se equilibrar. Ela nunca mais esqueceria seu agitar de braços e mãos antes da queda.

Ele disse que não voltaria mais para o salão.

E a Coroa de Louros de Terpsícore, disse ela repentinamente em um tom muito diferente, a Coroa de Louros Dourados de Terpsícore. Venha. Um galho tolo, um caminho molhado, penumbra, isso pode acontecer a qualquer um. Agora ela mentia. Sabia exatamente que isso só poderia acontecer a ele, e apenas a ele porque tinha setenta e quatro anos.

Então ele disse resoluto: Eu tenho setenta e quatro.

Ela, rigorosa: O senhor já exagera outra vez, Excelência, setenta e três.

Não, disse ele, eu sempre já tenho no dia 1 de janeiro a idade que completarei no dia 28 de agosto.

E Ulrike: Mas para mim, setenta e três. O senhor acredite ou não, setenta e três é um número maravilhoso. Também entre os números há alguns belos e outros menos belos. Setenta e três é um número belo, digno de um beijo. E pousou suas mãos sobre os ombros dele, aproximou sua boca da dele até se tocarem e um pouco mais. Assim ela deixou seus lábios. Ele pousou suas mãos sobre os ombros dela, puxou-a um pouco para si, mas realmente apenas um pouco. Assim eles ficaram durante um tempo imensurável.

Venha, Excelência, disse ela.

Lá dentro, o mestre de cerimônias estava anunciando a entrega da Coroa de Louros Dourados de Terpsícore. E pediu à Sua Alteza Real que tomasse a palavra. O grão-duque, sobre o qual Ulrike dissera que se parecia, com seu colete branco imensamente largo que sempre se destacava através de suas jaquetas abertas, com um mestre padeiro, informou à frente no palco que o júri de cinco pessoas votara com unanimidade que a Coroa de Louros Dourados de Terpsícore devia ser entregue ao par Lotte e Werther. Os aplausos provaram que aquela não era apenas a opinião do júri, mas também do público. Goethe foi com Ulrike até a frente. Ulrike passou seu braço no dele. As dores eram suportáveis. Eles subiram ao pódio, o duque primeiro depositou a Coroa de Louros Dourados sobre os cabelos de Ulrike, depois queria coroar também Goethe, mas suas mãos com a coroa pararam a meia-altura e ele exclamou: Meus mais caros amigos, honorável público festivo, seu presidente do júri estava a ponto de deixar escapar o que torna este par tão digno de premiação. Quando o casal com sua dança íntima comoveu a todos nós profundamente, passou-me despercebida, à luz da festa tão agradavelmente fraca, a coroação da ideia da fantasia de Werther pelo poeta de Werther. Agora, no último segundo, mais próximo, eu vejo – e talvez o mesmo tenha ocorrido a um ou outro de nossa sociedade bailadora –, apenas agora eu vejo o que faz de Werther, Werther: exatamente onde a testa se transforma em têmpora, a ferida do tiro! Bravo, caro amigo, valoroso poeta, bravíssimo. Todos aplaudiram. Então o duque disse, após ter colocado a coroa de louros em sua cabeça: O que, senão nossas feridas, nós devemos celebrar então! Eu te congratulo, e a ti congratulo também, tu, beleza inspiradora, sem a qual não pode haver Werther. Os aplausos retumbaram. Ulrike aninhou-se tão intensamente como nunca em seu amigo. A música acompanhava festiva. Ulrike e Goethe se inclinaram e voltaram à sua mesa. Ulrike informou à mãe e ao conde de Klebelsberg sobre a queda, ambos se assustaram, mas Goethe disse quase impetuoso: Nada como um beijo da mãe Terra.

O baile continuou. Julie Von Hohenzollern quis tirar Goethe para a contradança, ele apontou para a ferida de tiro. Ela disse que, para ele, aparentemente, todo meio era legítimo para não ter de dançar com ela.

A noite se tornou inquieta. Testa e nariz doíam. Stadelmann alegrou-se por ser tão importante como nunca. Ele teve de colocar compressas frias em torno da cabeça de seu senhor. Goethe não pôde dormir. Pediu a Stadelmann que acordasse o escriba John. Este veio pronto a servir, mas não sem reprovação. Que o Conselheiro precisasse ditar ideias noturnas não era novidade.

Sua Serenidade, Alteza Real, e ditou, sem nenhuma hesitação, que se atrevia, como nunca antes, a solicitar a seu amigo, o gracioso senhor, a prova de um laço de amizade. A saber: pedir, no papel de seu arauto, à senhora Von Levetzow a mão de sua filha Ulrike. Isso seria pedir muito, mas caso não conviesse ao modo de pensar de Sua Alteza, poderia ser omitido. Como deixava à conveniência do gracioso senhor, se renderia a seu servidor, o qual ele frequentemente tinha a bondade de chamar de seu amigo, esse serviço não previsto em regulamento, o abaixo-assinado consentia que submeteria apenas à apreciação do gracioso senhor se aquilo que solicitara seria factível ou não. Com expressão da mais profunda estima, sempre seu, Goethe.

Então ele disse: Passar a limpo quanto antes de manhã, caro John, para que possa estar do outro lado perto da hora do almoço.

Se o beijo fora compaixão, ele se expusera ao ridículo com aquela carta. Como se isso importasse. A Coroa de Louros de Terpsícore, Ulrike-Lotte, o beijo, a leve insistência que ela acrescentara ao beijo! A queda quer aniquilar tudo isso. Escuridão, chuva, um galho, fim. Setenta e três, um belo número. Mas ela fora solidária. De forma alguma fora compaixão. O seu susto, sua perplexidade e como recuperou-se aos poucos, então – e era isso que o fazia viver agora – ela proibiu-lhe a fuga. Ela queria entrar com ele no salão. Ela sabia, ele sabia, a Coroa de Louros de Terspícore só podia pousar sobre a testa dela e dele. E quando dançaram a dança, a música Lotte-Werther, nesse momento eles tiveram a mesma idade, nesse momento tudo se decidiu.

Sob essa palrice desenvolvia-se ininterruptamente um aniquilamento de tudo o que se passava dentro dele. Ele precisava cuidar para que o aniquilamento não tivesse chance. Isso não era novidade. Durante uma vida inteira ele enviara o texto aniquilador paralelo para o lugar de onde viera, para o quartel do insucesso.

A dor que emanava da testa e do nariz transformou-se em um capacete de dor preso à sua cabeça, que garantiu durante toda a noite que o *páthos* não o abandonasse.

DOIS

1

Ele precisava se convencer de que fazia seu trabalho como sempre. Mas se perguntava por que precisava se convencer de que fazia seu trabalho como sempre, se já sabia que não era o caso. Por que não podia admitir? Afinal, levantava-se cinco vezes por hora de sua escrivaninha, corria até a janela, sempre na esperança de que Ulrike logo aparecesse do outro lado, no terraço, e acenasse, para que ele pudesse acenar de volta, indicando-lhe que, caso tivesse vontade, poderia passar ali rapidamente. Reconhecer isso ele considerava perigoso. Fraquezas têm como característica o fato de que se tornam mais senhoras de ti quanto mais te ocupas delas, admites que elas existem.

Dois dias após o baile à fantasia, ele ainda não vira Ulrike. O dr. Rehbein cuidara bem dos ferimentos.

O grão-duque respondera de imediato. Ele iria, ainda antes de partir para as manobras em Berlim, falar em favor de seu amigo. Estava, escreveu, com boa disposição de espírito. E como era um homem de atos, logo acrescentou como pensava em organizar o pedido: uma casa em Weimar para a mãe. Ulrike, a primeira dama na corte. Em todo caso, uma pensão de viúva para Ulrike. Anualmente 10 mil taleres. Isso era embaraçoso para Goethe, mas se Carl August via assim, então não podia estar muito errado. Ele já pedira, escreveu, que fosse anunciado entre os Levetzow. Afinal, estava hospedado no palácio apenas um andar abaixo deles.

Então a notícia que mudava tudo, as Levetzow já estão arrumando as malas, vão partir de Marienbad, viajam para Karlsbad logo depois de amanhã. Goethe leu a cartinha azul-lavanda que Ulrike colocara no bolso de Stadelmann mais de uma vez. Como frequentemente, escreveu Ulrike, na verdade, como sempre, a mãe queria terminar também este verão em Karlsbad. Era verdade. No ano anterior ele também deixara seu verão terminar em Karlsbad. Junto com as Levetzow. Na muito mais antiga e mais digna Karlsbad, onde já rendera homenagem doze vezes, alegre e veranista, à saúde e à sociedade. E sentia que isso nunca mais existiria. Ele viu mais uma vez em pensamento o que se passou no rosto da senhora Von Levetzow quando ouvira – e não podia mais duvidar do que fora ouvido – que sua filha e Goethe haviam se fantasiado de Lotte e Werther sem nenhum acordo prévio. Goethe lera naquilo que se passara em seu rosto que ela, em primeiro lugar, reconhecera nessa comunhão não acordada um sinal de uma afinidade dos dois com a qual não contara, e que ela, em segundo lugar, acreditava ter de separá-los o mais rápido possível.

Então Ulrike veio pessoalmente. Seu primeiro olhar foi para a testa. Ela queria tocá-la. Era perceptível. Todos os seus movimentos eram tolhidos. Se ainda doía, perguntou apontando para o local.

Ele meneou a cabeça em negativa. Será que a carta a seu favor do grão-duque chegara às Levetzow? Ou será que o gracioso senhor fizera o pedido pessoalmente? Ele não informara como executaria o pedido. Mas se Ulrike soubesse, estaria diferente. Mas diferente como?

Ela repetiu o que já escrevera: as Levetzow partiriam para Karlsbad. Ainda antes do dia vinte. Ela disse de forma que devia soar inocente. Ele percebeu esse esforço pela inocência. E aquela a quem ele recomendara mais energia e mais vivacidade narrativa como leitora, e agora a ouvira de novo, deixava muito claro, ao reproduzir aquilo que lhe fora instruído, que o que lhe informava naquele momento não fora decisão sua, mas de sua mãe. Ela recitou, deixando claro que não dizia ali nada por si própria, mas apenas repetia o que lhe fora dito.

Isso o encantou. Ele pousou as suas duas mãos sobre os ombros dela, evitou, porém apenas o mínimo possível, puxá-la para si. Que esse grandioso pedido chegaria às Levetzow sem que aquele que fazia a proposta de casamento houvesse dito uma palavra a respeito! Ele tinha a esperança de que as Levetzow ainda não soubessem de nada. Se o pedido tivesse chegado até ela, Ulrike não teria tido permissão para entrar ali. Isso era evidente.

Portanto, Ulrike, ele precisa dizer à senhorita, já é tempo, que talvez nesse exato instante, Sua Serenidade esteja pedindo para ser anunciada à sua mãe, talvez ele já tenha sido convidado a entrar e esteja dizendo neste momento que pedia a mão da senhorita em nome do senhor Goethe.

Pelo menos isso ele conseguiu dizer. E no melhor e mais seguro tom, não acometido por nenhuma dúvida. Muito bom, seu coração queria que ele percebesse como aquele momento era intenso. Agora a força dos olhos de Ulrike. Esses olhos que não podiam esconder nada. Talvez nem todos que a olhassem dissessem o mesmo. Para ele, eram olhos narradores. Seu olhar dizia-lhe agora com muita clareza: admito que estou surpresa. O senhor vê que estou admirada. Eu não quero de forma alguma ocultar que a mim, o que o senhor diz, penetra na alma como uma mensagem afortunada. O que é a mensagem eu não sei. Estou admirada demais para isso. Estou feliz e não tenho ideia por quê. Talvez também esteja sonhando. Não precisamos saber sempre o que fazemos quando fazemos algo. Agora eu sei que estou sonhando. Mas um belo sonho, Excelência.

Como ela não dissesse nada, mas apenas olhasse assim, narradora, ele disse: Por sorte nós somos duas pessoas sem inclinação para o trágico.

É verdade, disse ela, de forma que soou aliviada. Seu rosto podia ser uma espécie de alegria. Ela também parecia audaz. Sempre gostava de olhar para cima. Esse gesto agora era adequado.

Ele teve de dizer repentinamente que Sua mais graciosa Alteza, que o tratava amiúde por amigo em suas cartas, fizera questão de inserir na proposta à senhora sua mãe realidades que ele, o proponente, nunca poderia citar, tamanha sua austeridade. E aliás, ele pedia que isso fosse considerado como seu estado atual, essa proposta é uma excursão até os que não-pertencem-a-este-lugar, que combinava tão pouco com ela quanto com ele. O casamento, ele sabia, é uma forma de tornar possível algo impossível, é digno de todo respeito, mas quem o toma a sério, não necessita dele. Se ambos o levam a sério, não há nada mais supérfluo que o casamento. A senhorita vê, ele nem mesmo pode nesse instante extremamente precário que, no entanto, torna-se totalmente não trágico por causa de seu olhar, ele não pode nem agora evitar completamente um ponderado acento secundário. O casamento é apenas necessário nas situações em que um dos dois o toma menos a sério que o outro. Isso é tudo, cara Ulrike. A forma como a senhorita olha agora, talvez tenha olhado assim, há algum tempo, a primeira pessoa a quem foi comprovado que a Terra não era plana, mas redonda.

Ele tirou suas mãos dos ombros dela. Ela olhou para cima, para ele. Eu não tenho um metro e oitenta e sete, ele pensou. Ela avançou sua boca, aproximou seu rosto do dele e cuidou para que as duas bocas se tocassem de novo. Durante um tempo imensurável. Mas seus olhos estavam, quando ele sentiu sua boca na dele, fechados.

No instante seguinte, ela estava lá fora. Por que não a impedira? Por favor, ela agora não estava mais lá! Enquanto ela aqui está, de pé, diante dele, visível, alcançável, não é necessário dizer, sentir como será quando ela tiver partido, estiver lá fora, não mais visível, não mais alcançável. Se pudéssemos sentir essa condição previamente, não a deixaríamos partir, ah, o que faríamos então...

Mas ela ainda está nas proximidades. Logo vais vê-la de novo... Ele caminhava e refletia. Aquela proposta ridícula. A forma mais indefesa de expressar sua seriedade. Talvez uma mãe precise dessas ferramentas auxiliares. Ela é apenas quinze ou dezesseis anos mais nova que o conde de Klebelsberg. E casamento não parece ser um tema importante para eles. Bem, a proposta fora uma espécie de retrocesso ao desnecessário, inadequado, extemporâneo...

Ainda na mesma noite veio a carta do senhor e amigo: Recepção extremamente afável da proposta pela família Von Levetzow, a senhora Von Levetzow, ela própria prejudicada para o casamento, nunca constrangeria uma filha a um matrimônio, longa conversa da mãe com Ulrike, resultado a ele comunicado: se Ulrike puder ser útil ao senhor Von Goethe, ela concorda de imediato.

Ressalva: sua família em Weimar, filho, nora, três netos. Que eles pudessem sentir-se pouco à vontade torna tudo duvidoso.

Goethe leu mais de uma vez. Naturalmente, a uma aproximação tão formal só poderia seguir-se uma resposta formal. A única palavra que foi bem acolhida por ele foi a palavra útil. Se leitoras de *O homem de cinquenta anos* utilizassem essa palavra em uma situação tão fatalmente agravada, elas sabiam que lá estava escrito: partir do útil passando pela verdade até chegar ao belo. Ele não queria outra coisa. E ela certamente já informara lá do outro lado que ele, naquele meio-tempo, já eliminara todo o formalismo do casamento, do projeto de vida de Ulrike e do seu. Essa resposta não era absolutamente o estilo da mãe, se fosse a mãe a formulá-la. Isso não era Amalie Von Levetzow, a mulher suntuosa que dominava todo ambiente no qual entrava. E era menos ainda o estilo de Ulrike. Assim, ele restaurou cuidadosamente sua impressão, suas perspectivas, sua situação.

No dia 18 de agosto de 1823, no início da tarde, se daria a despedida. O carro já aguardava. Mãe e filhas estavam vestidas para viagem. Eles voltarão a se ver, isso é certo, isso está acertado, é irrevogável. Foi a vívida cordialidade da mãe que animou a cena. Os abraços foram mais que rotineiros. Ele não abusou do abraço com Ulrike transformando-o em um apertar-em-seu-peito apaixonado qualquer. Amalie foi a única que mencionou o curativo, que já diminuíra, em sua testa e nariz. Se o senhor tivesse caminhado comigo até o bosque, isso não teria lhe acontecido. Ulrike sempre caminha como se seus membros fossem sair voando. Então, Bertha ainda teve de dizer: Tudo de bom, senhor Conselheiro, até breve.

Como tudo ocorreu no terraço, portanto, ao ar livre, não foi possível lançar um beijo. Elas já estavam quase na carruagem quando Ulrike se virou mais uma vez, caminhou de novo até a margem do terraço e disse:

N A D L S A.

Algo lhe dizia que devia compreender aquilo. Mas não conseguiu se lembrar tão rapidamente. Ulrike havia claramente contado que ele saberia o significado de N A D L S A. Quando percebeu que ele não entendera nada, disse, como se o lembrasse de algo que já sabia:

Nossa língua de abreviações. E exclamou na direção da família: Por favor, traduzam ao senhor Conselheiro: "N A D L S A".

Amalie e Bertha imediatamente: Nenhuma alteração do local sem aviso.

Ela lhe disse, baixinho, quase íntima: Compreendido, Excelência.

E ele: Compreendido. Nessa única palavra ele depositou todo o seu sentimento de felicidade.

Ela, parodiando a rotina: *Au revoir*.

Das janelas da carruagem, mãos acenando. Por último ainda, durante tempo mais longo, a mão de Ulrike. Quando estava de volta ao seu quarto e olhou para o terraço, ele lhe pareceu ermo. Goethe passaria os dias que ainda tinha aqui atrás de cortinas fechadas. Assim ordenou a si mesmo. Seu coração respondeu. Ele precisou se segurar na cruzeta da janela. Seu coração. Contra a parede do peito. Na garganta. Seu coração se comportava como um prisioneiro que bate à porta da cela para ser libertado, porque esse estar preso é uma injustiça. Tentou conciliar o coração por meio de movimentos e respiração cautelosa. Em vão. Se acelerava-se assim, logo teria um fim.

A respiração. Chamou Stadelmann. Ele veio. Dr. Heidler, ele disse, Stadelmann viu, compreendeu, correu para fora e para baixo. Ele ainda estava à janela. Dois passos até o sofá. Então, sentou-se. Deitar era impossível. Respirou rápida e superficialmente. Seu médico balneário chegou, Goethe não precisou explicar nada, mas teve de acompanhá-lo até o outro lado, deitar-se na cama, dr. Heidler auscultou-o e disse: Uma inquietação. Uma sangria ajudaria. E logo a realizou. Goethe adormeceu. Quando acordou, Stadelmann estava sentado na cadeira ao lado da cama. Agradeceu-lhe. Ele podia ir.

De volta à cena da despedida. Ridículo acreditar que poderíamos ter imaginado alguma coisa. Se há alguma coisa, nós sentimos, não podes ter imaginado nem um pouco. Ela se foi. Só agora. E agora essa cena também estava ali de novo, a língua de abreviações das filhas Levetzow, ele já as vivenciara muitas vezes, meu Deus. Logo na primeira leitura de Scott, há dois anos. Bertha começara muito adiante, Amalie exclamara imediatamente: N A N E T A. Então elas lhe traduziram: N A N E T A significa: nós ainda não estamos tão adiantadas. Essa seria sua língua de abreviações. Sim. Elas eram filhas do século XIX. Logo todos conversariam apenas na língua de abreviações. Amalie e Bertha haviam deixado escapar, mas a justificativa aparentemente séria viera, sem fervor missionário, muito calmamente, de Ulrike. Ela era claramente a criadora dessa língua.

No dia vinte, ele partiria. No dia vinte, partiu. Não podia fazer mais nada aqui. E sem atividade, estava à mercê de pensamentos contra os quais não conseguia lutar. Formou-se nele naturalmente uma espécie de resolução. Não podia pensar em partir amanhã sabendo que iria para

Weimar. Que ele amanhã viajaria apenas até Eger estava, portanto, decidido. No caminho de Weimar até a Boêmia e de volta, ele sempre fazia uma parada em Eger e visitava o chefe de polícia Grüner. Isso ele faria amanhã também. O chefe de polícia era um descobridor e colecionador de tudo o que já existira. E um admirador. Mas não do tipo adorador que conseguia fazer que as pessoas duvidassem de si mesmas. Ambos tinham paixões comuns. Grüner sempre fizera excursões com ele na região, excursões na história da paisagem. Grüner podia ler a paisagem. As pedras, as árvores, os riachos, os muros. Ele estudava tudo o que existia. Línguas, pessoas, móveis, vento e clima. E, quando necessário, fazia poemas, e Goethe tinha de lê-los. Ele sabia que se tratava apenas de poemas que registravam momentos ou documentações rimadas de um evento extralinguístico. O chefe de polícia emanava uma modéstia que, para Goethe que normalmente vivia cercado de egoístas, tinha o efeito de água fresca diretamente da fonte. Goethe concluíra em seu pensamento ainda acometido pela despedida no terraço que no momento não podia olhar além de Eger. Ir até lá, visitar Grüner, notificado de sua visita. Não conseguia suportar mais direcionamento que isso.

Mas, um dia antes da partida, encontrou mais uma atividade, ou melhor, a atividade o encontrou. Escreveu. De noite, já estava, no papel mais fino que Stadelmann pudera providenciar, sua obra do dia. Ele não apenas a leu, mas a contemplou. E isso foi o que contemplou:

Pela participação íntima
em meus cantos
grato como lembrança amável
de horas prazerosas.

Doloroso dueto amoroso
imediatamente após a separação

Ele.
Pensei que não tinha nenhuma dor
Mas então meu coração teve tanto medo
Minha testa tinha um curativo
E meu cérebro mais profundo estava oco
Até que, por fim, lágrima a lágrima correu,
cauteloso adeus deságua.
seu adeus fora alegre quietude,
ela certamente chora agora e como tu.

Ela.
Sim, ele se foi, tem de ser assim!
Meus queridos, deixem-me sozinha,
se eu lhes parecer estranha,
isso não dura eternamente!
Agora não posso esquivar-me dele.
Portanto tenho de chorar.[16]

Ele estava feliz. Aquele fora um dia como desejara. Entregue a um sentimento que ainda não conhecia palavras, mas que o guiava inequivocamente ao buscá-las. Tudo o que não correspondia a esse sentimento não ficou no papel. Isso era o melhor de escrever, principalmente de escrever poemas: a certeza absoluta da realização. Independentemente do que alguém depois dissesse sobre o resultado, para ele era decisivo para sua felicidade que, aquilo que depois ali estava, correspondesse completamente ao sentimento que o guiara durante a escrita. Essa progressão imperturbável do estado de espírito: como se o texto já existisse antes que o concebesse, e ele só preci-

16. *Für innige Theilnahme/ an meinen Gesängen/ dankbar zu freundlichem Erinnern/ genußreicher Stunden.// Liebeschmerzlicher Zwie Gesang/ unmittelbar nach dem Scheiden// Er./ Ich dacht' ich habe keinen Schmerz/ Und doch war mir so bang um's Herz,/ Mir war's gebunden vor der Stirn/ Und hohl im innersten Gehirn —/ Bis endlich Thrän' auf Thräne fließt,/ Verhaltnes Lebewohl ergießt. —/ Irh Lebewohl war heitre Ruh,/ Sie weint wohl jetzund auch wie du.// Sie./ Ja, er ist fort, das muß nun sein!/ Ihr Lieben, laßt mich nur allein,/ Sollt' ich euch seltsam scheinen,/ Es wird nicht ewig währen!/ Jetzt kann ich ihn nicht entbehren./ Und da muß ich weinen.*

sasse encontrá-lo. E quando o encontrava, essa experiência da perfeição. Nenhuma palavra podia ser diferente ou estar em outra posição. Bem, a experiência dizia, amanhã ou em uma semana tu podes ver ou sentir isso de outra forma, mas hoje, hoje estás de pleno acordo com o poema perfeito que ali está. A perfeição do texto experimenta uma ampliação por meio daquilo que devia ser expresso nele. O sentimento que o guiou foi inicialmente uma dor, um padecimento inconstante, uma impertinência terrível, um miserável estar-abandonado, uma ofuscante impossibilidade de vida. Que essa prostração humilhante tenha se mostrado em um sentimento que pôde guiá-lo palavra a palavra até o fim, isso é o feliz milagre da escrita. Ulrike, ouça-me! Ouves-me? Se agora me ouvisses, estarias muito próxima. Estaríamos unidos por uma concordância batizada como inseparabilidade. Ulrike.

Ele declamou e declamou para si mesmo o que escrevera e ficou mais do que feliz porque sabia de tantos encontros que o chefe de polícia Grüner, quando lesse esse texto, descobrindo-o, compartiria do sentimento ali expresso. Inimaginável ter escrito agora essas linhas e não pensar nenhuma pessoa que as leria e compartiria em seguida. De preferência, imediatamente para Eger. Ele já se conhecia, sabia que precisava, para poemas, mais rapidamente de companhia do que para outros tipos de escrita. Poemas, isso era correspondência expressa. Correspondência expressa da alma. Aquele era um dia bem-sucedido, ter lidado com um desespero de tal forma que precisasse admitir que ele era mais belo expresso do que em estado bruto. E providenciaria, ainda não sabia como, para que Ulrike pudesse ler o que fora escrito hoje, exatamente como o chefe de polícia. Ele prevê que não pode sobreviver a nenhum dia em que não vir Ulrike sem expressar em poesia aquilo que lhe fora exigido. Hoje dera certo. Hoje ele estava, sim, por hoje estava salvo.

E como se isso não fosse suficiente, no meio da tarde chegou a notícia: o conde Sternberg estava de volta e ficaria feliz se ao menos pudesse ver seu grande amigo. Será que uma felicidade não é suficiente? Aparentemente, não. Ah, na turbulência de sentimentos daquelas semanas escapara-lhe que o conde, quando partiu para a Hungria, ainda exclamara: Até breve, espero que até muito breve. Ele então entrou rindo. Goethe queria abraçar esse homem de tal forma que ele se tornasse contemplativo. Sim, devia ficar comovido. Podes contar nos dedos de uma das mãos quantas pessoas em todo o mundo têm teu afeto tão descontraído como ele. Esse sentimento tão entremeado contigo: podes desinibir-te, não precisas estar retesado, pronto para tudo o que possa acontecer. E então: percebes que o outro sente exatamente o mesmo. Vocês se viram raramente, trocaram cartas com a sensação de afinidade, por assim dizer, científica, mas havia muito mais afinidade no tom do que no conteúdo. No dia 11 de julho, na *promenade*, as Levetzow, reconheceste a sua silhueta grupal, dirigiste a ti e ao conde, sem querer perturbar a conversa sobre as adoradas rochas, para a formação das Levetzow, o cumprimento, o jantar, e então o conde, o único que pressentira, não como muitos outros, que haviam permanecido sentados nas noites no ano passado e retrasado, estúpidos e surdos, sem perceber como abrandavam a atmosfera alegre com seu intrometimento, mas o conde despediu-se finamente, porque pressentira que agora precisavas das Levetzow apenas para ti. Ao conde ele podia explicar o curativo – só restara ainda aquele da testa – sem acanhamento, inclusive acrescentar, para diverti-lo, com quanta imaginação Carl August reagira à testa estropiada. Não conseguia pensar em nada sobre o que não gostaria de conversar com Sternberg. O próprio fato de ser indiferente sobre o que se conversa já indica uma afinidade vital que pode deixar uma pessoa alegre sem nenhum outro motivo. E mais ainda o anúncio: O conde também vai para Eger. Ele, o mecenas que, em Praga, cuida para que a Boêmia continue vivendo com todos os seus tesouros nos museus e faculdades, naturalmente conhece o chefe de polícia Grüner. Pelo fato de ambos o amarem igualmente, mais uma vez percebiam o quanto eram próximos.

Quando partiram, chovia. Não, caía um temporal. No caminho, os grandes buracos cheios de água cuja profundidade, por estarem inundados, não se podia imaginar. Goethe percebeu como seu amigo olhava apreensivo para Stadelmann à frente. O conde era um apoiador não apenas dos museus e das sociedades dedicadas à conservação, ele também cuidava para que, nas escolas de nível superior e nos ginásios, a engenharia estivesse à altura de uma concorrência europeia. Por isso, Goethe começou a elogiar sua carruagem, a qual poderia considerar a mais bem desenhada e construída, pelo menos da Saxônia e Thüringen. Em seu país, nenhuma carruagem tem uma suspensão comparável com total estabilidade. Nenhum carro é tão leve, tão rápido, tão seguro como o seu. Goethe empregara todo esforço imaginável com sua mobilidade, pois, do contrário, não aguentaria ficar em Weimar. Ele pode ir, se quiser, rapidamente a Frankfurt, Dresden ou a qualquer outro lugar. No entanto, confessa que quase nunca quer ir para muito longe. Mas, sim, mover-se rapidamente em um espaço circundante.

O conde disse que aquele era um lado totalmente novo de Goethe que conhecia agora.

Então, Goethe precisou mencionar, quase vanglorioso, a viagem inaugural. Ele com Ottilie, ela exigira sentar-se sozinha ao seu lado durante essa viagem. Seu marido, o filho dele, August, devia ficar em casa. Realmente, aquele passeio veloz, balançante, às vezes também aparentemente arriscado, quase o aproximara demais de sua nora. Quando voltaram a Weimar, passaram a entrada na praça Frauenplan e ele a ajudou a descer do carro, disse então: Isso foi velocífero. Assim essa palavra, que desde então circulava como uma de suas criações, viera ao mundo. Ao conde ele não precisaria traduzir, mas a Ottilie sim. Velocitas e Lúcifer. Ela entendeu.

Uma bela palavra, disse o conde, e também expressa o que nos está destinado. O que deve nos estar destinado. Enquanto estivesse sentado naquele carro, não queria, disse, endemoniá-lo.

Goethe disse que, sem um condutor como Stadelmann, não iria querer andar por aí com aquela leveza sobre quatro rodas. Veja como ele vai certeiro na direção de cada cavidade com água e sempre passa bem entre os maiores buracos, assim, ele nunca pode tombar. Certa vez, dissera a Stadelmann que se quisesse fazer um favor a Napoleão, o teria presenteado com ele como cocheiro particular. E ele, dissera Stadelmann, teria preferido enforcar-se no próximo galho a separar-se de Goethe.

Assim eles chegaram a Eger, o tempo melhorou, os quartos na pensão Sonne haviam sido reservados, o chefe de polícia veio e seguiu-se uma noite sem pesares. Quando Grüner partiu, Goethe entregou-lhe em um envelope o *Doloroso dueto amoroso* e disse que o senhor chefe de polícia seria tanto um dos seus que, quando lesse o poema, não seria tomado pela compaixão, mas, sim, ele esperava, pela arte.

Na manhã seguinte, o chefe de polícia expressou, por meio de um abraço um pouco seco, como estava grato por Goethe tê-lo incluído em sua intimidade. E simplesmente podia dizer, anunciou Goethe, que sua flor de verão também se abrira em Eger.

Durante três dias eles estiveram explorando a região. Goethe estava alerta e presente como se não existisse nada mais além de pedreiras de calcário, marga, gnaisse e granito, idocrásio, que aqui é chamada *egran*, topázio fumado, molibdato de chumbo com cristais visíveis, ametistas, tudo na vizinhança. E Goethe encomendou preventivamente, das duplicatas de Grüner, peças para sua coleção em Weimar. Prometeu-lhe em troca um grande granulado da Sibéria, do qual tinha três exemplares. Quando estavam a caminho, ele mandou pararem repentinamente, desceu da carruagem, foi até as pessoas que ceifavam os cereais e estavam amolando suas foices e perguntou-lhes onde tinham encontrado suas mós. Os homens só sabiam que as mós eram vendidas no mercado de Eger. Como Goethe então disse que elas poderiam ser úteis na região de Weimar, o chefe de polícia prometeu providenciá-las.

Goethe exagerava seu interesse por tudo. Precisava provar a si mesmo que conseguia ficar sem pensar em Ulrike por horas. Se não por horas, então pelo menos por minutos.

Quando eles, na terceira noite, mais uma vez estavam sentados juntos, elogiavam a cerveja de Eger e superavam um ao outro na comunicação de todo tipo de histórias, superavam-se na amabilidade, o chefe de polícia revelou que enxertava incansavelmente, pois ele era mesmo assim – de qualquer forma, tornara-se assim somente quando percebera que o mundo, em qualquer ponto que o tocamos, sobejava histórias, o mundo é um contador, exclamou ele, também tocado pela cerveja –, agora ele enxertava incansavelmente um novo galho de pesquisas em sua verdejante árvore vital: canções populares. No momento, ele pedia a toda pessoa que o ajudasse. Ninguém consegue isso sozinho. Por exemplo: há uma canção popular, ele até tem a sua melodia na cabeça, mas do texto só conhece o começo.

Dê-nos o começo, disse Goethe, o resto providenciamos, o conde Sternberg e minha humilde pessoa.

O chefe de polícia murmurou a metade, a outra metade, falou: Para Estrasburgo na trincheira, para lá minha tristeza se dirige...[17]

Goethe pressionou subitamente sua mão direita sobre o olho esquerdo, como se precisasse protegê-lo. Quando percebeu que Grüner o encarava, virou a cabeça para o conde sem soltar o olho esquerdo.

O conde: É conhecida, naturalmente. E murmurou também a melodia. Sim, exclamou, deve ser a melodia de um suíço, um dos suíços que prestam serviço como soldado no estrangeiro. E continuou a cantar: Lá eu ouvia a trompa suíça entoar...[18]

Agora ambos procuravam mais palavras.

Como o tempo hoje estava mais uma vez suficientemente desagradável, o vento leste de fato os atacara

---

17. *Zu Straßburg auf der Schanz, da ging mein Trauern an...*

18. *Das Alphorn hört' ich drüben wohl anstimmen...*

algumas vezes, Goethe pôde anunciar que seu olho esquerdo tomara a liberdade, contrariando toda simetria, de ser mais sensível que o direito; este olho aparentemente inflamara, ele precisava se despedir sem muitas formalidades. E partiu, mantendo a mão direita diante do olho.

Ele era relativamente versado em si mesmo e sabia que não podia exigir nada de si naquela noite. Sobretudo, nenhum ponto cardeal. Só não queria ir para Weimar. Não sabia o que queria. Durante a noite inteira, não sabia o que queria. Uma noite em que não se sabe o que se quer costuma ser longa. Sua cabeça pesava tanto sobre o travesseiro, como se a pressionasse com toda força sobre ele. Mas a cabeça estava pesada por si mesma. *Para Estrasburgo na trincheira, para lá minha tristeza se dirige...*

No desjejum, ele parecia calmo. O conde Sternberg disse que também continuaria viagem hoje. E Goethe ainda nem dissera que partiria. Mas Sternberg podia ler no rosto do amigo. Grüner apareceu, entregou um envelope a Goethe e disse que ali estava a cópia do *Dueto*, para o caso de sua Excelência querer fazer uso dele. Grüner despediu-se. Disse no final: Até um feliz reencontro. Quando o conde perguntou quando partiria o próximo carro para Karlsbad, Goethe disse, sem poder refletir: em uma hora. Stadelmann e eu esperamos o senhor.

Na carruagem, Goethe ainda protegeu inicialmente seu olho esquerdo com um lenço. O olho estava inflamado. Um pouco. Ele o examinara no espelho. Partiram à uma hora de Eger, estavam em Karlsbad antes das quatro. Quando pararam diante do Goldenen Strauβ, não havia mais olho inflamado. Goethe parabenizou Stadelmann. Este riu.

Durante a viagem, o conde fizera Goethe saber, sem lhe dizer diretamente, que as Levetzow estavam informadas de sua, do conde, chegada. Ele incluíra isso na conversa como se soubesse que não tinham conhecimento da chegada de Goethe lá. Este não estava com disposição para tratar a si mesmo com tanta delicadeza como o conde o tratara. Simplesmente contou como era sua situação. Não o disse de forma que o conde se sentisse obrigado à compaixão e ao consolo. Ele quis evitar justamente isso com um frio relatório. A si mesmo não pareceu nem um pouco digno de compaixão. Que seu conde Sternberg fosse com ele agora para Karlsbad era a mais bela casualidade entre as maravilhas do mundo, uma prova de que ele, Goethe, era um eleito da sorte. Inimaginável como seria se ele hoje precisasse viajar sozinho de Eger a Karlsbad. Teria acontecido. Ele teria viajado. Sozinho. Ele tinha de libertar Ulrike do cárcere familiar. Sua vida e a de Ulrike não podiam ser sacrificadas por uma, mesmo que nobre, estupidez maternal. Ulrike espera isso dele.

Como apareceu lá junto com o conde, a chegada foi um tanto social. Surpreendente, por favor. Mas nesse círculo, e no caso do caprichoso Goethe, imaginável. Isso o aliviou. Quase mais do que necessário. Chegar lá sozinho seria um raio de paixão em um dia de verão no qual nenhuma tempestade era esperada. Ele esperaria isso deles. Deles quem? De todos. Do mundo, sempre curioso.

No Goldenen Strauβ, na Alte Wiesenstraβe, eles conheciam ambos, havia lugar para ambos, ambos foram tratados como se tivessem reservado um quarto. Goethe soube, sem ter perguntado, que seus quartos seriam, como no ano anterior, um andar acima dos quartos da família Von Levetzow. Como isso não comoveria alguém!

Um *hotelier* lida contigo de forma que o mundo inteiro poderia aprender com ele como se deve lidar com viajantes. Um viajante está sempre ferido. O *hotelier* sabe disso. Ele é o médico emergencial da alma. Terrível se tivesses que lhe contar alguma coisa: A situação é assim e assim, coloque-me, por favor, ali e ali. Não no Goldenen Strauβ, o ramalhete dourado, que não poderia ter um nome mais acertado. Foram anunciados às Levetzow, receberam permissão para entrar e ficaram ambos parados à porta, um dando a prioridade ao outro. O conde sentiu que sua aparição era bem mais inocente que a de Goethe e caminhou até a família, que agora se postara diante das poltronas e da mesinha e podia ser cumprimentada. O conde o fez de forma perfeita. Trazia recomendações de sua viagem à Hungria, de tal e tal castelo, de tal e tal primo. As recomendações foram recebidas com tons estridentes. Então o conde colocou-se ao lado da família como se, para Goethe, também estivesse entre os que deveriam ser cumprimentados.

Goethe começou, porque elas também estavam assim ordenadas, pela menor. Primeiro, depois que já dera dois passos na direção do grupo e parara mais uma vez, disse: Senti falta de vocês.

E Amalie imediatamente: De nós ou de Ulrike?

De todas as Levetzow, disse ele muito sério. Teve a sensação de que soara sério demais, portanto disse claramente mais jovial e apenas para Amalie: De todas.

Amalie não cedeu. E como sentiu falta de mim?, perguntou ela.

Goethe olhou apenas para ela e disse: Como uma rocha rara sente falta de ser segurada pelas mãos da menina e contemplada, porque sabe que apenas essa menina a compreende, compreende a língua da rocha.

Amalie pareceu estar satisfeita por um instante. Mas Bertha agora naturalmente também precisava perguntar: E como sentiu falta de mim?

Como o veado que está a morrer de sede sente falta da fonte que pode salvá-lo da morte.

Bertha emudeceu de admiração. Na sequência, vinha agora a mãe. Ela disse: Como o Conselheiro sentiu minha falta nós não queremos ainda exigir do senhor.

Pena, disse Goethe.

Então, por favor, disse ela.

E Goethe: Eu senti falta de poder lhe pedir desculpas por um ato nascido do pânico cujo embaraço só foi superado pelo seu burlesco.

Bravo, disse a Baronesa, caminhou até Goethe e exclamou: Napoleão tinha razão "*Voilà un homme*".

Agora todos estavam ao lado dele, iniciaram-se apertos de mão e abraços, mas Ulrike ainda não se movera. Quando todos perceberam e então se voltaram para ela, Goethe foi em sua direção. Ela se virou na outra direção e disse: Eu também preciso ouvir por que sua Excelência sentiu falta de mim.

Agora nada mais se movia.

Goethe disse: Por amor.

Ela lhe estendeu a mão antes que ele pudesse estender-lhe a sua. Talvez não pudesse ter falado daquela maneira se o conde Sternberg não estivesse presente. O que ele dizia na presença daquele homem era sentido como um ato. O conde apertou-lhe a mão.

Goethe disse: Obrigado. E saiu. Assim como sai uma pessoa quando sabe que todos a estão observando.

2

Ele não podia se enganar sobre a forma como a senhora Von Levetzow quis organizar sua presença. Para o desjejum com a família ele era bem-vindo. Começava às sete e podia se estender até as nove. Ele então sempre estava já às seis na fonte, bebia ali a água, deixava-se abordar pela poeta polonesa que há anos sempre esperava em setembro em Karlsbad para poder colocar-lhe nas mãos seus mais novos poemas. Três dias mais tarde, ela o abordava de novo para saber se fizera progressos. Ou já o espiava no segundo dia, caso ele talvez estivesse louco de vontade de dizer-lhe algo sobre seus poemas. Ele ainda não conseguira mudar. Há muitos anos já não conseguira se recusar a ler seus poemas, e quando nós lemos os poemas de alguém, não podemos depois agir como se não os houvéssemos lido. Felizmente, na fonte sempre havia bastante gente já às seis horas. Portanto, nunca precisava se pronunciar sobre seus poemas sem ser interrompido. E para cada linha sobre a qual ele dizia algo, ela lhe dizia como a linha soava em polonês, a tradução seria apenas uma sombra do original polonês.

O conde Sternberg sempre estava logo às cinco e meia na fonte. Quando Goethe não conseguia se livrar de forma alguma de uma conversa, podia fazer um aceno para o conde e este vinha e o libertava, da forma mais polida, do emaranhado de palavras da pessoa que insistia em conversar com ele. Julie Von Hohenzollern, que sempre terminava a temporada em Karlsbad, também parecia apenas esperar que ele lhe acenasse. Em Karlsbad, o vale escarpado, não havia outro alguidar de jardim, as pessoas tinham de passar mais próximas umas das outras, portanto podiam ser mais facilmente interpeladas. Mas quando Julie Von Hohenzollern corria em sua direção, nenhum outro evento conversacional poderia lhe ocorrer.

O conde ocupou, daquilo que a senhora Von Levetzow permitira, apenas a noite e somente após a refeição.

Goethe disse que as filhas precisavam finalmente saber que, no conde, tinham consigo um paleobotânico famoso em nível europeu. Pa-le-o-botânico, Amalie e Bertha fisgaram a palavra, como um peixe faz com a isca. Ele já sabia.

O conde teve imenso prazer em participar. Há pouco, disse ele, os trabalhadores de sua mina de carvão se depararam com um tronco fossilizado em posição vertical. Seus trabalhadores já seriam tão bem formados que sempre o avisavam sobre esse tipo de descobertas. Ele primeiro mandou desenterrar cuidadosamente o tronco pelo seu entorno, e logo iria examiná-lo. Por que esse tronco não se transformou em carvão e qual a sua idade. Isso lhe interessava. Um paleobotânico é um historiador que se interessa não apenas por reis e campos de batalha, mas pelo que acontece com as plantas o tempo todo.

Goethe sentava-se sempre de forma que ficasse ao lado da mãe e tivesse Ulrike à sua frente. Ele precisava poder ver Ulrike sem ter de se virar em sua direção. Ele precisava buscar seu olhar. Assim que se olhavam, ele ouvia apenas de longe o que se conversava. Ulrike cuidava para que seus olhos e os dele se abandonassem a tempo. Interesse notável ela demonstrou quando o conde falou sobre os progressos da engenharia.

Como essa e aquela fábrica também eram de sua propriedade, ele fazia o que podia para estimular essa ciência.

Ulrike perguntou se poderia visitar uma dessas fábricas, de preferência uma onde se fizesse fiação ou tecelagem, onde mulheres e meninas trabalhassem, talvez até mesmo nas máquinas.

O conde ficou encantado com a ideia de poder mostrar-lhe suas fábricas.

Ulrike apontou para a saia que estava usando, vermelha e estampada por linhas verdes compactas que se cruzavam de forma que surgia um xadrez. Escocês, disse ela, sinta esse tecido, ele é paradisíaco. Os carneiros nós também podemos ter, o resto podemos aprender.

Voltado para Goethe, o conde disse: Eu vejo que o senhor está admirado. Sempre é possível mais do que acreditamos. Talvez esse círculo se interesse pelo que me foi relatado de Londres que Ada Byron, a filha do poeta, é apresentada a todos em Londres como menina prodígio. Não apenas em matemática, mas também em física. Ela fala em máquinas programáveis. Máquinas às quais podemos ensinar números, segundo os quais elas então trabalham. Isso seria o sonho dela.

Ulrike ficou verdadeiramente eletrizada por essa notícia.

O conde prometeu contar-lhe tudo o que soubesse sobre Ada Byron que, aliás, crescera sem o pai.

Goethe teve a sensação de estar afundando. No vazio. Em tantas páginas celebrara a manufatura em seu *Anos de peregrinação*, fiar, tecer, com todos os termos operários, como nunca ninguém antes fizera. Sabia agora também que depois dele ninguém mais iria fazê-lo. Esse entusiasmo pela máquina ele não omitira, mas as máquinas que se aproximam causam temor aos personagens de seu romance. Eles veem a desolação que irá se propagar quando as pessoas fugirem dos vales porque as máquinas lhes terão tirado o trabalho. Seu mundo do trabalho era um museu. O futuro se chama Ada Byron! Ulrike e o conde, as duas pessoas mais adoráveis que conhecia, eram o futuro. Ele não sentia a menor vontade de defender agora o que escrevera. Amava Ulrike, amava o conde. Queria ser um deles. Disposto a qualquer traição. A vida. Os dois eram a vida. Assim estava ali presente. Assim se sentia. Assim lhe foi possível não defender o que escrevera.

Quando estava sozinho com o conde, este buscou em seu quarto o maçarico com o qual o químico sueco Berzelius o presenteara. Ele queria mostrar a Goethe como era fácil verificar traços de titânio nas rochas com aquele aparelho. Sabia que traços de titânio eram o tema preferido de Goethe naquele verão. Por isso, o conde ficou surpreso quando Goethe então lhe pediu que demonstrasse esse método de averiguação a Ulrike. O conde titubeou. Essa era uma sugestão bastante peculiar. Goethe simplesmente balançou a cabeça.

No dia seguinte, pôde dizer ao conde sem circunlóquios que a senhorita Von Levetzow agora o ocupara completamente, nenhum de seus interesses anteriormente tão ricamente cultivados sobrevivera. Restara apenas o interesse por Ulrike Von Levetzow. Ao conde podia contar, pois ele já sabia mesmo.

O amigo apertou-lhe a mão e disse: O que nos interessa, nos aviva. E quanto mais nos interessa, mais nos aviva. Não importa pelo que nos interessamos, somente importa quanto.

O senhor fala comigo sobre mim, disse Goethe, da mesma forma que costumo falar com outros sobre outros.

Agora tenho de dizer logo, disse o conde rindo, Sua Alteza Poético-Real quer muito bem a um diligente engenheiro que em sua vida nunca conseguiu rimar uma única palavra com outra.

Isso era justamente um convite a dizer ao conde que isso poderia mudar a qualquer momento. E contou, sem embaraço, o que acontecera quando dera a Ulrike o *Doloroso dueto*. A cópia. Depois de ter averiguado se era absolutamente idêntica ao original. E recitou o *Dueto*. E como reagira a Ulrike admiradora das máquinas. Em seu tom mais jovial, dissera: Apesar de ter recebido duas linhas a menos que ele, sentia-se muito bem representada. Mas tinha de reivindicar suas duas linhas negadas. E recitou as duas linhas:

Em uma flor de arnica as lágrimas lhe mando
Para que as guarde sempre, de nós lembrando.

O conde disse: O senhor nos transforma a todos em poetas.

Goethe disse: Porque são todos poetas.

A senhora Von Levetzow estava feliz. O conde era um interlocutor que cumpria tudo o que uma mãe pudesse desejar. Noite a noite ela tinha o controle total de tudo. Mesmo quando eles estavam sentados lá fora,tomando chá diante da porta, e a lua minguante surgiu atrás da montanha Dreikreuzberg, nenhum estado de espírito que a mãe não desejasse foi despertado, a lua nascente não como luminosidade que criava uma atmosfera aos enamorados, mas como um interessante e físico teatro do universo.

Goethe sentia de forma suficientemente clara e dolorosa que era parte de uma encenação contra a qual não podia se opor. Poder passear um pouco com Ulrike do outro lado da rua, no gramado, em plena luz do dia, ao longo do Tepl foi o que solicitou, como se se tratasse de postergar a data de sua execução. E a senhora Von Levetzow, que em Marienbad até um determinado momento fora aquela mulher suntuosa e *Madame* Pompadour, fez que pagasse pelo passeio autorizado pelo gramado com a confirmação de que à noite ouviria o conde Wallenski que precisava lhe relatar coisas terríveis sobre o sofrimento do povo polonês, com a esperança de que o mundialmente famoso poeta elevasse sua voz internacionalmente ouvida para que o sofrimento daquele povo pudesse ser reduzido ou até mesmo eliminado com ajuda internacional. Esse papel a mãe de Ulrike já desempenhara muitas vezes e com prazer em Marienbad: intermediara encontros de pessoas de seu círculo com Goethe. E ele, por causa de Ulrike, não dissera não uma única vez.

Durante esse passeio totalmente supervisionado no gramado, ele teve de dizer a Ulrike que era iminente o dia em que trocaria o belo número 73 pelo injuriante número angular 74. Então, infelizmente, ele é quem devia elaborar o programa. Se amanhã pudesse passar o dia todo continuamente perto dela, talvez então essa data sepulcral fosse suportável até por um dia inteiro. Mas ela precisava se manter visível o tempo todo. Sua sugestão: de manhã, às sete, partida para Elnbogen. Stadelmann e John já estarão lá, a família e ele chegam às nove, no Weißen Ross o desjejum os aguarda, grande passeio à margem direita do Eger pelos caminhos recentemente esculpidos nos rochedos, os quais, porém são estreitos, angulares e ricos em curvas, de forma que nem mesmo a senhora Von Levetzow poderá manter todos na condição escrava do controle, mas durante mais de dezenove segundos eles não conseguiriam permanecer invisíveis. Então visita ao Príncipe Encantado, um meteoro caído do céu ou, como diria o conde, do espaço, diretamente no poço da cidade de Elnbogen, então almoço e retorno, com o pressuposto: as Levetzow são nesse dia suas convidadas, Ulrike promete estar sempre visível, e, terceiro, não se dirá a palavra aniversário e menos ainda o número que podia ser aventado por ele.

Ah, sim, disse Ulrike imitando-o, parodiando-o evidentemente.

Prometido, disse ele estendendo a mão.

Prometido, disse ela.

Quando soltou a mão, disse: À senhora sua mãe, que certamente nos observa, a senhorita deve explicar depois imediatamente que esse aperto de mão serviu apenas para reforço de uma promessa que não sobreviverá ao dia de amanhã.

O dia transcorreu como programado. No entanto, sobre a mesa do almoço em Elnbogen havia uma taça de cristal. Ela foi entregue a Goethe por Bertha. Os nomes das três filhas distribuíam-se pela taça como uma coroa de hera. Goethe leu os nomes olhando para cada uma quando lia seu nome. Primeiro Bertha. Depois Amalie. Depois Ulrike. Então leu a data: 28 de agosto de 1823. E o local: Elnbogen. Olhou em seguida para a mãe e disse o mais divertido possível:

Agora precisávamos de uma rima.

Por favor, exclamou Bertha, com Elnbogen. E ele: Precisaremos de uma certa licença poética: Sempre serei afeiçoado a esta jovem.

Bravo, exclamou Bertha. Amalie disse: Confesso que os versos livres são os que mais me comovem.

E Ulrike: As rimas, percebo, abrandam mesmo a mais intensa desordem.

Cantando, eles voltaram para a cidade passando pelo Hammer. Antes mesmo de descerem, já viram a multidão diante do Goldenen Strauß. Uma orquestra de sopros começou a tocar. Vivas, vivas que não queriam parar. A senhora Von Levetzow desapareceu rapidamente com as filhas naquela multidão. Goethe ainda quis quase instintivamente segurar Ulrike, alcançou sua mão esquerda, em sua mão ficou uma luva de seda azul-lavanda. Ele a guardou imediatamente. Não podia correr atrás delas. Não podia deixar que percebessem de forma alguma que queria correr atrás delas. Tinha de ficar. De repente, ele sentiu de verdade, de repente, quis ficar. Seus braços, suas mãos se levantaram, exclamou, já que simplesmente não podia ficar calado, palavras, frases em meio ao amável barulho da música de sopro animadora e dos gritos de viva. Sentiu-se levado, arrebatado, ele próprio agora exclamava: Viva, viva, viva. Isso, por sua vez, animou as pessoas. A orquestra entoou uma melodia que todos conheciam. Ela só deu a nota inicial, então cinco trompas a assumiram, tocadas por anjos bronzeados de vinte anos, e o que eles tocaram suaves como seda e profundos foi *Sah ein Knab' ein Röslein steh'n.*[19] As pessoas calaram-se. Os cinco trompistas celebraram a canção, o

19. Canção com o texto de Goethe que foi musicada por Schubert. (N. T.)

sol poente fez o restante. Todos choraram. Também Goethe. Ele não escondeu. Com seu lenço rendado, enxugou as lágrimas dos olhos. Mais de uma vez. E as pessoas choraram com ele. Homens também choraram. Como a ele sempre ocorriam palavras para tudo, agora lhe ocorreu também uma palavra: afabilidade. Sentia-se afável. Pela primeira vez em sua vida. Afável. E esse sentimento o preencheu até se tornar invulnerável. Naquele momento, ele soube: Tudo vai ficar bem. Bertha, Amalie, Ulrike, disse ele, gritou. Mas a orquestra de sopro providenciava agora para que, além dela, nada audível fosse mais necessário. O maestro deu o comando, com a mais nova marcha de Viena, a orquestra saiu na direção da fonte. As pessoas abriram caminho. Mas que grande homem, pensou Goethe, esse maestro que, com uma alegre marcha, sai do local que acabou de levar às lágrimas. Sempre a música, pensou. Evitou balançar a cabeça.

Goethe ainda foi conduzido por dois garçons da casa pelos poucos passos até a escada, virou-se lá em cima, sob a porta, mais uma vez, recebeu uma última série de amáveis vivas, muito grato, e entrou.

Em seu quarto, perguntou-se: Não se poderia também viver disso? Esse, atualmente, era seu solilóquio rotineiro, examinar, logo em seguida, se tudo o que acontecia poderia lhe tornar a falta de Ulrike mais suportável ou não. O que acontecera na praça diante do Goldenen Strauβ ele queria, precisava viver junto de Ulrike. Só então poderia ficar realizado em uma tempestade tão encantadora. Sem Ulrike, era uma peça sem a atriz principal.

Ele pegou a luva de seda azul-lavanda que ficara em suas mãos. Não a devolveria mais. Para reforçar essa decisão, escreveu, pintou sobre o dorso:

Karlsbad, em 28 de agosto de 1823.

Só então viu o pacote sobre sua mesa. Abriu-o. Uma fita vermelho-pálida do despojado vestido de Lotte. E um bilhete sobre o qual estava escrito:

> Como a amada predecessora, a sucessora gostaria de estar presente ao aniversário com a fita vermelho--pálida. Ulrike.

Verdade, Lotte presenteara Werther em seu aniversário com a fita, a vermelho-pálida. Ah, Ulrike! Como expressar agora que Lotte não existiu. Que ele era Lotte assim como era Werther. Que aquela era uma história de amor consigo mesmo. A história de uma enfermidade. Ulrike, estás tão acima de tudo o que já foi um dia e podia ter sido. Ulrike. Ele beijou a fita. Então, tirou de uma caixa forrada de seda preta fivelas, broches e alfinetes e aninhou a luva e fita dentro dela. Esse recipiente podia ser trancado por uma minúscula chave. Foi o que ele fez. Mas onde colocar a chave de forma que não a perdesse e, se precisasse dela, soubesse imediatamente onde procurá-la? Essa era uma inquietação dos últimos tempos pois, as coisas que queria guardar com extremo cuidado, guardava com tanta cautela que não as encontrava mais ou não as encontrava por longo tempo. Chamou Stadelmann, encarregou-o de ir imediatamente até a cidade em frente, na loja do conde Taufkirchen, e providenciar a corrente de ouro mais fina que houvesse. Ela precisava ser longa o suficiente para dar duas voltas em seu pescoço e ainda pender no peito. Essa era uma tarefa bem ao gosto de Stadelmann. Duas horas mais tarde, a chavinha de ouro estava pendurada na corrente de ouro mais fina no pescoço de Goethe.

Na manhã seguinte, a taça de cristal com os nomes em forma de hera, com data e local, estava sobre a mesa do desjejum. Ah, sim, disse ele à senhora Von Levetzow, eu lhe agradeço por ter deixado que passasse esse embaraçoso dia consigo sem mencioná-lo. Vamos chamá-lo então o dia do segredo público. Obrigado. Obrigado também por esta taça.

Ela deve lhe provar, disse a senhora Von Levetzow, que nós estivemos com o senhor e o senhor conosco. Hera é lembrança. Nós não queremos ser esquecidas.

Goethe disse em voz baixa: Eu também não. E olhou para ela, esperava, pugnaz. E a teria encarado por mais tempo, se Ulrike não houvesse dito:

Eu também não.

Então ele olhou para Ulrike.

A senhora Von Levetzow já organizara, mais uma vez, o programa. Um jovem nobre inglês precisava conversar com Goethe sobre Verona, onde a Inglaterra impusera que a Europa não apoiasse a batalha grega contra a ocupação turca. Goethe e Scott deviam escrever uma petição ao rei.

Porque percebeu como Ulrike o encarava, ele concordou. Hoje à noite, após o jantar. Apesar de que sei, Ulrike, quão desimportantes esses gestos são.

Ulrike disse: Os ingleses são a nação mais moderna e têm o governo mais antiquado.

Isso veio com certeza do conde Sternberg, disse Amalie.

Teve azar, delatora, disse Ulrike gentil, o senhor Conselheiro estava presente quando o conde disse isso.

A mãe proibiu que a contenda continuasse. Nós nos vemos às cinco para o concerto de despedida no Salão Saxônio.

Anna Paulina Milder. Grande voz elogiada pelo amigo Zelter. Berlim está a seus pés, assim como Viena estivera primeiro. E, como uma coisa sempre leva a outra, a exuberante Lili Parthey, que tinha a senhora Milder como modelo, trouxera para a Boêmia o desejo da cantora de um dia poder cantar para Goethe, e para o endereço certo: conde de Klebelsberg. Ele viria com ela até Karlsbad. Nada público. Ou seja, puro luxo. Dedicado a Goethe como concerto de despedida.

O Salão Saxônio estava dividido com biombos de forma que surgira um espaço privado para quarenta ou cinquenta pessoas. As pessoas sentaram-se num semicírculo em torno da artista e seus acompanhantes. Ulrike sentara-se bem na extremidade desse semicírculo. Como se soubesse que Goethe, que teria de tomar lugar no centro, poderia então vê-la quase sem precisar virar-se em sua direção. Isso deu sentido ao evento.

Ele sabia que se esperava dele um pequeno discurso após o concerto. Quando algo lhe era dedicado, um pequeno discurso era necessário. Antes mesmo que pudesse prestar atenção a ela, já ouviu que aquela era uma voz que não recuava diante de nada. Ele queria primeiro descobrir uma palavra-chave para o pequeno discurso. Então, viu Ulrike sentada ereta, quase um pouco inclinada para frente, viu-a fascinada por aquela voz. Seus cabelos, ela os deixara tão soltos como nunca. Em um vestido azul profundo com listras pretas cintilantes. Pescoço e cabeça elevavam-se a partir de uma grande gola de rebuço preta. Ele sempre precisava voltar a desviar os olhos dela, precisava olhar para cima, para a artista que cantava de forma penetrante, mas sentia que, quando olhava para Ulrike, ouvia mais do que quando contemplava a cantora.

Iniciou seu pequeno discurso com as frases inteligentes que podiam se esperar dele em tais ocasiões. O conde de Klebelsberg dissera-lhe como essa artista, quando nós a víamos e ouvíamos pessoalmente, superava todas as nossas expectativas. Assim dissera o conde Klebelsberg, assim dizia ele, Goethe, agora. Neste mesmo salão, ele estivera sentado havia onze anos e ouvira Beethoven tocar sua primeira grande sonata para piano. Aquilo era música absoluta. Hoje, pela segunda vez neste salão, música absoluta. Que Anna Milder fora admirada com gratidão por Beethoven por ter sido, para ele e para o mundo, a imagem original de sua Leonore em *Fidélio*, torna-nos, espectadores marginais da arte absoluta, uma ilustre sociedade. Quando Anna Milder cantou para Napoleão no palácio Schönbrunn, a ele não restou outra alternativa a não ser dizer: *Voilà une voix*.

Quando vários riram, conhecedores, ele disse voltado para eles: Um Kaiser pode economizar nas palavras, nós não somos poupados da prolixidade.

Por que nossas conjecturas são sempre superadas pela realidade? Sobre isso ele refletia enquanto falava. Então, percebeu repentinamente que falava sem estar presente. E desapegou-se inesperadamente dessa rotina. Confessou que esse tipo de reflexão era esperado dele nessas ocasiões. Simplesmente porque não podemos ficar fascinados todas as vezes, mas ser perspicazes uma em cada duas vezes. E experimentou repentinamente o que acabara de experimentar ao perceber Ulrike como ouvinte. Deixou então que essa experiência fosse o seu tema. Fiou-se em que a realidade, mesmo que parecesse quase repugnante, era mesmo a única coisa digna de ser mencionada. Assim, durante esse concerto, seu olhar teria permanecido por um período fixo na senhorita Von Levetzow. Ele então desviara, apropriadamente, seu olhar dela, dirigindo-o àquela tão bela como talentosa artista. Depois, a surpresa: quando voltou a olhar para Ulrike Von Levetzow, praticamente ouviu a música de forma mais pura do que quando observava como ela surgia. A senhorita Von Levetzow agia como um ouvinte que precisasse, caso os olhos de outros ou mesmo de todos os ouvintes estivessem voltados para ela, ouvir exatamente da forma como se deve ouvir. Certamente sem intenção, ela se tornou a ouvinte exemplar. Ela não nos distraía de nossa grande artista, mas nos conduzia até ela e sua arte. Ele não pôde nem quis isolar o efeito daquela voz da audição exemplar de Ulrike. Que ela ouvisse daquela forma era o efeito daquela música que, para ele, transformou-se, justamente por meio de sua audição, no verdadeiro efeito. Nada pode ser mais direto do que aquilo que se torna visível pela força, o brilho e ousadia de uma voz como essa por meio de uma ouvinte como essa. Ele sempre fora contra abalar-se com impressões e experiências. Sentira Schubert, cantado por Klebelsberg, como um efeito que não podia ser justificado pelo que o originava. Aqui, a voz se apossou de nós sem que nos desvanecêssemos, entregues aos sons na fraqueza do Ser condicionado pela música. Perdemo-nos. E isso originou-se nessa ouvinte que não estava nem um pouco perdida, mas exemplarmente concentrada. Até mesmo curiosa. A senhora Milder despertou em uma moça de dezenove anos o continente de um sentimento, um continente ainda não transposto por ela. E arriscou uma profecia. Quando essa ouvinte conhecer o desejo aqui cantado no mundo não musical, lá, onde o desejo exerce sua verdadeira força como texto: aí onde estás, não podes viver, e ao lugar onde desejas estar não chegarás, então ela irá fugir para esse continente da música a fim de fazer saber à chamada realidade como esta declina na beleza. Isso ele experimentara agora: enquanto o desejo estiver nessa música, ele não nos destrói. Nós não apenas a suportamos, nós a celebramos. Por alguns instantes, somos indestrutíveis. A realidade não tem nenhuma chance contra a beleza.

Foi até a artista e estendeu-lhe a mão. Ao conde também. Na direção de Ulrike, fez uma leve mesura. As pessoas aplaudiram. Ele apontou para os dois artistas, dedicando-lhes os aplausos. Então, acenou para Julie Von Hohenzollern com o gesto que sempre fazia quando precisava de sua ajuda. Ela logo estava ao lado dele, que fingiu agora ser mais necessitado do que era, e levou-o para fora. Quando curvou-se na direção de Ulrike, ocorreu-lhe involuntariamente uma espécie de levantar de ombros e um gesto de indefensabilidade ou mesmo de pedido de desculpas produzido por ambas as mãos. Ulrike entendeu imediatamente e moveu sua cabeça apresentada pela gola de rebuço um pouco, mas realmente apenas um pouco, para um lado e outro. Um gesto de concordância absoluta. Não havia o menor motivo para desculpas de sua parte, era o que dizia o gesto. Tudo sobre-humanamente belo. Sincero. Relaxado. Um segundo de harmonia do qual o mundo se alimentará durante mil anos. Com esse espírito ele saiu.

Julie Von Hohenzollern disse: Se bem o conheço, o Conselheiro agora quer uma cerveja de Eger. E guiou seu protegido, espirituosa como era em qualquer circunstância, até os aposentos do príncipe.

Somente depois que deu o primeiro grande gole, ele disse: princesa, quantas vezes a senhora ainda vai me salvar.

E ela: Salvar Goethe, isso seria minha ocupação preferida.

Ele: Eu temo que a senhora terá muito a fazer. Saúde. E esvaziou o copo.

De noite, após o jantar, Amalie quis saber por que o senhor Conselheiro não olhara para ela.

E Bertha: Ou para mim.

Agora a senhora Von Levetzow: Ou para mim.

Ulrike disse, antes que Goethe pudesse responder: Vocês estavam sentadas imediatamente ao lado dele, eu estava bem à margem daquele semicírculo. Imaginem se ele tivesse, para olhar para vocês, de virar toda a cabeça, impossível. Portanto, só restava eu. E sinceramente, minhas senhoras, eu não estou certa de que teria lhe ocorrido com a sua visão o que lhe ocorreu quando me viu. Realmente, eu pude imaginar pela sua descrição como ouvi atentamente a música.

Ah, sim, disse Amalie, agora não aja como se não tivesses percebido que ele olhava o tempo todo para ti. Então lhe destes justamente a expressão de que precisava.

O conde Sternberg discordou. Realmente, independente de onde estávamos sentados, tínhamos de perceber que, para o Conselheiro, Ulrike era tão importante quanto a senhora Milder. Ele mesmo, por exemplo, teria seguido o olhar do Conselheiro, olhando vez por outra na direção da moça sentada bem à esquerda, à margem, até que compreendeu por que o Conselheiro sempre voltava a olhar para lá. Pedindo licença para expressar-se dessa forma, ele diria: A objetividade de Ulrike ao ouvir contaminava.

Mas foi também um pouco embaraçoso, disse Amalie, com olhar fixo em Ulrike.

Não para mim, disse Ulrike alegre. Aprendi a ser encarada neste verão.

E apreciaste, disse Amali.

I E P D T, exclamou Bertha.

E Ulrike, rapidamente e em voz baixa para ele: Isso é próprio de ti.

Agora basta, disse a senhora Von Levetzow. E disse, sem nem tentar fazer uma transição, que ainda considerava a seguinte divisão como a mais plausível: Homens duros como Napoleão amam músicas suaves e melancólicas. Homens suaves, como talvez o nosso Goethe, tendem mais para sons alegres e vivazes.

Se isso já foi verdadeiro, disse o conde, então não o é mais desde hoje.

Verdade, disse Ulrike.

Goethe sempre preferia as conversas que surgiam sem ele. Em seu quarto, sentou-se à escrivaninha e escreveu:

Um homem apaixonado

As mulheres são o sexo da objetividade. Um homem experimenta tudo apenas como estado de espírito. Como seu estado de espírito. A mulher sempre experimenta a coisa. A própria coisa. Ela ocupa-se então da coisa sobre a qual tem um juízo. O juízo é mais determinado pela coisa do que por ela. Isso constitui a sua objetividade. O homem julga de acordo com seu estado de espírito momentâneo. Seu juízo está menos relacionado à coisa do que a si mesmo. Se o mundo deve ser administrado de forma mais mundialmente justa, então deve ser administrado por mulheres. Quando isso acontecerá? O lugar dos homens é com as cartas estratégicas e às mesas verdes. O das mulheres, com os lemes.

Como ele é um homem, essa asserção diz mais sobre ele do que sobre o objeto à qual se dirige. Isso ele ainda precisa acrescentar, num esforço por um pouco de imputabilidade.

Uma mulher é mais reconhecível que um homem. Ulrike logo dissera: Quanto mais lia as coisas dele, menos sabia quem ele era. Só uma pessoa segura de si pode falar assim. Ela chamou meus escritos de grande fabulação. Mas quem é ele? Ela perguntou. Com toda objetividade. Ele vai perguntar a Ulrike, ainda antes da despedida, portanto, amanhã vai lhe perguntar se ainda lhe parecia tão ambíguo como lhe parecera como autor. Se ainda é apenas aquele que é no momento.

Não somos responsáveis por nós mesmos. Reconhece-te: uma ilusão encantadora. Ou o desafio de inventar a ti mesmo. Apenas os outros podem te conhecer. Quanto mais te amam, mais precisamente te conhecem.

Ele agora é tão transparente como nunca. Por Ulrike. Nela acaba toda a vaguidão. A forma como ela reage a ele lhe mostra como ele é, quem ele é, o que ele é. Ele se tornará mais livre em relação a ela. Mais involuntário. Como aquele que é por meio dela, ela o conhecerá. Ele será este. Por meio de seu amor por ela.

Agora, antecipadamente, ele já sente o mundo, como ele será então. Pacífico, porque aqueles que precisam de outros têm uns aos outros. Assim, não precisam de mais nada. O mundo não é mais um globo com nervos. Ele é uma realização da afeição quando aqueles que se amam estão juntos. Se isso for possível uma única vez, Ulrike, o mundo se modificará para sempre. Nenhuma folha e nenhuma flor, nenhum carcereiro e nenhum presidente permanecerão ilesos. Todo o mal do mundo surgiu por falta de amor. Ulrike e ele vão, porque bastam um ao outro, livrar o mundo de todo o mal.

Sua jactância chama também sua própria atenção, Ulrike. O tom parece exagerado porque a humanidade foi treinada para a opressão, para o abate e o silêncio. Para a humilhação.

A intempestividade de sua asserção deve-se ao fato de que, em uma vida inteira, em sua vida inteira sempre faltara algo. O amor. Agora ele está aí. Portanto, ele existe. Ele, não apenas um jogo de palavras. É a maior determinação possível. É simplesmente a existência. O mais completivo. A maior certeza.

Entregava-se à objetividade de Ulrike. Foi entregue. A descoberta é: ele pode abdicar de tudo no mundo, mas não dela. Ele se define por seu amor por ela. Ele é seu amor por ela. Uma declaração de amor: quando surgem chapéus. Quando vê mulheres com chapéus ambiciosos, experimenta esses em Ulrike em pensamento. Cada um desses chapéus, mesmo o mais extravagante, só se torna belo quando Ulrike o traz em sua cabeça.

Com isso terminou, sentou-se e experimentou que, quando ela não estava ali pessoalmente, precisava escrever. Enquanto escrevia, ela estava lá. Assim que deixava de escrever, ela sumia. Mas o fato de que não estava apenas até o desjejum tornava sua ausência suportável. Se sempre souber quando a verá de novo, não tinha por que sofrer. Isso fora posto à prova durante todo o verão. Tudo o que surgia em uma abundância de sentimentos no reencontro, se desenvolvia nas pausas.

3

De Karlsbad à cabana de Diana.

Ulrike olhou para ele durante o desjejum de tal forma que ele soube que a mãe concordara: eles podiam, na última tarde, subir a pé sem a família até a cabana de Diana.

A senhora Von Levetzow não pôde se furtar a incluir na formulação com a qual libertou os dois, que fora ela quem dera permissão para aquele passeio e que aquela confiança devia ser, por favor, respeitada por ambos. Esse foi o conteúdo insosso. Mas a forma como expressou suas admoestações morais e suas medidas, as figuras de fala e de linguagem utilizadas, vinha da melhor comédia francesa. Isso significa que nada podia ser dito que não pudesse ser dito humoristicamente. *Madame* Pompadour. A mulher suntuosa em papel de mãe.

A admoestadora e os admoestados sempre podiam fingir que tudo era um gracejo. Sentiriam a seriedade inconfundível se considerassem o tom jocoso como um simples tom jocoso. Goethe gostava de participar desses jogos. Fingia-se um virtuoso do rococó, superava *Madame* Pompadour no tom semidramático, era-lhe agradável que a família quisesse ver sua terrível seriedade como comédia. Assim, a despedida de quatro horas – mais a excursão para a cabana de Diana não precisaria, devia, podia durar – era a cena final perfeita para o terceiro ato da comédia em cinco atos com o título: O tio como sobrinho.

Assim que ficaram realmente sós, Goethe agradeceu pela fita vermelho-pálida com a qual Ulrike lembrou-o, em seu aniversário, do aniversário de Werther. E desculpou-se por ter-lhe, um pouco inadvertidamente, um pouco intencionalmente, arrancado a luva de seda azul-lavanda. Antes que pudesse falar que gostaria de ficar com ela, disse a moça:

Ela lhe pertence. E isso em um tom sério que era raro nela.

Goethe: Quando agradecemos demais por alguma coisa, indicamos que não merecemos aquilo pelo que agradecemos.

Eu devo inverter essa frase, rebateu ela.

A senhorita pode tudo, disse ele.

Então ela queria tratá-lo por tu durante quatro horas. Manter Excelência, mas chamá-lo por tu. Isso ela gostaria, tratar uma excelência por tu.

Ele gostaria de tratar a *Contresse* Levetzow por tu.

E ela: Por quanto tempo?

Por... Ele fingiu estar pensando, fez algumas contas e disse então no tom mais simples do mundo, como se nada fosse mais sensato, mais esperável, mais prosaico do que aquilo que dissera agora totalmente despreocupado: Para sempre.

E ela: N A N E T A.

E ele, para lhe provar que aprendera sua língua de abreviações: nós ainda não estamos tão adiantados. E acrescentou: M E B.

Ela: O que isso significa?

Ele: Mas em breve.

Ah, Excelência, disse ela e caminhou involuntariamente mais rápido.

Se não estivesse caminhando com ele, ela caminharia cada vez mais rápido. Na *promenade* em Marienbad,

Goethe primeiro teve de lhe ensinar que se deve caminhar lentamente em uma *promenade* com tantas personalidades famosas. Ela então grudava-se até certo ponto em seu braço, mas mesmo assim sempre exercia uma pressão para que avançassem. Ele se sentia bem em ter de frear seu desejo de acelerar com a mesma energia que sentia vinda dela. No caminho de volta da *promenade* para o palácio Klebelsberg, porém, ela voltava para seu ritmo. Ele precisava acompanhá-la. E o caminho era bastante íngreme. Em Weimar, quando saía com sua carruagem, ele sempre gostava de percorrer a pé longos trechos de volta. E em casa, caminhava durante horas o percurso entre os seis aposentos de um lado para o outro, escrevia em pé, poltronas e sofás eram cogitados apenas para receber visitas. Ulrike era outra pessoa quando podia caminhar segundo sua natureza. Seu caminhar não tinha nenhuma relação com pressa. Ela era tão leve, seus membros antecipavam-se a ela, flutuando como que de forma autônoma, era um esplendor vê-la caminhar, mas acompanhar seu ritmo lhe era difícil. Ele era uma pessoa mais pesada do que ela.

Agora, no íngreme caminho até a cabana de Diana, quando Ulrike, sem querer e sem perceber, apesar do caminho íngreme, saiu em disparada, ele agiu como se aquele fosse o ritmo certo também para si. Ela podia caminhar tão rápido, tão leve quanto quisesse, ele não ficaria nem um pouco atrás dela. Era inadmissível que ficasse para trás ou lhe exclamasse que, por favor, diminuísse seu ritmo. Pelo contrário, ele não só a alcançou, mas caminhou em seu ritmo meio passo à frente. Ela percebeu. Olhou para frente e, como ele era uma cabeça mais alta, para o alto. Eles estavam tão de acordo, tão afinados como na dança em Marienbad. Eles eram, enquanto disparavam montanha acima, coetâneos. Se ela cantasse agora, ele não ficaria admirado. Mas ela não cantou, e sim começou a recitar um texto que ele conhecia. De memória, ela recitou um trecho do texto de seu Werther. Sem gaguejar ou hesitar ou sem qualquer sinal de insegurança, recitou um episódio inteiro do Werther. Não moderou nem um pouco seu passo acelerado, pelo contrário, o texto parecia torná-la ainda mais leve. Agora, ele não podia mesmo ficar para trás ou pedir um passo mais tranquilo. E foi isso o que ela recitou:

15 DE SETEMBRO

Nós podemos ficar furiosos, Wilhelm, por existirem homens incapazes de apreciar e sentir as poucas coisas da Terra que ainda têm algum valor. Tu ainda te lembras das nogueiras sob as quais me sentei com Lotte na casa do bom pastor de... as maravilhosas nogueiras! que, Deus é testemunha, sempre me encheram das maiores alegrias! Como elas conferiam familiaridade ao pátio do pastor, frescor! e como eram maravilhosos os galhos! E lembravam os bons pastores que as plantaram há tantos anos. O mestre-escola dizia-nos amiúde um nome que ouvira de seu avô; fora um homem valoroso e sempre reverenciei sua memória sob essas árvores. Eu te digo que o mestre-escola tinha os olhos cheios de lágrimas quando ontem falamos que elas foram cortadas – cortadas! Eu me encolerizei, poderia matar o cachorro que desferiu a primeira machadada. Eu, que ficaria pesaroso se houvesse algumas árvores como essas em meu pátio e uma delas morresse por causa da idade, tenho de testemunhar isso. Meu querido, mas há uma coisa! O que é o sentimento humano! Toda a vila se queixa e eu espero que a senhora pastora perceba, pela manteiga e os ovos e outras confidências, como feriu seu vilarejo. Pois ela, a esposa do novo pastor (nosso antigo já faleceu), uma criatura encaniçada e doentia, que tem boas razões para não se importar com o mundo, pois ninguém se importa com ela. Uma louca que se diz erudita, metida a estudar os cânones e a trabalhar na moderna reforma crítico-moral do cristianismo, dá de ombros para os temas entusiasmados de Lavater, tem uma saúde completamente arruinada e, por isso, nenhuma alegria neste mundo de Deus. Essa criatura foi também capaz de cortar minhas nogueiras. Vês, eu não me conformo! Imagine que ela alegou que as folhas caídas deixavam seu pátio sujo e abafado, as árvores roubavam-lhe a luz do sol, e quando as nozes estão maduras, a meninada joga pedras para derrubá-las, o que lhe dá nos nervos, pois isso a atrapalha em suas profundas reflexões, quando compara Kennikot, Semler e Michaelis. Ao ver as pessoas do vilarejo, sobretudo os mais velhos, tão insatisfeitas, eu disse: Por que suportaram isso? – Se o prefeito quer, aqui em nossa terra, eles disseram, o que se pode fazer? Mas uma coisa lhes serviu bem. O prefeito e o pastor, o qual também queria tirar algum proveito das confusões de sua esposa, que de qualquer forma não engrossavam sua sopa, pensaram em dividir o dinheiro ganho com a madeira. Mas então a Câmara Municipal soube do ocorrido e disse: mande-as para cá! Pois ainda tinha antigas pretensões sobre parte do pátio do pastor onde estavam as árvores, e as vendeu para aquele que ofereceu um melhor preço. Elas foram derrubadas! Ah, se eu fosse príncipe! Eu nem sei o que faria com a pastora, o prefeito e a Câmara.

Príncipe! Bem, se eu fosse príncipe, por que me importaria com as árvores em minhas terras?

Quando ela parou, declarando assim o fim da apresentação de Werther, não parou para, por exemplo, saber o que o autor de Werther tinha a dizer sobre esse trecho ou mesmo sobre sua apresentação. No entanto, logo que se conheceram, eles liam uns para os outros, pediam e recebiam dele ajuda versada para melhorar sua declamação, e agora ela apresentou Werther de tal forma que nunca pôde ser mencionada nas conversas noturnas sobre declamação, porque ninguém nunca leu assim, nem ele, nem uma das leitoras da família. Ainda em Marienbad, em julho, a resoluta Bertha repetira com prazer que ele há dois anos criticava principalmente Ulrike. Ela precisava desenvolver mais energia e vivacidade narrativa, ele dissera. E Ulrike respondera com tranquila objetividade que não queria se tornar um Tieck.

Agora compreendera por que Ulrike não desenvolvera nem energia, nem vivacidade narrativa como leitora dos romances de Scott. Sua natureza recusava-se a produzir algo que não viesse de dentro dela. Ela era contra toda artificialidade. Mesmo que fosse arte. Ela era a objetividade em pessoa. A inflexibilidade. Deixara as frases surgirem de forma não ambiciosa. As frases vieram quase por si mesmas. Nenhum desejo de expressão por parte dela. Mas também nenhuma omissão de seu interesse por essas frases. Ele sentira, sim, algum entusiasmo. Mas não era o entusiasmo dela, era o entusiasmo das frases. Um entusiasmo que queria ser empurrado para dentro e não estimulado a sair.

Sem que ainda houvessem falado, eles chegaram, através da alta floresta, à cabana. Somente lá ele pôde dizer: Ulrike, felizmente nos providenciastes o tu para esta tarde, senão eu provavelmente não poderia te dizer que esta passagem nunca fora lida assim. E que tenhas escolhido esta passagem...

Decorado, disse ela, tens de dizer.

... Tenhas decorado esta passagem me deixa feliz, sem que eu saiba por quê.

E ela, negligente: Quando sabemos por que estamos felizes, então não estamos mais felizes.

Então eu agora estou, disse ele, muito feliz.

Excelência, eu te contaminei.

Eu a ti, disse ele.

Nós a nós, disse ela.

Ele sussurrou: Que tu sempre precises ter a última palavra é o que me faz mais feliz.

Mas, disse ela também sussurrando, tu tiveste, porque não podes deixar nada sem comentário, a última palavra.

Ele indicou por pantomima que agora ela tivera a última palavra.

No caminho de volta, Ulrike disse que, antes que estivessem de volta ao território do Senhor-Senhora, ela ainda precisava explicar por que tivera de decorar o trecho das nogueiras. Naquelas frases, Goethe tornara-se para ela mais transparente do que em todas as outras que já lera dele. Ele mesmo já insinuara certa vez que seria Lotte tanto quanto Werther. Isso produzia justamente a sua ambiguidade que lhe dificultara compreendê-lo. Não era o caso daquele trecho. Se alguém está de luto por uma pessoa, nós, por não conhecermos essa pessoa, não ficamos tão tristes como o enlutado. Mas as nogueiras nós conhecemos! Estamos tão próximas delas quanto Werther. Nós não nos enlutamos com ele, mas como ele. Enquanto nogueiras, árvores de maneira geral, ainda forem derrubadas neste mundo, nós nos lembraremos do luto de Werther por suas nogueiras e vamos senti-lo mais intimamente do que qualquer outro herói literário. E ela agora sentia Goethe completamente. A pergunta é quem é ele? não existe mais.

Quando saíram do último trecho da floresta, no crepúsculo emoldurado pelas nuvens, um relâmpago brilhou sobre o céu ocidental. Tiveram de parar para observar o relâmpago excitado e excitante.

Ulrike parou na frente dele, pegou suas mãos, levantou-as e disse: N A D L S A.

E ele disse: N E T A.

Então as bocas se aproximaram, ficaram tão próximas como nunca e permaneceram assim até que uma gralha rompeu a atemporalidade com seu grito estridente.

Ah, Excelência, disse ela.

E ele: Ah, Ulrike.

Quando, embaixo, eles viram as casas próximas umas das outras ao longo do rio, ela disse que enquanto estivessem na zona do tu, precisava fazer uma confissão.

E ele: Tudo me alegraria. Foi, porém, um anúncio mais seco do que ele esperara.

Ela só poderia dizer se ele prometesse que, ao anúncio, não se seguiria nenhuma punição ou castigo.

Ele prometeu.

Ela pressupunha, disse, que ele soubesse que seu maravilhoso Stadelmann vendia lá embaixo na cidade cabelos que colhia regularmente da cabeça da Excelência.

Goethe assentiu aborrecido. Em Weimar, ele suspendera a ação. Mas que o comércio fora transferido para a Boêmia, ele não sabia.

Ela então encomendara cabelos a Stadelmann, pelo menos três, recebeu sete, em uma caixinha de joias, ela está muito feliz por possuir aqueles sete belos fios. Isso precisava ser dito. E como prometido: sem castigo.

Goethe: Prometido.

Quando eles passaram pela fonte e puderam avistar o Goldenen Strauß, ela disse: Aqui termina a zona do tu. Ah, Excelência.

E ele: Ah, Ulrike.

Mas, exclamou ela radiante e feliz, foi a mais bela tarde deste verão.

Concordo, disse ele.

Uma troca de olhares e eles percorreram os últimos metros como se estivessem igualmente felizes.

E como em seu quarto ainda se sentisse feliz, precisava agora finalmente escrever à senhora Isolde Berlepsch, naturalmente uma quadra:

Sim, me envergonho das horas caladas.
Sofrer convosco é privilégio,
pois por essa dor que vós sentíeis
sois maior do que eu.[20]

Senhor John, por favor, o senhor tem vinte cartas da senhora Berlepsch. Envie a ela esta resposta.

O escriba John não deixava transparecer, quando recebia uma missão, o que pensava.

---

20. *Doch schäm ich mich der Ruhestunde. / Mit euch zu leiden ist Gewinn, / Denn für den Schmerz, den ihr empfunden, / Seid ihr auch größer als ich bin.*

4

Quando ele então, não sem ironia, anunciou sua volta à senhora superintendente, Amalie e Bertha assumiram a avaliação do anúncio. Elas haviam esperado pelo casal passeador. O combinado fora: irem juntos antes do jantar à loja do conde Taufkirchen, pois dessa vez elas ainda não haviam feito compras. Portanto, para a cidade, na loja do conde Taufkirchen, que tinha ali tudo o que não precisamos, mas que, justamente por isso, adoramos comprar. Goethe foi junto. Comprou brincos de granada da Boêmia para Amalie, uma pulseira de plaquinhas esmaltadas para Bertha, uma folha de ginkgo bem pequena em uma fina correntinha para Ulrike. Ela comprou para ele uma folha de hera de prata em uma correntinha igual. As caixas de madeira e pedra, lembraram-no que ainda não tinha comprado nada para seus netos em Weimar. Mas não conseguiu agora, em meio às Levetzow e sob os olhos de Ulrike, fazer o papel de avô. A família comprou copos, xícaras, bules e leiteiras, um conjunto de chá chinês, xícaras pretas de madeira, a parte interna laqueada de ouro, uma manta persa com letras persas, blusas, xales, saias e meias, sandálias, inclusive persas, Goethe observou, dizia, quando instado, sua opinião.

O conde Taufkirchen levou tudo até o Goldenen Strauβ. Infelizmente ficou então a noite inteira. Como vivera muitas coisas aqui com o público do mundo todo, tinha muito a contar. Goethe buscou o olhar de Ulrike, mas percebeu que ela participava dessa noite como se centenas de noites ainda fossem se seguir. Ele também conseguiu que ninguém lhe perguntasse se tinha algum problema.

E, hoje, o último desjejum. Então, a verdadeira despedida. Encomendara a Stadelmann a carruagem carregada nas proximidades da fonte, diante do Goldenen Löwen. Às nove horas, ele devia estar pronto. Goethe não queria ficar na lembrança como a mão que acena da janela da carruagem. Por outro lado, era inadmissível que partisse sozinho do Goldenen Strauß e a família o observasse de longe. Mas nem precisava ter pensado nisso. Quando o desjejum então já tinha sido o último desjejum, o conde Sternberg levantou-se antes de todos e disse objetivamente: Eu espero lá embaixo. Para a família: Nós ainda nos vemos. Adeus.

Agora os abraços finais. Nesse caso, só restava a comédia. O tio como sobrinho. Eles podiam fazer grande barulho. Os chavões mais inacreditáveis podiam ser ditos. As duas irmãs mais novas participaram provavelmente sem perceber a ambiguidade daquela comédia. Para a senhora Von Levetzow, o jocoso tumulto foi bem-vindo. Somente no final, quando Goethe se endireitou após beijar sua mão e olhou em seus olhos, ela se tornou séria. Imitou a língua de abreviações das filhas, disse: N A D L S A, mas isso soou mais conjuratório do que jocoso. Goethe repetiu não menos sério: N A D L S A. A mais jovem ele beijou. A Ulrike, estendeu a mão e disse: Bem. Ela também disse: Bem, mas seu Bem não fora um eco do dele. Então, nos viramos e nos admiramos que isso seja possível. Da porta, mais uma vez um aceno bulevardeiro.

Embaixo, o conde esperava, ele tomou Goethe, não se pode dizer de outra forma, sob suas asas. O conde é pelo menos tão alto quanto o Sem-prenome. Isso, como suposição obsessiva, Goethe não pôde evitar. Ambos usavam bigode. Mas o do conde não era um sardônico tracinho fino, e sim uma penugem disciplinada e suave. Já nas caminhadas na *promenade* lá em Marienbad, Goethe sempre sentira que estaria com o conde em uma espécie de custódia axilar. Agora em Karlsbad, na manhã ensolarada de 5 de setembro de 1823, ele não poderia ter percorrido o caminho do Goldenen Strauβ até o Goldenen Löwen sem o conde. Ele não se agarrou, patético, ao grande homem belo, mas deu-lhe seu braço esquerdo para que se enganchasse nele; eles caminhavam em equilíbrio. Ele sentia. E não precisavam conversar para se proteger dos passantes. Goethe sentia isso e sabia que o conde também sentia: eles não podiam ser incomodados. Goethe sentia até mesmo que a família que os observava da janela tinha de assistir àquela partida sem comentários. Antes que subisse em seu elegante veículo, disse para o conde: O senhor sempre é bem-vindo para mim. E ainda acrescentou: Até o fim. Um aceno de cabeça de ambos os lados. Nenhuma mão acenante.

O clima não podia estar melhor, Stadelmann tirava da estrada tudo o que podia, talvez até um pouco mais. E como estava tão seco há dias, a poeira castanho-avermelhada sob o sol se levantava num remoinho, voltando a baixar atrás deles.

A que ele devia agora dar permissão de entrar em seus pensamentos e o que devia impedir? Como se fosse possível se decidir. Mas precisamos agir como se fosse possível, senão nos tornamos uma parelha em que os cavalos correm a toda velocidade e não obedecem a nenhum comando mais. Como isso termina, nós sabemos.

Assim que deixaram a cidade atrás de si, ele retomou a última cena. Fez a cena se repetir mais de uma vez, a cada vez apenas para chegar ao Bem de Ulrike. O Bem de Ulrike fora mais radiante que o seu. Mais corajoso. Mais certo do futuro. Mais desafiador. Mais encantador. Ele se envergonhou de seu Bem combalido. Quanto futuro havia no Bem de Ulrike! Quanto mais voltava a esse Bem, mais ouvia que fora um Bem que o desafiava a criar o futuro. Isso significava escrever. E começou a escrever – no coche, em sua magnífica carruagem com amortecedores e balançante, ele escreveu a lápis em sua agenda de viagem, na qual as datas preenchiam apenas a metade de cada página. Quando escreveu a primeira linha, já estava decidido que deveria ser uma elegia.

Elegia de Marienbad. Assim ela devia se chamar.

Quando, em Eger, desceu diante da casa de Grüner, já estavam em sua agenda as seis primeiras linhas. As seis linhas, não mostrou a seu amigo chefe de polícia. Dessas seis, nasceu, de estação a estação, a Elegia de Marienbad De Eger passando por Gefell, Schleiz, Kahla e Pößneck até Jena. A Elegia, ela não era correspondência expressa, ela era sua tentativa de manter o presente para que Ulrike, enquanto ele escrevesse, estivesse menos ou não estivesse ausente.

Na despedida, na manhã seguinte, Grüner exclamou para Goethe, quando este já estava na carruagem: Eu ouso depositar minhas esperanças em que no próximo ano a excursão às menilitas ainda esteja programada. Aqui se podia acenar. Ambos. Mas Goethe nunca podia, quando acenava, livrar-se do sentimento de que acenar minimizava a despedida. Mas talvez seja esse o sentido do aceno.

Durante um tempo, Grüner ainda esteve em seus pensamentos. Goethe censurava-se por ter ficado impaciente no dia anterior quando teve de parar na coleção de minerais, diante de petrificações de carvão mineral da Inglaterra. Isso interessará ao conde Sternberg, dissera ele um pouco nervoso. Pior. Quando Grüner percebeu que seu amigo naquele dia não estava interessado em minerais, começou a descrever a terrível situação de fome na região da Erzgebirge. Goethe forçou um rosto interessado. O que então, como então, o mundo é um horror, por favor, é verdade, mas de que adianta se envolver.

E agora em Zwotau a notícia: Hof está em chamas, Hof, uma grande catástrofe incendiária. Ele, imediatamente para Stadelmann: Longe de Hof. O maior desvio possível em torno de Hof. Já bastava o fato de que o veículo de carga enviado antecipadamente com cinco caixas de minerais e seis caixas de Kreuzbrunnen provavelmente estivesse em Hof, talvez tombado no pânico do incêndio, caixas de minerais e garrafas de água Kreuzbrunnen perdidas. Ele fechou as cortinas. Queria voltar para a Elegia.

Como eles passaram a noite em Gefell, onde nunca haviam se hospedado antes, Stadelmann primeiro examinou as portas dos quartos da pensão para ver se as dobradiças estavam lubrificadas. Senão, ele sempre tinha óleo consigo e só chamava seu senhor quando as portas deslizavam silenciosas. No dia seguinte, até Schleiz. Ali, eles já conheciam esse visitante com seu cocheiro. Goethe, porém, acordou por volta das cinco da manhã com o arrulho das pombas e ficou prestando atenção, pois nunca ouvira pombas arrulharem tão próxima e detalhadamente. Desenhou pautas musicais e anotou o que ouviu.

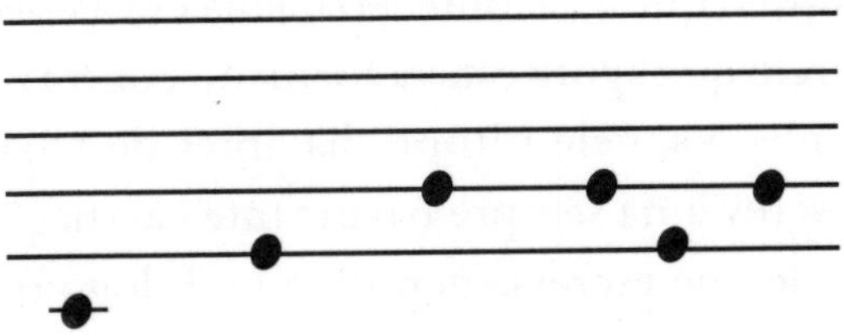

Isso foi o macho.

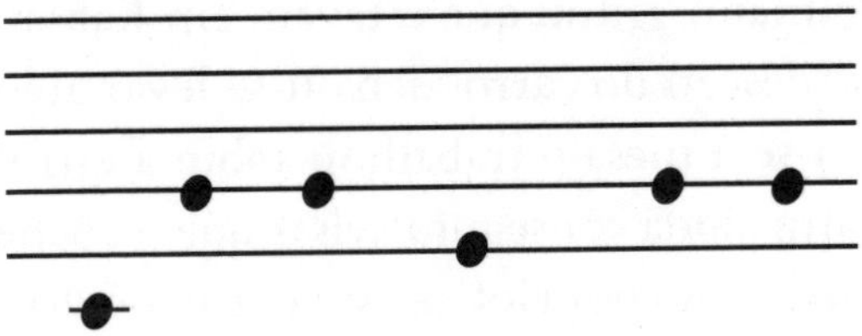

Isso foi a fêmea.

O macho estava muito próximo em uma das árvores diante da janela, a fêmea, distante. Isso durou uma hora. Então a mulher se aproximou. O macho foi até ela. Um vigoroso bater de asas composto provavelmente de quatro asas. Silêncio. Mas no máximo quinze minutos. Depois o arrulho recomeçou. Ele nas proximidades, ela distante. Goethe fechou a janela. O arrulho agora fora abafado, mas continuou sendo inconfundivelmente um arrulho. Se ele agora pudesse escrever uma carta a Ulrike, se pudesse lhe contar o que ocorrera aqui, diante de sua janela, na copa da árvore, então tudo estaria bem! Mas vamos! À Elegia.

Passando por Pößneck até Kahla. Jena já se aproximava. Ele precisava assegurar sua Elegia, como se ela fosse um bastião que pudesse protegê-los, a ele e Ulrike, de

Jena e daquilo que ali aconteceria. Jena era a corriqueirice do comércio que agora estava formado contra ele, contra Ulrike e ele. Naquele último dia antes de Jena, ele, enquanto escrevia na sempre balançante carruagem, teve a sensação de que escrevia genufletido. E logo que parava de escrever, mesmo por um instante, ouvia-se de novo a soltar aqueles gritinhos curtos. Eles eram muito finos. Eram gritinhos ridículos. Mas precisava deles.

Stadelmann gritou que estavam em Kahla. Ele abriu a cortina, desceu do carro, deixou-se levar até seu quarto, sentou-se à mesa e trabalhou sobre a estrofe do dia. Stadelmann ainda conseguiu avisar que o coche de carga teria passado ileso por Hof, já estivera ali no dia anterior e partira hoje cedo para Weimar.

No dia seguinte, chegaram a Jena. Seu filho August o aguardava no jardim botânico que ele mandara organizar, na casa do superintendente, onde mandara arrumar um apartamento para suas estadias em Jena. Goethe assustou-se. Não se lembrava do filho tão gordo. Queria ter começado a conversa com uma menção à dieta de Hahnemann que ele seguia. Mas sabia que seu filho tinha orgulho de comer de tudo, desprezava pratos finos e considerava dietas uma invenção maléfica de médicos ambiciosos. Uma de suas frases preferidas era: Tudo o que é complicado me é alheio, Napoleão também não era complicado. August era um admirador de Napoleão.

Para o jantar, ele providenciara para que ele e o pai fossem convidados do arquiamigo Knebel. O pai ficou feliz. Knebel era, ao lado de Zelter, a única pessoa que ele tratava por tu. Quase cinquenta anos já haviam se passado desde que Knebel, preceptor do príncipe na corte, o apresentara a Carl August em Frankfurt, eles se tornaram e permaneceram amigos. Todavia, Goethe não pudera resguardar o amigo, que se tornava cada vez mais um crítico e amaldiçoador de tudo, da decadência na negatividade. Bem, de volta a Knebel. Durante uma noite era sempre maravilhoso. Somente quando na noite seguinte também havia apenas oposição, Goethe desistia novamente de seu amigo por algum tempo. Mas dessa vez, Knebel disse ao cumprimentá-lo: O que eles fizeram contigo?.

Goethe: Feliz eles me fizeram.

Knebel: Estiveste com aquele artista rejuvenescedor que ocupas no *O homem de cinquenta anos*.

Goethe: Quem me ama, dá-se conta.

Knebel: Soa melhor da forma inversa: quem não se dá conta, não te ama.

Goethe: De acordo.

Knebel: Goethe de acordo comigo! Esta será uma grande noite!

Então o tema daquela noite: Os estudantes universitários haviam feito marchas de protesto contra Goethe, pois haviam ouvido em algum lugar que ele viria passar alguns dias em Jena. *Pereat*[21] Goethe e abaixo Goethe! Uma noite inteira. August informou que já tinham sido iniciadas investigações contra os líderes do bando.

Knebel disse: Isso se deve a essa eterna indulgência e liberalidade. Devíamos expulsar imediatamente todos os que marcharam.

Goethe perguntou pelos motivos dos protestos.

Isso August já descobrira. São imbecis nacionalistas para os quais Goethe, desde que se encontrara com Napoleão, se tornara odioso e desprezível.

---

21. *Pereat*: pereça em latim.

Burrice dura para sempre.

E aquela ainda podia ter sido uma noite agradável, se August não tivesse soltado a notícia de que o dr. Rehbein teria partido hoje cedo, às cinco horas para Eger, onde nascera, para buscar a noiva, e que então se casariam em seguida.

Isso atingiu Goethe. Ele elogiou a noiva com as mais belas palavras, mas ao casamento apressado chamou de grande asneira. Um noivado extemporâneo, maravilhoso, mas um casamento de improviso: uma abominação. O amor sempre surge instantaneamente, mas o casamento é a síntese do impossível. Deve ser primeiro refletido.

Goethe ficou furioso.Urgiu para que partissem. Depois ainda se sentou com August na casa do superintendente. Era impossível não notar que August gostaria de continuar conversando com ele sobre casamento. Goethe sentiu que o filho agora esperava uma frase sobre Ulrike Von Levetzow.

Pois ouvimos tantas coisas o verão inteiro, disse August. Ottilie também sofrera com a situação. Isso não deveria admirar o pai graças ao relacionamento extraordinário entre ele e ela.

Goethe sentiu, por sua vez, que lhe era impossível dizer ao filho algo que ele certamente enviaria ainda aquela noite por mensageiro a Weimar. Quando August percebeu que o pai não pronunciaria o nome Levetzow, evitou novas perguntas capciosas.

Então, anunciou o programa para os próximos três dias. Goethe tinha de visitar tudo o que fundara: os museus, as bibliotecas, a escola de veterinária, o jardim botânico, o observatório astronômico, o novo edifício do hospital veterinário. Após August entregou-lhe, segundo instruções, a carta na qual o grão-duque desejava a Goethe um bom retorno. Ela terminava como um desejo urgente do Senhor. Pedia a Goethe que se tornasse imediatamente curador da Universidade de Jena. Esperava que o poeta não recusasse esse desejo ao amigo. Pois era evidente que seria agora o mais correto, por causa das últimas inquietações estudantis, ter Goethe como curador em Jena.

Goethe dobrou a carta, disse que estava sinceramente cansado, até amanhã, caro August.

Ele ainda queria saber: Sim ou não.

Goethe não disse nada, mas balançou a cabeça de forma mais enérgica do que de costume.

Em seu quarto de trabalho decorado sem nenhum conforto, ele se sentou à escrivaninha. Ir para o quarto de dormir era-lhe impossível. A visão da cama o horrorizava. Não porque ela era simples como uma cama de soldado, mas porque era uma cama. Ele precisava escrever. Para continuar trabalhando na Elegia já era muito tarde, estava cansado demais. Então escreveu, se não podia dirigir-se diretamente a Ulrike em um poema, à senhora Von Levetzow. Ela havia encenado os dias e noites e Karlsbad de tal forma que ele estivera sempre à sua volta como um agrilhoado. Mas se lhe escrevia, precisava agradecer. Outro tom seria inaceitável.

Não importa o que escrevesse, ele sempre escrevia que escrevia. O escrevedor não deve agir como se aquilo que escrevia tivesse surgido por si só no papel. Quando o texto não é ditado, mas escrito pelas próprias mãos, deve-se abordar também a escrita do escrevedor. Quando a necessidade de escrever era tão inequívoca como em Jena na noite de 13 para 14 de setembro de 1823, então o escrevedor sentia-se protegido dentro dessa necessidade. O estado em que ele se encontrava podia ser chamado inocência, ou inescrupulosidade ou liberdade.

Ele logo confessou abertamente à mãe de Ulrike quanto precisava dizer e quão pouco podia dizer. Quanto tinha a lhe agradecer por aquele verão, e particularmente pelos últimos dias, ele não podia agora pronunciar, ela saberia disso, ele sabe. E escreveu à mãe aquilo que escrevia à filha, mas não podia lhe escrever. Os problemas que tinha com a filha não eram diferentes dos que tinha com a mãe. A filha sabe como são as coisas dentro dele, conhece sua intimidade de cor, portanto ela pode, quando ele vez por outra surgir em seu pensamento, dizer tudo melhor do que ele poderia em seu estado atual.

... em meu estado atual... Assim ele escreveu. E como isso dizia mais do que queria, voltou-se para a frivolidade. A filha certamente sabia que era extremamente agradável ser amada, mesmo que o amigo às vezes saísse do ritmo. Aonde quer que vá, ele ouve como parece bem e saudável e como está alegre. O medicamento era conhecido dela e dele.

Bertha e Amalie foram mencionadas de forma que, se a carta fosse lida em voz alta, pudessem ficar satisfeitas. Devido ao que a senhora Von Levetzow lhe contara sobre sua vida, por exemplo, sobre sua reunião com *Madame* de Staël em Genebra, ele se sentia mais do que vinculado a ela e à família toda. E diga-se à filha: quanto melhor ele a conhecera, mais a quisera bem. Gostaria de provar-lhe pessoalmente que bem sabe o que lhe agrada e o que a aborrece. Portanto, tem esperanças. No fim, como no começo.

Fielmente devotado, G.

Então, percebeu que não podia parar. Escrever para a mãe de Ulrike era agora a única possibilidade de dirigir--se à moça. Por isso, logo confessou, em uma nova folha, que agora percebia que não podia parar de lhe escrever.

A primeira coisa que lhe ocorreu: enviar suas recomendações ao conde de Klebelsberg, agradecer-lhe pela rica provisão de viagem cheia de surpresas que ele entregara, cuidadosamente embrulhada, a Stadelmann. E parou. Mas ainda não conseguiu parar. Começou mais uma vez. Não havia se despedido dos avós Broesigke em Marienbad. Ela deve, por favor, enviar-lhes seus cumprimentos e dizer que, caso seu destino quisesse, ele gostaria de se hospedar lá de novo no próximo ano. Com o que indicava que gostaria de se hospedar de novo no palácio. Parou. Recomeçou. Mais um ponto importante, escreveu. Com grande urgência pedia que fosse avisado caso as Levetzow mudassem o local e para onde. Ressaltar esse ponto após todo o teatro N A D L S A era prescindível. Mas eles ainda não tinham recebido isso por escrito.

Agora já eram quatro acréscimos, cada um sempre assinado como se fosse a última vez.

Recomeçou: Ele tinha diante de si a taça com os três nomes emoldurados por hera. O belo dia do segredo público. Ele precisou: A visão da taça o alegra, mas não o consola.

A cama ainda não era possível. Escrever não podia mais. Essa será a grande dificuldade. Enquanto escrevesse, mesmo que fosse para a mãe, estava com Ulrike. Se estava cansado demais para escrever, onde estava então? Todos os dias escrevera a Elegia na carruagem. Sempre o mais cedo possível pela manhã, logo após a partida. Agora pegou a agenda e leu o que anotara, mas não incluíra na Elegia.

Ouve a palavra, a mais bela para te conceber
Vais me encontrar como me deixastes.[22]

Admira-se que por causa dela
O sol não se paralise.[23]

Mesmo após o último beijo ainda me alcançava,
Imprimindo mais um derradeiro em meus lábios:[24]

Aquilo que tínhamos, para onde foi?
E o que é isso que hoje temos?[25]

Amanhã, pensou, assim que estiver em Weimar, copiaria a Elegia, trabalharia nela para terminá-la. Não a mostraria a nenhuma pessoa. Ulrike, sim, a ela imediatamente. Mas, como não pode lhe enviar nada que a mãe não veja, não pode enviar à única receptora a Elegia. Portanto, aquilo que agora nele se iniciava não sairia mais de dentro dele. Em nome daquilo que agora ocorria dentro de si, iria lograr o mundo.

Quando seus pensamentos agiam dessa forma, ele sempre os apresentava em sua completa extensão a Ulrike. Sempre precisava saber o que ela pensava sobre o que ele pensava naquele momento. Felizmente, ela lhe era tão presente que, quando lhe confidenciava alguma coisa, nunca ficava sem sua resposta.

---

22. *Und hör ein Wort, das schönste dich zu fassen/ Du wirst mich finden wie du mich verlassen.*
23. *Und wundert Sich daß nicht um ihretwillen/ Die Sonne stille steht.*
24. *Selbst nach dem letzten Kuß mich noch ereilte,/ Den letzteren mir auf die Lippen drückte.*
25. *Was wir hatten, wo ist's hin?/ Und was ist's denn was wir haben?*

TRÊS

1

WEIMAR, 7 DE OUTUBRO DE 1823

Cara Ulrike,

Quando lhe perguntei se eu, quando não houvesse outra alternativa, poderia lhe escrever, a senhorita disse:

Sim, claro.

Quando a senhorita diz sim, diz SIM. Se não percebesse exatamente assim, não poderia lhe escrever. Ajuda o fato de eu não saber se poderei lhe enviar logo o que lhe escrevo. Mesmo porque temo que Ottilie enredou, encantou, subornou ou ameaçou nosso estafeta, de forma que nada meu sai de Weimar sem ser antes mostrado a ela. Uma carta minha para a senhorita, ela confiscaria no mesmo instante. Desde que voltei da Boêmia, ela está doente. Ao que tudo indica, chegaram mais notícias de Marienbad do que poderíamos ter imaginado. Nós mal nos cumprimentamos, aparentemente de forma civilizada, e ela ficou acamada. Eu não podia, disse o filhinho August, visitá-la, pois eu seria o mal de que sofria. Meu dr. Rehbein, porém, complementou que há atualmente um tratamento talvez promissor que prescreve que se combata um mal com o próprio mal, para assim saná-lo. Ele conseguiu convencê-lo a me deixar visitá-la. Há quanto tempo não estivera mais na mansarda, que é o reino dela. O filho August blasfema às vezes de que seria lá em cima (na mansarda) apenas um viajante de passagem. Lá estava ela deitada, horrível, o olhar voltado para o teto, o rosto que sempre tendeu à tensão quase se rasgando de tão distendido, o nariz, proeminente demais para aquele rosto pequeno, dominava brutalmente, porque o rosto minúsculo havia praticamente desaparecido. Os lábios nunca significativos haviam sumido. Os braços pendiam sem forças ao seu lado, mas as mãos estavam fechadas em punho. E não me concedeu nem um olhar com seus olhos negros. Felizmente. Estou acostumado a outros olhos. Durante longo tempo, ficamos calados. Eu não podia dizer nada. A certa hora, tentei pousar minha mão sobre a sua em punho, então ela gritou, um grito de dor, um grito de defesa, um grito-de-me-deixe-em-paz. De repente iniciou-se a taramelice. Voltada contra a senhorita, Ulrike. De que nomes ela não a chamou. A senhorita e todas as Levetzow. Um bando de ambiciosas que ocupa os banhos e se atira sobre os bocados mais polpudos. Uma imagem escolhida que não se aplica a mim. As figuras de linguagem em que ela a envolveu eu não posso reproduzir. Ainda não. Talvez consigamos uma troca de cartas que me permita mais do que o permitido. Disse que toda a Europa sabia que a senhorita, Ulrike, é uma prostituta ambiciosa. Só para que saiba com o que tenho de lidar aqui. Desde então, estive todos os dias com ela. O dr. Rehbein diz que, antes de eu a visitar, ela ficava lá deitada, sem dar um pio e sem comer. Não acredito nesse último ponto. Espalhar esse tipo de notícia faz parte da guerra que ela trava contra mim. E nenhuma guerra nunca foi causada por uma única pessoa. Para uma guerra são necessários sempre pelo menos dois. Minha culpa bélica: todos esses anos eu tolerei, fui conivente e culpado de que Ottilie sentisse como se fosse casada comigo. O filhinho August foi negociado entre nós como um partido com quem tivesse que se casar para chegar até mim. Naturalmente, isso sempre foi levado para o lado jocoso, mas os gracejos serviam apenas para o disfarce ditado pelo decoro de um sentimento indecoroso que, por sua vez, tanto mais crescia quanto mais precisava ser disfarçado. O filhinho August não levava a mal, pois assim as suas escapadas eróticas estavam muito bem legitimadas.

Sempre cheguei à Boêmia partindo de tal situação. Então a senhorita e suas irmãs e sua mãe, uma família que superava o mundo jocosamente. A senhorita certamente percebeu que não sou um tipo que ri facilmente. Em nenhum lugar ri mais do que no seu círculo. Preciso admitir que, sem a senhorita, não posso me imaginar em nenhuma família alegre. Wieland, o poeta e sábio, a senhorita já ouviu falar nele, tinha uma constante disposição espiritual que chamava de humor. Brilhante como era, entreteve-me durante horas sublimemente com ensinamentos sobre o humor. Por isso sei que não tenho humor. Qualquer um que o tenha – eu não acredito que alguém possa tê-lo –, qualquer um que talvez tivesse humor, o teria simulado. Quem tem humor, logra a vida quanto à sua seriedade. Sua terrível seriedade. O filhinho August disse: Goethe é rococó. O que é verdade nessa afirmação é que minha vida toda, antes que pudesse conhecê-la, eu fui rococó. A seriedade que entrou em minha vida por meio da senhorita, a risonha, faz com que tudo o que existiu antes pareça rococó. Se Wieland ainda vivesse hoje – ele morreu porque, quando esteve em minha casa de visita, no inverno, marchou, contra meu conselho suplicante, vestido com seus sapatinhos de laca, meias de seda, calças de cetim e um minguado sobretudozinho, a pé pela neve e pelo gelo de Weimar até Oβmannstedt, pulmonia, fim –, se ele ainda fosse vivo, poderia oferecer-lhe como ensinamento que o humor é o maior logro que fez história sob o nome rococó. Rococó sempre foi um logro que sabia ser um logro. Rococó nunca se levou a sério. O humor se leva a sério, mas não é sério, portanto ele é o verdadeiro logro. Minha veia pedagógica está se inflando novamente. Perdão. Só quero dizer que, por intermédio da senhorita, minha vida foi invadida por uma seriedade antes desconhecida. Contra ela, nenhum rococó teria chance.

Isso eu confessei publicamente na Boêmia. Que meu amor pela senhorita então tenha sido retransmitido de forma tão endurecida, chegando aqui ainda distorcido por tons maléficos, transformou Ottilie na fúria que ela é. Ela pode ser qualquer um se a situação assim demandar. E agora ela assim o demanda. Pode ser que essa seja uma lei universal: se um fica feliz, outro fica infeliz na mesma proporção da felicidade do primeiro. Para manutenção do equilíbrio do mundo. Eu preciso ir regularmente até a cama dela – o dr. Rehbein exige – e tenho de me deixar ser ofendido aos gritos como velho libidinoso, bajulador, apalpador de meninas, abusador de crianças e outras coisas piores. Desumano sou também agora. Ao mundo é apresentada a nobre fachada que, na realidade, é mais terrível contra seus próximos do que Nero fora contra seus inimigos. Ottilie sofre muito. Eu poderia dizer: eu também. Mas quando estou com ela, não tenho nada a dizer. Realmente nada. Não posso dizer – e é só isso que quero, preciso dizer – não posso dizer que amo Ulrike e como a amo, e que não posso fazer nada, nada, nada contra o fato de que a amo. Preciso fingir. Preciso dizer: Marienbad, Karlsbad, isso é encenação de verão. Todo homem precisa de uma encenação de verão. Desse tipo de tolice eu tenho de tentar convencê-la. Preciso estar interessado em que ela volte a se levantar. Eu sou, entre outras coisas, também uma empresa. A senhorita tem ideia de quantos empregados tenho? Stadelmann, John, Mayer, Riemer, Kräuter, Eckermann. Quase diariamente meu mais antigo confidente, o chanceler Von Müller, que deve gerenciar meu testamento. Aquilo em que mais confio é sua amabilidade. Considero-o leal. Weimar, e esse é o mundo, tem acesso a mim por esse grupo. Assim, chegamos à situação que tenho aqui. Então, a cadeia interminável de pessoas e personalidades com direito a visita. Será que deve me ser indiferente, cara Ulrike, que agora eu surja como velho libidinoso – essa é a ofensa que mais me afeta – e desumano? Ou será que sou mesmo? Diga-me, por favor, por favor, por favor. Minha confiança em sua capacidade de percepção e julgamento é, permita-me o não exagero, infinita. Se a senhorita concordar em seu âmago minimamente em me chamar assim, por favor, faça-o. O terrível: se a senhorita me chamasse assim, se tivesse de me chamar assim, isso não me afetaria absolutamente, não me ofenderia, irritaria ou aborreceria. E eu me aborreço facilmente. A senhorita viu na Boêmia. Por favor, experimente, insulte-me o mais gravemente possível.

A senhorita permitiu-me que lhe escrevesse. Desde que cheguei a Weimar, lutei contra essa permissão. Todos os dias, fiz tudo o que pude durante vinte e quatro horas – pois continuei lutando mesmo em sonhos – para não ter de lhe escrever. Superei mais de um repentino surto epistolar, permaneci, mesmo que ferido, senhor da situação, ou seja, impus a mim mesmo o que deve ser: nenhuma carta. Uma carta para a senhorita, o que ela poderia ser além da ilusão continuada. Eu não a alcanço. Eu apenas prolongo o penoso ato de estender minhas mãos em sua direção. Será que terei a coragem de lhe enviar o que preciso lhe escrever? Mas como? Com certeza Ottilie já conquistou há muito Steffany, o chefe do correio, leitor e secretário em Alexanderhof. Eu poderia encarregar Stadelmann de entregar a carta em Kranichfeld, ou Blankenhain ou Buttelstedt. Caso Ottilie já não tenha enredado todos os funcionários dos correios da região. Sinto-me, com razão, perseguido mesmo que o correio ainda não tenha sido convencido a se voltar contra mim. Perseguido por uma vigilância proveniente de mil quartéis. Toda espécie de costume, moral, hábito, decoro e ordem reuniu-se em uma única vigilância que possa por fim me dizer de toda forma que sou impossível. Porque a amo, Ulrike. Hoje, chamo essa cooperação de todas as mais altas legitimações contra mim de dramaturgia. Ela é um evento para o qual todos precisam concordar entre si e aí cooperar com um objetivo: o objetivo sou eu, ou melhor, a comprovação de minha impossibilidade. A qual conheço melhor do que meus dramaturgos. Uma diferença, uma diferença decisiva entre a vigilância que denominei dramaturgia e mim: aqueles involuntariamente unidos na primeira, combatem minha impossibilidade com todos os seus meios culturais e sociais. Eu confesso minha incapacidade. Eles farão tudo contra minha impossibilidade. Não faço nada contra, mas faço tudo por ela. Tudo o que posso. É uma batalha de vida e morte, poderia se dizer, para que nos tornemos completamente teatrais.

Cara Ulrike, isso eu digo à senhorita, apenas à senhorita, e de qualquer forma, só posso dizer à senhorita porque não sei se poderei algum dia enviar-lhe o que foi dito nesta carta. Estou doente. Isso Ottilie não pode perceber nunca. Também estou doente. De amor. Pela senhorita. E só posso lhe dizer isso em uma carta que nunca lhe enviarei! Mas em que mundo estamos! Após quantos milênios de treino cultural para nos tornarmos mais humanos! Mas isso já foi praticado: apesar de que não devo vê-la novamente tão cedo, apesar de que certamente não possa lhe enviar essa carta já amanhã, apesar de que provavelmente nunca a enviarei, já é alguma coisa, escrever-lhe. Enquanto lhe escrevo, dirijo-me à senhorita. Eu a vejo. A senhorita me escuta. Imagino saber como a senhorita reage a essa ou àquela frase. E incluo suas reações em minha carta. Leio em seu rosto atento uma amável, boa e participativa aprovação de meu ato como escrevedor de carta. A senhorita se lembra: meu Werther é um romance epistolar. Não posso me matar. Ainda dou demasiada importância ao valor do mundo, quer dizer, do ambiente. Eu não lhes concedo o escárnio que desencadearia em suas páginas se pudessem anunciar: agora ele infelizmente se matou, por fim. Título: *Os sofrimentos do velho Werther*. Talvez minha impossibilidade cresça tanto, que este ambiente logo me seja indiferente. Então o farei, Ulrike. E agora é preciso que eu diga com grande seriedade. Eu só posso fazê-lo se a senhorita estiver de acordo. Não diga precipitadamente: nunca. Espere até saber se posso fazê-la compreender tão bem minha impossibilidade de viver que a senhorita, por meu bem, pelo fim do sofrimento, diga: Sim, faze-o. Este seria o momento para voltarmos à zona do tu. Durante quatro horas nós pudemos estar na zona do tu. Puxo-te rapidamente para perto de mim, mais íntima. Nós não conversamos certa vez em Marienbad que seria uma insistência na barbárie deixar o fim de cada vida nas mãos da chamada natureza? A natureza é indiferente ao quanto sofremos. Nós, não. Precisamos poder nos decidir, num caso precário, por não deixarmos que um verniz cultural faça que o impraticável pareça praticável.

Se meu amor por ti se impusesse dentro de mim como infrutífero, o que impeço dia e noite, então eu teria de parar de viver. E nenhum Napoleão poderia me criticar por uma debilitante mescla de motivos. Mesmo que o senhor XY com sua paródia de meus *Anos de peregrinação* ganhe muito mais dinheiro do que eu com o original, nenhum Napoleão poderia descobrir em meu autocídio, se ele ocorresse, nem um único traço de ofensa relacionada a meu ofício. Ele ocorreria por amor e por nada mais. Bem, com isso confesso: ainda tenho esperança. Mas sei que é infrutífera. Porém, não acredito que seja infrutífera. Preciso admitir que ainda tenho o dever de trabalhar no segundo *Fausto* e no segundo *Anos de peregrinação*. O que é um dever comparado a um amor infrutífero! Felizmente, a infrutuosidade não é uma deusa inatingível. Eu negocio dia e noite com ela. Ela é astuta, mas eu também não careço de ideias. Não penso a cada momento em tudo o que poderia pensar. Não posso fazer esse favor à infrutuosidade. Cara Ulrike, ainda estou no começo. O que já prevejo agora: não exigir nada de si. Primeiramente. Tudo poderia estar errado. Se uma frase deve ser considerada mais importante que outra, então é sempre a frase que menos tem a dizer.

Primeiramente: com a adversidade, nós nos alçamos ao reconhecermos nossa necessidade, nada mais. Primeiramente. A senhorita disse com admiração que Napoleão seria uma natureza absoluta. Ah, se a senhorita achasse que eu também sou uma!

Estou no começo. Julie Von Egloffstein, a pintora, sua irmã Linchen, a cantora, Adele Schopenhauer, tão inteligente quanto bela, a irmã de Ottilie, Ulrike Von Pogwisch, que sempre tropeça por causa de sua avidez pela vida, a qual eu, quando penetra em meus pensamentos, só chamo de Pogwisch, todas querem estar, mitigantes, à minha volta. Falou-se demais sobre uma menina de beleza estupenda que fora para o Conselheiro a ouvinte mais atenta, a respondedora mais ligeira e a acompanhante mais devota, eles teriam sido inseparáveis, dia e noite... Sim, sim, siiim, as notícias ainda correm assim. O chanceler Von Müller é o que vai mais longe, meu confidente, que sempre prefere sentar-se comigo a jogar lá na corte do chanceler. O chanceler Von Müller dirigiu-se para mim de tal forma que lhe disse frases que poderiam ser usadas contra mim como confissões. O chanceler não me abandona por nada. Todos os outros poderiam se tornar traidores por Ottilie e o filhinho. Apenas os homens, claro. Não todos eles. Mas todos os homens que escrevem poesias. E todos os homens à minha volta escrevem poesias. Para qualquer um que componha versos, seus poemas são o que há de mais sagrado, todo o resto é dispensável. No entanto, aqui também a exceção confirma a regra: o chanceler Von Müller, que naturalmente também faz poesias, nunca vai me trair por ninguém. Mas Riemer, John, Stadelmann, Eckermann, Kräuter. Se Ottilie compadecer-se dos poemas desses homens, pode fazer com eles o que quiser. Ela nada pode fazer com Meyer, meu Johann Heinrich Meyer, um não-fazedor-de-poesias por excelência, portanto, simplesmente não pode ser seduzido, ah, Ulrike, ele seria seu amigo, se a senhorita viesse; então venha. Conselheiro Meyer, chamado Arte-Meyer, comigo na mesma cama em Roma, atraído por mim para Weimar, um pintor, Ulrike, que não pinta, um suíço em Weimar, portanto, um desesperado. A senhorita PRECISA saber que divido meus amigos em esperançosos e desesperados. O esperançoso número 1 é o chanceler Von Müller, desesperado número 1 é Meyer, eu não preciso lhe dizer uma sílaba e ele já sabe tudo, vou me alimentar dele.

As condessas Egloffstein e Adele Schopenhauer são tão fiéis a mim como eu a elas. Decretei um convite geral para todas as três. Elas podem vir todos os dias a partir das cinco e ficar quanto tempo quiserem. E o terno milagre: eu consigo entretê-las maravilhosamente. Nunca fui muito ruim em entreter meninas. Agora sou insuperável. Como também outros clientes nunca faltam, percebo como meu programa funciona bem. Visto pelo lado de dentro, o terno milagre é assim: desde o dia 17 de setembro eu aprendi que a expressão de compaixão, não importa se sincera ou maliciosa, é fatal. Não posso ser compreendido. Não posso demonstrar, de uma hora para outra, um comportamento inescrutável. Mas aprendi. No que diz respeito a mulheres e meninas, eu já sou muito bom. Isso é a essência do terno milagre, apenas para informar isso eu tive de lhe submeter a essa explicação, a essência é que a força e a riqueza de meu comportamento vêm apenas da senhorita. Por isso, funciona tão bem com mulheres e meninas. Mesmo essa ou aquela

Caroline, se surgisse hoje diante de mim, me consideraria, após meia hora, o exemplo de um cortejador gentil. E consigo isso porque em cada menina, em cada mulher, vejo a senhorita, e sinto e cortejo. Desde que a acolhi em meu peito, sei que tudo o que já senti e já falei para meninas e mulheres era rotina, representação de um papel. Só agora sou eu mesmo que sente, que fala.

Minha mão pode estar doendo agora? Desde os tempos de Werther não escrevo mais durante tanto tempo à mão. Boa noite, Ulrike.

WEIMAR, 10 DE OUTUBRO DE 1823

Cara Ulrike,

Ontem, após o *Freischütz*, lembrei-me da senhorita. O jantar foi servido. Eu mesmo trinchei o assado. Ottilie, que voltou a se levantar de sua sombria rigidez, postou-se ao meu lado e ficou observando minhas mãos trabalharem como se precisasse verificar se eu estava fazendo tudo corretamente. De fato, ela então me elogiou em voz alta, alta demais. Ela simplesmente não tem percepção do que é certo. Isso chamou a atenção até mesmo do filho August. O pai não é teu serviçal, disse ele severo. Quem não me ama, tampouco pode me julgar, Adele Schopenhauer encerrou o *intermezzo* de forma ambígua ao me citar. Aliás, isso também é uma conquista tática de minha guerra: quando sou convidado a ir à ópera, sempre aceito cordialmente e, no último minuto, não me sinto bem. Se recusasse logo de início, teria de dissimular, omitir que não suporto mais nenhuma música sem Ulrike. Portanto, a tática da recusa em parcelas. Com as moças, que para diversão geral chamo de minhas raparigotas, já cheguei ao ponto em que seus olhos não me examinam mais em busca de traços de Ulrike. Com exceção, naturalmente, de Ottilie. Então, sentamos e comemos. À mesa estava também o jovem Nicolovius, um fino rapaz que merece ser estimulado. E veja só, as jovens damas voltaram-se como girassóis na direção do maravilhoso moço. A mim restaram suas costas. E foi também Ottilie que fez tudo para que o jovem Nicolovius continuasse sendo o centro das atenções. Senti que ela queria demonstrar como eu era desinteressante quando o jovem rapaz aparecia. Isso, cara Ulrike, arruinou minha noite. Por um lado, pude me orgulhar por ninguém ter percebido, mas por outro, ninguém mais olhava para mim porque o esplêndido jovem Nicolovius realmente merecia toda a atenção sob a direção de Ottilie. O dono da casa enfim esgueirou-se de seu lugar e escondeu-se em seus aposentos. Stadelmann veio, acendeu cinco velas, podia-se ler. Stadelmann sabe a qual vício seu senhor se entrega quando foge. Ele lê, mas lê a Elegia. Não a lê uma ou duas vezes, mas incontáveis vezes. Cara Ulrike, peço que me permita dizer ELE. ELE é aquele de quem preciso para ser EU. O que lhe escrevo é diferente do que o que ELE lhe escreve. Eu nunca tenho dúvidas sobre se lhe escrevo algo como EU ou como ELE. Desde as nogueiras de Werther, a senhorita sabe quem sou eu. ELE é uma fachada da qual se espera que cresça para dentro. EU é a confissão de que nenhuma fachada é bem-sucedida. De 17 a 27 de setembro, ele passou a Elegia a limpo, sobre o melhor papel que John pôde conseguir, e não cogitou, nem por um segundo, que John pudesse copiá-la. E mais uma coisa: a Elegia ainda era inapresentável. E ainda é até hoje. Naturalmente, ele se sentiu um pouco imaturo ao ler em seus aposentos a Elegia como um adicto, sabendo que devia se proibir de fazer tal coisa. E sentiu-se felizmente vivo o suficiente para perguntar a si mesmo: Por que deverias proibir-te algo que te faz tão bem?. Que ele pouco a pouco já sabia a Elegia quase de cor, não fez absolutamente que flutuasse para longe do texto. Ele lia cada linha não apenas com os olhos, mas com a alma. Com corpo e alma. E agora, Ulrike, eu retorno, agora faço uma confissão: o que já não impus ao mundo por causa da escrita. Escolas inteiras buscam sua salvação em minhas confissões, que dizem que podemos lidar, por meio da escrita, com tudo o que poderia nos vitimar se não escrevêssemos. Desde Werther. E agora, cara Ulrike! Eu escrevi a Elegia. Pela primeira vez, não me ajuda ter escrito. Apenas o ato de escrever ajuda. Mas o que eu seria sem a Elegia! Ela soletra minha ânsia. Ela tem orgulho. Orgulho de si. Eu gostaria de aprender esse orgulho com ela. Queria ser como a Elegia. Antes que a senhorita a leia, ninguém poderá fazê-lo. Ela não existe, a Elegia. Assim como a senhorita não existe. Portanto, eu não existo. Ouça como podemos ranger a alma da mesma forma que rangemos os dentes. E agora eu a envio, a Elegia, e essa carta vai partir! Mesmo que Stadelmann tenha de transportá-la até Kahla e Pößneck. Aqui está ela, Ulrike. A "Elegia de Marienbad".

O que devo esperar agora do reencontro,
Da flor ainda fechada deste dia?
Podes escolher entre o paraíso e o inferno;
A alma oscila hesitante! –
Não há mais dúvida! Ela vai na direção da porta do céu,
E te eleva à altura de seus braços.

Assim fostes recebido no paraíso,
Como se fosses digno da bela vida eterna;
Não tinhas mais desejo, esperança ou necessidade,
Este era o objeto do desejo mais íntimo,
E diante da visão dessa beleza única
Logo secou-se a fonte das lágrimas saudosas.

Como o dia não movia as rápidas asas,
Parecendo empurrar os minutos lentamente!
O beijo sela a noite fiel:
Assim será também no próximo sol.
As horas se igualavam em terno caminhar
Como irmãs, mas nenhuma igual à outra.

O beijo, o último, terrivelmente doce, cortando
O maravilhoso emaranhado de amores tortuosos.
Agora corre, agora o pé para, evita a soleira,
Como se um querubim flamejante o expulsasse;
O olho paralisa melancólico no caminho sombrio,
Olha para trás, a porta está fechada.

E agora fechado em si mesmo, como se
Este coração nunca tivesse se aberto, abençoadas horas
Competindo com cada estrela no céu
Cujo brilho não é percebido ao lado dela;
E desgosto, arrependimento, reprovação, preocupação
Agora sobrecarregam em atmosfera aflita

Então não resta o mundo? Escarpas
Não são mais coroadas por sombras sagradas?
A colheita não amadurece? Um campo verdejante

Não se estende ao longo do rio através de arbustos e gramados?
A grandeza supra-universal não se arqueia,
Rica em formas agora e, logo depois, deformada?

Quão leve e graciosa, clara e delicadamente tecida,
Flutua, qual serafim, coro de graves nuvens,
Como se a ela se assemelhasse, no éter azul lá no alto,
Uma elegante estrutura de esparso aroma ascendente;
Assim a vistes reinar em alegre dança
A mais amável de todas as amadas figuras.

Porém, apenas por alguns momentos podes atrever-te
A segurar uma figura diáfana ao invés dela;
De volta ao coração, ali a encontrarás,
Ali ela se move em formas alternantes;
Uma delas se transforma em muitas,
Assim incontáveis vezes, e cada vez mais querida.

Ela aguardava à porta como para me receber
Fazendo-me feliz progressivamente;
Mesmo após o último beijo ainda me alcançava,
Imprimindo mais um derradeiro em meus lábios:
Tão claramente viva permanece a imagem da amada
Gravada a fogo no fiel coração.

O coração, sólido como muralha,
Conserva-se para ela e a conserva em si,
Alegra-se por ela em seu próprio tempo,
Sabe apenas de si quando ela se mostra,
Sente-se mais livre quando preso por essas amarras do amor
E bate apenas para agradecê-la por tudo.

A capacidade de amar, a necessidade
De amor correspondido se extinguiu, desapareceu;
A esperança de novos delineamentos felizes,
Decidido, logo pude agir rapidamente!
Se o amor inspira o amante,
Eu fui o mais inspirado;

E por ela! — Como pesava um temor interno
Sobre o espírito e o corpo, carga malquista:
O olhar envolvido por imagens horripilantes
Vazio no coração aflito qual quarto deserto;
Agora nasce a esperança da conhecida soleira,
Ela própria surge em suave luz do sol.

A paz de Deus, a qual vos alegra
Na Terra mais do que a razão — lemos —
Comparo com a paz feliz do amor
Na presença do ser amado;
Então o coração descansa e nada pode atrapalhar
O mais profundo sentimento, sentimento de pertencer a ela.

Na pureza de nosso peito surge o desejo
De devoção espontânea a alguém mais alto,
Mais puro, desconhecido, por gratidão,
Decifrando-se o eterno Inominado;
Nós o denominamos: ser piedoso! — Sinto-me parte
Dessa abençoada altura quando estou diante dela.

Diante de seu olhar, assim como diante do sol,
Diante de seu hálito, como diante de ares primaveris,
Derrete-se, mesmo que tenha se mantido longamente congelado

No fundo de cavernas invernais, o egoísmo;
Nenhum interesse, nenhuma teimosia resistem,
Fogem diante de sua chegada.

É como se ela dissesse: "De hora em hora
A vida nos é oferecida amavelmente
O ontem nos deixou poucas notícias,
Conhecer o amanhã é proibido;
E se algum dia já temi a noite
O sol se pôs e sua visão me alegrou.

Portanto faze como eu e olha, alegre e sensato,
O instante nos olhos! Sem demora!
Vai logo ao seu encontro, benevolente e vivaz,
Agindo seja pela felicidade, seja pelo amor,
Apenas onde estás sejas tudo, sempre inocente,
Assim serás tudo, serás insuperável."

Falastes bem, pensei, como companhia
Um deus te deu a graça do instante,
E qualquer um se sente ao teu lado encantador
Momentaneamente agraciado pelo destino;
Amedronto-me ao menor sinal de me distanciar de ti,
De que me vale tão elevada sabedoria?

Agora estou distante! Ao minuto atual
O que é apropriado? Não saberia dizer
Ele me oferece algum bem para o belo,
Mas isso é apenas um fardo do qual preciso livrar-me;
Sou impulsionado por uma saudade incontrolável,
Não me resta outra coisa a não ser as lágrimas ilimitadas.

Então elas jorram! E fluem ininterruptamente;
Mas nunca é possível atenuar a chama interna!
Já acelera e rasga o meu peito
Onde a morte e a vida lutam terrivelmente,
Sim, haveria talvez uma erva para acalmar
o sofrimento de meu corpo
Mas ao espírito falta a decisão e a vontade,

Falta o conceito: como ele pode sentir falta dela?
Ele repete a imagem dela milhares de vezes.
Ela às vezes hesita, às vezes lhe é arrancada,
Ora indistinta, ora puramente radiante;
Como isso poderia ser um consolo,
A enchente e a vazante, o ir assim como o vir?

Deixai-me aqui, fiéis companheiros!
Deixai-me só ao lado do penhasco, no pântano e musgo,
Continuai assim! A vós o mundo se abre,
A Terra vos é vasta, o céu sublime e amplo,
Observai, investigai, juntai os detalhes,
O segredo da natureza é repetido hesitante.

Para mim isso é o todo, eu me perdi de mim mesmo,
Eu que já fui o preferido dos deuses;
Eles me põem à prova, enviam-me Pandoras,
Tão ricas em bens, mas mais ricas em perigos,
Elas me impulsionaram à boca dadivosa,
E agora me separam e me arrasam.

2

WEIMAR, 15 DE OUTUBRO DE 1823

Cara Ulrike,

A elegia partiu. São três as coisas que não podemos manter conosco: fogo, amor, versos. Pretendi durante muito tempo estar sereno! Agora subornei Stadelmann e disse-lhe que se tratava de um suborno, a quantia o deixou boquiaberto, inclinou-se como um acrobata. Ele sugeriu Bad Berka. Com isso, a Elegia está no mundo. A força para esse esforço extenuante veio do surto de fraqueza que me expulsou antes de ontem à noite da sala azul. Ah, Ulrike, salas não deveriam mais chamar-se assim. Esse é o nome deste salão porque suas paredes são azuis. E logo ao lado, o salão amarelo. Amarelo-arnica, Ulrike. Quem o fez foi o Arte-Meyer do lago de Zurique, meu desesperado nº 1, que há trinta anos reformou a casa para mim. Se a senhorita algum dia já percorreu os degraus mais lentos, mais alongados do mundo, ou seja, os da escada concebida por mim, a qual desenhei quando ainda nada sabia sobre sua existência, mas que agora lembra-me o seu caminhar, a senhorita caminha tão livremente, pisando para o alto, mesmo em uma superfície plana – a escada não leva, ordinária, do espaço externo para dentro da casa, mas apenas internamente da entrada para o pátio –, quando a senhorita, então, com seu passo flutuante chegar ao último degrau, lerá na soleira, esculpido em cor escura sobre a madeira clara, SALVE. Eu lhe digo isso agora porque sei que a senhorita nunca olha para baixo, nunca para o chão, mas sempre para o alto, para o lugar onde se encontram seus objetivos. Caso a senhorita entrasse, iria se admirar, provavelmente retorceria o máximo possível sua boca, mais do que enérgica, se visse a cabeça de Juno grande demais e ainda todos os outros bustos, seus Schiller, Herder, Winckelmann. Mas o fato de uma sala, a mais bela, ser azul, azul-lavanda, isso talvez a conciliasse com a artificialidade desse local, e a segunda mais bela, cara Ulrike, é a amarela, como é amarela a arnica.

Bem, anteontem à noite. O dono da casa despede-se em voz baixa. Então, eles poderiam voltara a cochichar: Marienbad, o velho Werther... Ui, diabo! E agora eu digo ao dono da casa: Isso não pode voltar a acontecer. Ele deve guardar bem isso. Ele vai, isso ele lhe promete, criar listas. Lista nº 1: Regras para evitar qualquer conjectura.

1. Nenhuma recusa em parcelas. Participar de todo evento musical. Ottilie e August naturalmente queriam apresentá-lo ao público no balcão. Olhem só! Ele voltou! Nós o pegamos! Ele precisava aparecer. Irradiar à esquerda e à direita o estado de espírito: aqui estou eu. Nem mesmo a música, a verdadeira assoladora, pode mais atingi-lo.

2. Superar em devoção todo círculo de pessoas devotadas a um rapaz. Afogar o jovem em cumprimentos. Assumir a liderança em cumprimentá-lo. Pois é certo que, em resposta a tudo o que ele possa dizer, a ti sempre ocorrerá algo mais brilhante que a teus gatos mansos, chanceler Von Müller, professor Riemer, diretor de construção Coudray e consortes. Não importava que eles caçoassem dele. O apaixonado é invulnerável. A não ser àquela que ama. Ele vive sob outro céu. Presente apenas na aparência.

Se eles conversam sobre o tempo e sobre Kant, nele reina a confusão divina do amor.

O jovem Nicolovius. O rastro até De Ror. Eu achei, portanto, que me sentiria melhor se reconhecesse a necessidade do curso dos pensamentos que eram inevitáveis. Eu precisava batizar o Sem-prenome. Batizei-o Velocífero. Cara Ulrike, a senhorita silenciou-me o nome do Sem-prenome. Ele a tornou sua confidente. A senhorita permitiu. Agora já está envolvida. Excelência consegue ver onde ela está. O Velocífero então corre para Paris, a fim de *presentear* a rainha francesa com um diamante, o diamante de mais alto quilate hoje existente no mundo. Sua mãe contou-me alguns dias mais tarde – a senhorita estava colhendo flores com suas irmãs – o que soubera sobre o Sem-prenome pelo conde Klebelsberg. A palavra vender inexiste para ele. Pois cada peça é tão mais valiosa do que cobra por ela, que ele, com razão, chama toda venda de um presente.

A senhorita vê os olhos dele diante de si? Eu vejo. Não vejo nada tão claramente quanto seus olhos. Pupilas quase negras, mas com um contorno cinza-claro. Isso só conheço em pássaros. E pássaros, mesmo que possamos dizer tantas coisas amáveis e belas sobre eles, o olhar de um pássaro é considerado frio e penetrante. Agora falo dele como as pessoas falam de Napoleão. A fim de poupar os pássaros, eu deveria dizer: esse contorno nós só conhecemos em Saturno. E esse é o planeta das ameaças. Um metro e oitenta e sete ele mede, disse sua mãe sem que eu houvesse perguntado. E que ele vive quase permanentemente em viagem entre Paris e Viena. Portanto, que ele tenha de parar em Estrasburgo e que saiba onde encontrar o internato francês, não é uma fantasia doente de minha parte. Seus cabelos napoleonicamente curtos, densos e escuros fazem dele uma bela figura militar. Não fosse o seu fraque violeta...

Ah, eu desisto, cara Ulrike. Ele se inflamou pela senhorita, ele é velocífero em alto grau, se tivesse de concorrer com ele, eu não teria a menor chance de vencer. Eu nem poderia desejar vencer. Pela senhorita. Ele não apenas tem futuro, ele é o futuro. Fujo dessa minha falta de esperança com o terrível desejo: se pudéssemos ofuscar a alma como ofuscamos os olhos. De forma que a senhorita não pudesse mais pensar nele. Se a senhorita me responder em breve – não posso me furtar essa ilusão –, diga por favor alguma coisa sobre a última frase que ele disse quando despediu-se tão arrogante e possessivo da senhorita. A senhorita o citou em Marienbad, na Goldenen Traube, alegremente, de alguma forma, sem levá-lo a sério. *Il y a quelque chose dans l'air*. Ele disse: Eu sei que há... ou eu acho que há... ou eu sinto que há...? E ele, se bem me lembro do que a senhorita me disse, ainda acrescentou: Entre nós há.... Ou no final: Há algo entre nós? Ou será que a formulação, como um todo foi assim: Eu sinto, que entre nós, há algo? Eu lhe ficaria realmente grato se a senhorita fizesse o esforço de me informar a frase de despedida corretamente. Acho que isso define com o que a senhorita, com o que nós devemos contar. Se souber que a senhorita pôde ler a Elegia, lhe enviarei isto que escrevo nesta noite. Não posso continuar tão negativo. Nosso jogo de ditar, o meu preferido, deve me ajudar agora.

À dama pós-revolucionária do internato.

Assim, restou-me ainda um decoroso e leal pedido: Sua Alteza, a própria, poderia me agraciar com sua eterna benevolência e graça de me conceder clemente a lembrança mais favorável de minha pessoa no círculo dos mais queridos familiares e o benefício e oportunidade de notícia diversa em futuro próximo.

P.S.: Sou pedante, eu sei. Mas me sentiria negligente se não a informasse o que me vem à mente quando penso em nosso Não-mais-sem-prenome. Este ano, em junho, não muito tempo antes da partida para a abençoada Boêmia, o Gracioso Senhor mandou chamar-me para que eu, o especialista em rochas, olhasse alguns diamantes. *Monsieur* Soret, preceptor do príncipe da corte, naturalista, muito ligado a mim pelas suas convicções anti-newtonianas, convidara para vir de Genebra, sua cidade natal, um químico, físico e técnico que abriu diante de nós, o duque, eu, chanceler Von Müller e o diretor de construção Coudray, uma caixa de mogno. Então surgiram à nossa frente, enfileirados em cetim escuro, os mais maravilhosos diamantes de todos os tamanhos e formas. Nós devíamos avaliar e escolher, nosso gracioso senhor compraria, se o aconselhássemos. O discreto genebrino nos deu tempo. Cada um de nós sugeriu uma ou duas peças que nos atraíram. Então o genebrino: nenhum daqueles diamantes era legítimo. Todos produzidos por ele mesmo. E ainda nos mostrou algumas impurezas que ele agora seria capaz de eliminar. Como as pedras não custavam nem a metade do que custariam se fossem verdadeiras, o Gracioso Senhor comprou todo o carregamento. O genebrino prometeu voltar em breve com peças ainda melhor produzidas. Eu não tenho de contar isso? Isso poderia afetar o excitante futuro de nosso presenteador de diamantes, não? De qualquer forma: informei não por ele, mas pela senhorita. Boa noite.

Talvez eu NÃO lhe mande essas cartas, o que é inaceitável neste momento – de qualquer forma, eu só poderia enviá-las enquanto a senhorita estiver em Estrasburgo –, eu vivo por saber que a senhorita vai ler o que lhe escrevo; se a senhorita, porém, para cogitar também o impossível, não ler ou fazê-lo apenas após a minha morte, e se a senhorita então, porque a vida que aqui levo é observada por alguns e talvez relatada, ler o que fiz no dia e na noite em que lhe escrevi uma carta que não consiste em nada a não ser solidão ou, se a senhorita quiser ver pelo ângulo do sentimento, em abandono, por favor, não acredite no que ler *sobre* mim, mas em minha carta. Mais uma vez, boa noite. Aliás, ontem, em papel festivo: meu amigo Knebel, cinco anos mais velho que eu, vai se casar, vai se casar novamente, vai se casar com uma moça quarenta e três anos mais nova, eu me congratulo com ele, naturalmente, e como, estou fora de mim de surto congratulatório e inveja.

WEIMAR, 16 DE OUTUBRO DE 1823

Cara Ulrike,

Os momentos em que não fui suficientemente bom sempre retornam. Considero uma felicidade que ainda possa melhorar aquilo que deixei escapar. A senhorita lembra-se: O senhor está bonito. A senhorita disse. Hesitei. E a senhorita: Hoje! Isso foi então um gracejo. Com HOJE a senhorita quis dizer: Agora não aja como se estivesse tão estranhamente surpreso, como se não soubesse quantas vezes o senhor está bonito, portanto, eu vou diminuir minha declaração e digo HOJE, não tenha medo, só hoje. Eu, porém, ouvi a bela frase de forma errada. Minha resposta deveria ter sido – e apenas para que a senhorita saiba qual a resposta que me escapou, eu lhe escrevo agora: E a senhorita! Eu devia ter exclamado igualmente animado, e a senhorita! E a senhorita! E a senhorita! Dentro de mim existe uma conversa constante com a senhorita, se eu pudesse dizer quão exaustivo é ter de reprimir o tempo todo aquilo que quer escapar constantemente. Constantemente eu poderia, ah, sim, exultar. Cara Ulrike, a falta de objetividade com a qual a senhoria vez por outra tratava de si mesma é impressionante e grotesca. Eu resumo o que a senhorita comentou sobre sua aparência em 49 dias de verão: orelhas grandes demais, cabelos muito finos, cor dos olhos indefinida, narizinho com uma curva, boca pequena demais. Agora aquilo que eu observei e estudei em 49 dias de verão: orelhas, duas pétalas de flor da mais saborosa fruta. A boca, constantemente a serviço de uma vivacidade infindável, não pode nunca, pois nunca se recobra, ser grande ou pequena demais, mas é, sim, a mais maravilhosamente terna força de deglutição. Pelo fato de seu nariz não querer ser uma régua, a senhorita devia ser-lhe grata. Seus cabelos, minha querida, são totalmente independentes da senhorita, eles não carecem da senhorita, mas a senhorita carece deles, pois eles recobrem suavemente a cabeça de uma menina que brilha por seus juízos que têm a persistência das constelações. Seus olhos, ah, Ulrike, a senhorita já me ouviu dizer, seus olhos são conquistadores. O que há de irresistível na senhorita, cara Ulrike, é o seu olhar, com o qual ninguém sabe lidar. Como o mar, seus olhos têm sempre a cor do céu, mas eles têm ainda, o que o mar não tem, a força da cor do seu céu interior. Agora basta, eu a ouço exclamar. Um pouco menos não teria prejudicado a credibilidade, a senhorita diz, porque gosta de refrear minha natural falta de inibição. Boa noite, minha adorável invasora. Por favor, sente-se onde quiser. Ah, a senhorita quer dançar, Sozinha? Ah, bem, por mim! Não poderia desejar nada mais do que isso. A senhorita já veio ao mundo como uma dançarina inata. Todo movimento seu é bem-sucedido. Suas articulações, uma sinfonia de leveza. A senhorita caminha e balança seus membros de forma tão arriscada quanto exata, seu pescoço leva a cabeça para um passeio de um ombro a outro e logo suas mãos já se encontram no alto, acima deles. Então a música não pode hesitar por longo tempo. Um belo pássaro branco rege com suas asas uma orquestra emplumada. A senhorita prontamente começa a caminhar, bambolear em um doce pântano. E em breve já caminha, como se, para a senhorita, nenhum pedacinho de terra fosse digno de ser tocado pelos seus pezinhos retinintes. A senhorita é uma séria parodiadora de todos os possíveis movimentos animais e humanos. A senhorita desce e sobe, mas sobe mais alto do que desce. Sem dificuldade, chega ao alto da escada invisível com seus degraus também retinintes. A senhorita então transforma seus pezinhos em suaves baquetas de tambor, vibrando-as sobre algo que não vemos, mas que começa a retinir devido às suas vibrações. A orquestra de pássaros, principalmente de corda, da mais elevada altura mergulha em tons altos, suspirantes. As asas pendem. Mas o maestro e todos os pássaros permanecem onde estão. O pássaro maestro diz à senhorita: Nós só não queremos ir para casa. Isso é replicado com entusiasmo por um público que não tínhamos visto até o momento. Nenhuma pessoa quer mais ir para casa. Um coral tremendo se eleva para cantar essa única frase centenas de vezes: Nenhuma pessoa quer mais ir para casa. Então o porteiro apaga a luz e grita zombeteiro no salão: Amanhã é um novo dia. Boa noite, cara Ulrike. Para mim, seria decepcionante se tivesse de aceitar, como certeza, que nunca lerias o que te escrevo, somente ti.

P.S.: Sobre senhorita e tu, falo uma próxima vez. Desculpa, Ulrike. Não consigo ir para a cama. Nada se tornou tão difícil, desde que te conheço, do que adormecer. Sempre o desejo louco de nunca mais ter de dormir. Voltei a ser criança? Por que criancinhas não querem dormir, Ulrike? Por que precisam ser enganadas com cantos e sons de toda espécie para saírem de sua despertez insaciável e genial? Agora eu sei. Elas apreendem a cada segundo milhares de dados, para elas, o mundo é uma grande atração a qual elas acompanham com seus sentidos, de cuja capacidade de absorção elas se alimentam durante toda a vida. Depois devem entrar em um sono que nada traz além de falta de sons e cores. Não, elas berram e resistem desoladas contra a obrigatoriedade de dormir, submetendo-se, por fim, às listas de rotinas dos adultos. Eu sou uma criança? Por favor, responde-me amanhã essa pergunta. Quero pelo menos vislumbrar por que o adormecer e o dormir são tão inadmissíveis. Agora me ouço dando os curtos gritos que me ocorreram pela primeira vez na noite após a aparição do Sem-prenome. Estar sozinho em uma noite e ouvir como esses curtos gritos saem de ti tem algo em si. Se digo isso com frequência: isso tem algo em si, mas não sei dizer o que tem, então quero evitar revelar uma maior sensibilidade com palavras menores. Minha cabeça é um campo de batalha no qual sou derrotado dia e noite. O fato de eu me deixar sobreviver sob qualquer circunstância é o motivo para a derrota de uma vez por todas. O motivo para cada derrota é a irremediável dependência. E agora a coisa fica ainda mais séria, Ulrike. E se eu anteriormente não tivesse dito tu como um hussardo, não poderia te apresentar nada assim tão sério. Tu és menos dependente de mim que eu de ti. Se fosses dependente de mim como eu de ti, pegarias dois lençóis de duas colegas, amarrarias com o teu, prenderias os três lençóis no alto, na cruzeta da janela – mencionaste mais de uma vez que não gostarias de ter uma profissão de tendência teórica, que apenas algo prático viria em questão, as mãos precisam participar, disseras –, transformarias os passos, que uniras amarrando-os pelas pontas diagonais, em uma espécie de corda ou linguiça de lençóis, descerias por eles e, acompanhada dos desejos cheios de inveja de tuas camaradas, partirias. Tu tens dinheiro suficiente para chegar a Weimar. E por que não apeias aqui na estação e caminhas os menos de cinco minutos até a praça Frauenplan, jogas pedrinhas na minha janela de forma que eu, que sento aqui insone e nada faço além de esperar por essas pedrinhas, estaria imediatamente à janela, te veria lá embaixo, logo estaria ali, junto de ti, te abraçaria, beijaria, traria para cima, comigo para sempre, por que, cara Ulrike, justamente isso não acontece? Em minha cabeça desenrola-se um dístico que não pode ser interrompido: Ela pode a qualquer momento estar a caminho de Estrasburgo para Dresden. Há suficientes motivos para ir ter com a família repentinamente. E o caminho de Estrasburgo a Dresden passa bem perto de Weimar e, se nos distrairmos apenas um pouco, por dentro de Weimar. Aqui podemos até mesmo trocar os cavalos. Temos de ficar. Pelo menos uma hora. Se ela pisasse o chão de Weimar, se refrescasse na estação do correio e continuasse viagem sem me ver... isso não é concebível. Não preciso pensar nisso. Mas se ela viajar em uma situação de urgência de Estrasburgo a Dresden e isso ocorrer? O que se segue agora não é uma repreensão, mas a confirmação de um princípio que obedece às leis da natureza e é socialmente abençoado há milhares de anos: tu és menos dependente de mim que eu de ti. Quando leres esta carta – em breve, espero –, então lembra-te quando e com que frequência pensaste em mim da noite do dia 16 de outubro até, digamos, as três horas da madrugada do dia 17 de outubro. Não importa a qualidade do teu pensar-em-mim. Poderia ocorrer-te que chamaras minha atenção em voz baixa no grande salão, durante o noivado do dr. Rehbein, que eu, por nervosismo, sempre enrolo meu lenço de bolso e seguro esse rolo ou salsicha com a mão esquerda, puxando-o com a direita para fora, depois de novo para a esquerda, mas nunca puxo tanto que ele não esteja mais na mão esquerda. O que quero dizer com isso? Seria uma grande ajuda saber de ti com que frequência te lembras de mim e o que se passa dentro de ti, quando te lembras. Realmente já são de novo três horas da manhã. Vou me deitar, deixar a luz da escrivaninha queimar, olhar para o teto e pensar em ti. Amanhã farei uma lista, nela deve constar tudo o que pode ser perigoso para mim. Dentro de mim e à minha volta. Uma lista das coisas que devo evitar. Boa noite, adorada.

P.S.: A mim bastaria se a senhorita escrevesse: Minha mãe, que vê em tudo um inconveniente, deve escrever-lhe em algum momento, Excelência. Ela lhe escreve que o senhor não deve me escrever. Ela tem um projeto. Então escreve-me às escondidas, rapaz.

A lista de cautelas e esquivamentos. Que situações são perigosas porque provocam surtos e ataques.

Qualquer olhar-pela-janela remete às janelas da Goldenen Traube. Qualquer segurar-um-copo-na-mão, a *promenade*. Qualquer menção a Napoleão. Qualquer menção à tradução de poesias. Qualquer menção à palavra prenome. Assim como às palavras palácio, fonte, *Kreuz* [cruz], chocolate. Não dizer mais que agora todos os passeios são enfadonhos, transparecendo, assim, que falta alguém com quem eles não sejam enfadonhos.

Saber antes quando os sinos da igreja vão tocar. Que o susto da ânsia não te leve de novo a tremer. Sempre às seis, de volta da *promenade*, ainda no terraço os sinos da igreja soavam repentinamente e nós nos olhávamos calados. O tempo que eles soassem.

Em chuvas repentinas, não te lembra logo mais uma vez que, em Marienbad, no caminho do Kreuzbrunnen para o palácio Klebelsberg, duas vezes nós ficamos verdadeiramente ensopados.

Quando se falar em dança, não desvalorizar com um sorriso contido nos lábios todas as danças aqui ofertadas porque Ulrike dançara melhor do que todas as dançarinas locais.

Cuidado com qualquer posicionamento sobre a cor AZUL.

Nunca mais iniciar uma frase dirigida à Julie v. E. com: Se fosses minha filha...

Grande cautela quando se mencionar quem faz baldeação em Weimar no caminho de Dresden a Paris, como há pouco o compositor Lecerf.

Grande cautela em conversas sobre música: Se a música cura ou piora feridas da alma. Anteontem, muito inapropriado, agradecer à *Madame* Szymanowska por seu grandioso concerto ao piano como uma cura para feridas da alma. Troca de olhares de Ottilie com August.

Erro embaraçoso ontem quando, no jantar, foi proposto, pela mãe Egloffstein, um brinde à recordação, inocente, sem nenhuma intenção. Então meu ataque de fúria contra essa palavra, contra re-cordar, como se isso fosse necessário, sendo que tudo já está dentro de nós, de nosso coração, e como! Uma palavra tola: re-cordar! Meu ataque revelou tudo o que escondo com tanto cuidado. Troca de olhares à minha volta.

Toda reserva possível quando se tratar de joias. Nem a favor, nem contra.

Perigosos segundos há pouco. O jovem poeta Platen citou um trecho de *Os anos de peregrinação*: o viajante com o nome emprestado. Agradou-lhe, apesar de que algo assim certamente nunca ocorria. Eu não pude evitar de citar o Sem-prenome que não se encaixava absolutamente no tema. O chanceler Von Müller, o único que talvez tenha entendido alguma coisa. Os outros, sem compreender.

Assim que alguém começa a falar alguma coisa sobre gravuras em cobre, eu deixo de estar presente, porque a mãe de Ulrike disse claramente que achava encantador quando sua filha e eu sentávamos lado a lado e observávamos durante longo tempo as gravuras em cobre do tempo de Rafael.

Riemer ontem: Saber algo com certeza e agir em conformidade com isso é exigir demais. Isso foi contra mim. Ottilie também tentou imediatamente me incluir.

Eu me esquivei: mas nós não somos assim tão singelos, o saber nos guia menos que a crença. Ottilie apertou a boca que já é mesmo inexistente.

Perigoso: Quando a névoa paira sobre as florestas como em Marienbad após as noites de chuva. Como posso não pensar em quando disse a Ulrike: É como se as pontas dos pinheiros se umectassem no mar de névoa. Umectar Ulrike nunca ouvira. Eu contara com isso. Enquanto houver névoa após noites de chuva, preciso me acautelar.

Atenção: Não deixar que a repugnância aos casais se torne dominante.

Assim que a palavra almofada surgir, obscurecer com todas as forças a lembrança que se impõe daquela manhã: como ela se sentou no sofá pousando o braço esquerdo com um movimento desnecessariamente amplo sobre a grande almofada amarela.

Atenção à boca! Cada vez que passo pelo espelho vejo que minha boca está tensa. O canto esquerdo da boca, distorcido. Movimentos regulares dos lábios. Relaxamento de toda a boca. Nada combina menos com o nobre resignado do que essa boca distorcida para baixo do lado esquerdo.

Cuidado sempre que chegar uma notícia relacionada a casamento! Olhar três vezes antes que passes outro ridículo como com Knebel! Não foi o Knebel cinco anos mais velho quem se casou, mas seu filho!!!

WEIMAR, 19 DE OUTUBRO DE 1823

Cara Ulrike,

Um homem apaixonado.

Quando nós pudemos nos tratar por tu, eu colhi para ti na relva da floresta os lupinos que haviam esperado por nós. Entre os lupinos azuis e vermelhos, colhi este, o vermelho. Eu adoro o vermelho sombrio e brilhante dos lupinos. Antes que pudesse entregá-los a ti, saíste da floresta chegando à relva. Enquanto caminhavas pela grama, não pisavas em nada. Fiquei a contemplar-te enquanto te abaixavas, com que leveza te abaixaste, como estavas bela ao te abaixares para colher tuas flores preferidas. Voltaste com o ramalhete de arnica e abriste o denso ramalhete amarelo para meu lupino. Ele mergulhou seu vermelho sombrio em tua torrente amarela. Nós rimos. Não em voz alta. Mas tínhamos rostos de quem ria quando marchamos de volta ao mundo chamado Karlsbad.

O que posso fazer além de dizer o que ocorreu. Sabes, podes não saber, mas eu tenho de dizer o que o abade, minha gaveta pedagógica nº 1 em *Os anos de aprendizado de Wilhelm Meister*, diz: Tudo é relativo. Tu vais experimentar um dia que após todos os entusiasmos absolutistas, dogmáticos, nacionalistas e humanistas, algumas pessoas mais prudentes chegarão a essa frase. A frase não está concluída. Isso não a torna menos útil. Mas apenas quem descobre sua inconclusão deve dizê-la. Senão, a frase não tem o valor que deveria. Tudo é relativo, com exceção do amor. Essa é uma descoberta. Minha descoberta devida a ti. Precisas aceitar que to diga. Tu és singular. Com tua singularidade, me dominas. Dia e noite. Não existem milhares de meninas, mulheres elevadas assim e assim, que riem, caminham, dançam, olham, sim, também olham assim e assim, não há olhares maravilhosos de meninas, olhos de mulheres, profundos lagos fabulosos, que esperam pela tempestade que trará sua riqueza ao mundo? Pode ser, pode ser, pode ser. Para mim, nenhuma é singular. Talvez eu seja o único que reconhece a tua singularidade. Isso não é concebível. Mas gosto de pensar nisso. Se eu for o único que reconhece a tua singularidade, então tu deves ser minha. Essa é a mais bela, a mais platônica ideia fabulosa: toda pessoa é singular, mas apenas para uma única pessoa. E assim tu és para mim. Para isso, não preciso enumerar a mim mesmo quais são teus predicados ou cor de cabelo. Se eu sou o único para o qual tu és singular, resta apenas perguntar: eu sou singular para ti? Não sou. Senão já estarias aqui há muito. Terias invadido, escalado as paredes e entrado pelas janelas sob chuva e tempestade, sem atentar a qualquer tipo de preceitos contrários. Mesmo assim, és singular para mim. Essa assimetria é a discrepância que mede a infelicidade. Em compensação, eu sei o que é o amor. Rápido demais escrevi em *Divan, minha admissão no Paraíso*. A vida me tornou obtuso. Retumbei:

Não! Tu não escolhes o insignificante!
Dá-me a mão para que dia após dia
eu possa em teus dedos delicados
contar eternidades.[26]

---

26. *Nein! Du wählst nicht den Geringern!/ Gib die Hand, daß Tag für Tag/ Ich an Deinen zarten Fingern/ Ewigkeiten zählen mag.*

A certeza burlesca foi-me estilhaçada neste momento. Eu amaldiçoo a prática cultural de desejar. Mas e a utopia, ela não é capaz de nada? Quando a senhorita mais uma vez estiver manifestamente ausente, vou até a *Nova Heloísa* e similares, e sussurro com meus botões: e sentado aos pés de sua amada, ele vai moer cânhamo hoje, amanhã e depois de amanhã, sim, toda sua vida.

Ele vai? Diga-lhe. Logo.

Existe o Paraíso: dois, um para o outro. Existe o Inferno: um falta.

Cara Ulrike, exijo de ti o que não posso exigir dos pobres narcotizados por tradições não naturais de meu círculo. Em Karlsbad, onde flanávamos passeando mais perto um do outro, um homem, quando nos viu caminhando lado a lado, bem próximos, gracejou em nossa direção: O senhor certamente está pondo sua imortalidade à prova. Isso é intriga cultural. A ti, que pensas e nunca imitas os outros, posso dizer o que sei, porque prestei atenção: algumas naturezas vivem uma segunda puberdade, enquanto outras são jovens apenas uma vez. Isso não é um privilégio de artistas. Não é um presente da natureza. Isso deve ser conquistado pelo trabalho. Esse trabalho é livre de moral. Muita musculatura, visão, audição, voz, bater de coração, Hufeland denomina isso capacidade de vida. Essa foi a epístola daquilo que é real.

3

Carta de Ulrike.

A carta de Ulrike escorregou de suas mãos. Não pôde lê-la até o fim. Agora a carta jazia diante dele, no chão. Uma carta em papel brilhante azul, margeado. Ele não podia se curvar. Stadelmann. Ele veio imediatamente. Goethe apontou para a carta. Stadelmann pegou-a e saiu do aposento com evidente cuidado. Ele trouxera a carta azul-lavanda junto com a correspondência de hoje. Em Marienbad e Karlsbad, ele muitas vezes tivera de levar cartas azul-lavanda. Goethe viu, suas mãos tremiam. Seu coração pulsava. Ele precisava respirar. Não respirava por si só. Sempre apenas quando já era tarde demais. Então arquejava. Depois de novo, mas nada. Até que era tarde demais outra vez. Tentou respirar antes que tivesse que arquejar de novo. Ele só conseguia respirar sem aspirar grande quantidade de ar. Caminhar de um lado para outro. Sim, ele caminhou de um lado para outro. Bastante rápido, inclusive. Aumentou o passo. Era preciso se decidir se podia ler a carta de Ulrike até o fim. Ele a lera até a frase com a qual era informado de que o senhor De Ror era aguardado em Estrasburgo no dia 31 de outubro. Ao estilo de Ulrike. Curto, seco, sem rodeios. Essa precedia à outra sobre como se chegou a essa visita. O conde de Klebelsberg e a mãe providenciaram para que o contato com o senhor De Ror não fosse interrompido. Agora, De Ror anunciara diretamente à mãe, ou mais uma vez por intermédio do senhor ministro das Finanças, que teria uma sensacional coleção do Brasil para mostrar. Pedras preciosas como a Europa ainda não vira. Em Paris, em Viena, em Dresden ou, por que não, em Estrasburgo. E a mãe, ou o conde de Klebelsberg, ou os dois, provavelmente ambos, disseram: Estrasburgo. Ulrike é avisada do encontro como determinação. Ela certamente não poderia ter nada contra que eles se vissem mais uma vez em breve. Além disso, o senhor De Ror envia suas mais amáveis recomendações a todos. Principalmente, claro, a bela denominada Ulrike. Ele ainda tinha a esperança de despertar nela um sentimento positivo pelas joias. Negligenciar dessa forma seu pescoço afrodisíaco e os tumescentes lóbulos das orelhas seria um pecado...

Então a carta caíra de suas mãos. Stadelmann a pegara do chão, esperara por um segundo sem saber se deveria entregá-la nas mãos de seu senhor ou colocá-la sobre a mesa, decidiu-se rapidamente colocá-la sobre a mesa. Lá estava ela agora. O apressado caminhar de um lado para outro tinha ajudado. Ele respirava normalmente outra vez. Diminuiu o ritmo. Apesar desse conteúdo, quando leu a carta, ainda pensou: bem ao estilo de Ulrike. Como seus bilhetes em Marienbad. Uma linguagem sem adornos. E lá estava ele de novo em seu pescoço, seus lóbulos de orelha. Seu pescoço afrodisíaco. Isso ele achou ainda mais trivial do que os lóbulos tumescentes. O olhar do vendedor de joias naturalmente descobriu o que ali faltava. Mas que Ulrike abrigava em si um sentimento antijoias porque sua mãe sempre andava por aí como uma feira ambulante de adornos, isso o senhor Velocífero não compreendia.

Ele precisava caminhar de um lado para outro. Precisou aumentar o ritmo de novo. Precisava caminhar tão rápido que se ocupasse de sua respiração. E quando corria assim, de um lado para outro, também sabia porque seu coração martelava contra o peito e subia até a garganta. Seu coração, o animal aprisionado. Ele, o vigia da prisão. Com que relógio vai contar os segundos de hoje a 31 de outubro. Hoje, 24 de outubro. Hoje não leria mais a carta até o fim. Foi até a escrivaninha, lá estava o terceiro volume do dicionário Adelung de alemão culto. Sem pensar, ele pegou o grande e grosso livro e colocou-o sobre a carta. Agora podia respirar aliviado? Sim. Ele respirou. Ridículo. Mas nós vivemos de tais pensamentos. Que a carta agora estivesse debaixo do grosso livro quase lhe fez bem. Uma espécie de sentimento de vingança. A única coisa que importava: o azul-lavanda havia desaparecido do quarto, do mundo. E percebeu quão estúpido era seu pensamento. O grande e grosso volume do Adelung era um monumento à carta que jazia embaixo dele. A presença daquela carta no quarto não podia ser demonstrada de forma mais evidente do que por meio daquele gigantesco livro. Mesmo que o Adelung não lembre mais nada além da carta azul-lavanda, ele não é a carta azul-lavanda. Não importa o que lembre o quê: se ele não vê a carta azul-lavanda, será mais fácil não lê-la até o fim. Não havia motivo para ler aquela carta até o fim. Se a pegasse de novo nas mãos e encontrasse o ponto até o qual já lera, precisaria ler mais uma daquelas terríveis frases novamente, pelo menos se depararia com palavras, os lóbulos tumescentes, o pescoço afrodisíaco, a bela chamada Ulrike.

Antes mesmo de apenas tocar naquela carta, ele precisava entender como fora possível a Ulrike escrevê-la para ele. A carta começa inocente. Começa até amável. Encantadora ela começa. Seu coração logo bateu mais rápido quando leu como ela lera a Elegia! Lera, lera de novo, lera até que a soubesse de cor. Ela lera a Elegia, escreveu, não apenas com os olhos, mas com seu corpo inteiro. Com corpo e alma Ulrike a lera. Ao ler isso, ele sentiu-se tão feliz como nunca em toda sua vida. Nunca estivera tão leve, tão vivo, tão destinado a qualquer elevação, tão capaz de qualquer elevação. Ela teria percorrido os versos da Elegia para cima e para baixo, escreve. Esse poema não pode ser lido, escreve. Ele deve ser celebrado. Como se celebra uma festa. Não poderia haver nenhuma outra poesia, nada linguístico que toque tão fundo o coração, que possua todo o destino. Por mais difícil que seja o que acontece nesse poema, o que acontece através desse poema, o poema o torna belo. E tornar-se bela é claramente o que pode acontecer de mais elevado a uma dor. Ela amara cada linha. As obscuras e as claras, todas igualmente. Confessa que está orgulhosa por ter podido se sentir um pouco como destinatária daquele poema. E orgulhosa porque sabia que nenhuma pessoa, em milhares de anos, nenhuma pessoa vai compreender esse poema tão profundamente quanto ela. Era o seu poema. Sua vida. Seu destino. Seu poema.

Sim, como o coração poderia não bater mais rápido! Como aquelas frases de Ulrike poderiam não elevá-lo às alturas! Então a mudança. A queda. A mãe já está em Estrasburgo. No dia seguinte, o conde deve chegar. Em 31 de outubro, o senhor De Ror. Por causa das pedras preciosas do Brasil...

Se ele pudesse ler as primeiras páginas da carta sem as seguintes. Pedir a Stadelmann. Impossível. Tudo o que fizeres agora pode ser errado. Deve ser errado. Só é possível correr de um lado para outro, tão rápido que quase não aguentes. Ou correr para fora de casa, mandar atrelar os cavalos, Stadelmann deve partir, tão rápido como nunca, para longe daquela casa onde estava aquela carta, daquela casa onde evidentemente espera-se que ele aceite tudo o que lhe possa acontecer nesse lugar. Correu até a mesa, tirou o livro, pegou a carta, correu até o quarto de dormir, sentiu imediatamente que aquela era a decisão certa, chamou Stadelmann, sem interrupções! Então jogou-se na *bergère* presenteada pela condessa Egloffstein e não sentiu nem mesmo o pequeno protesto contra a designação cadeira-do-vovô que ele quase sempre tinha de espantar primeiro quando buscava abrigo nessa poltrona. Como ela lhe dera a cadeira por ocasião do nascimento do neto Walther, a designação de que ele não gostava permanecera. Provavelmente Ottilie providenciara para que ela permanecesse. Ah, sim, o dia 31 de outubro, o dia do senhor De Ror, é o aniversário de Ottilie. Isso é dramaturgia! Este será um dia que, enquanto for inadmissível, parecerá interessante.

Ele pegou a carta, passou os olhos pelas belas e pelas terríveis páginas. Encontrou o ponto: bem, na sexta-feira, 31 de outubro. Então leu a carta até o fim depois colocou-a sobre a cama. O coração recomeçara a martelar. A alma é um órgão. Ele sabia disso agora. Tu podes morrer da alma. Em sua cabeça a mensagem de Ulrike redemoinhava. O tempestuoso homem das joias quer vender, a mãe já está louca pelas joias do além-mar, Ulrike vai perguntar-lhe dessa vez se pode dizer a seu amigo Goethe o prenome, ela não vai até seu quarto de hotel, pedras simplesmente não a interessam, bem, ela também não quer ofender o tempestuoso, mas nunca se tornará uma cliente, a mãe cuidara para que fosse assim, De Ror talvez tenha esquecido da noite no verão, ele certamente é sempre assim tão tempestuoso, ele pode; caso ela vá com eles, ela tem de estar às nove de volta ao internato, a mãe quer pedir uma permissão especial, ela não quer, porque também, apesar de que, se fosse com eles, seria interessante saber se ele, caso as pessoas passassem com ele o limiar da meia-noite uma segunda vez, revelaria de novo o mesmo prenome. Se ela pudesse dizer a Goethe o prenome, ele logo compreenderia o que ela quer dizer. Em uma meia-noite assim, na próxima, diferente. Isso lhe explicaria afinal a falta de prenome. E se ele então um dia se casar com alguém, permanece o prenome que se deu na primeira meia-noite com ela. Tudo um jogo. Um negociante de joias justamente com o qual tudo deve ser presenteado. Inclusive o prenome. Um tradutor de milhares de poemas dos quais nenhum pode ser nem mesmo comparado à "Elegia de Marienbad". A Elegia, Excelência, nos mantêm, nos protege, nos une. Ela vive. E nós com ela. Sua Ulrike.

Bem, ir até lá, ficar até a meia-noite, estudar o novo prenome, se ele era talvez o definitivo que ela vai carregar pela Europa como um diadema. Ele ficou ali sentado e sentado. O coração batia garganta acima. Aparentemente, não respirava mais. A exaltação de seu coração não permitia que pensasse em qualquer outra coisa que não a exaltação de seu coração. Respirar. Não precisava mais que isso. Mas isso já era difícil o suficiente. Possibilitar a respiração. Caminhar de um lado para outro era agora impensável. A janela, inatingível. Ele era um trapo miserável. A respiração era o mais incerto. E ao mesmo tempo, esse interesse em possibilitar o próximo movimento respiratório. Fazer que o tremor das mãos se desvaneça.

Ele flui através de todas as veias. Torna-se um cansaço que dói. Esse cansaço impede qualquer movimento. Agora tens de ficar sentado para sempre, deixar esse cansaço doloroso fluir pelas tuas veias. Teus braços nunca estiveram tão pesados, tua cabeça nunca, tu nunca.

Quando escureceu, ele chamou Stadelmann e pediu com uma voz muito calma que providenciasse cerveja. Köstritzer. A clara ou a escura, perguntou o empregado. As duas. E grande quantidade. E pães. Os grandes. Tudo sobre a mesa. E não queria ser perturbado. Stadelmann assentiu com a cabeça.

Ele teria dito preferencialmente enorme quantidade, em vez de grande, mas com isso teria revelado emoção e Stadelmann iria contar, talvez somente se lhe perguntassem, e Ottilie e o filho August se permitiriam tirar conclusões.

Esse poema não pode ser lido. Ele deve ser celebrado. Como se celebra uma festa. Mas o pescoço afrodisíaco! As orelhas tumescentes! A bela chamada Ulrike.

31 DE OUTUBRO DE 1823, SEXTA-FEIRA

O dia da execução, um médico de alto padrão também pode informar o dia de nossa morte. Goethe tivera uma semana para se preparar. E pôde esperar sentado. De orelhas caídas. Esperar era o que fazia desde que voltara. Que nada poderia vir dela, ele já sabia tão bem quanto nenhuma outra coisa. Que saber não ajuda em nada, ele já sabia havia muito. Quando se é sentenciado a acreditar. Poderíamos dizer: condenado. Acreditar, isso é pura inquietação. Esse constante considerar-possível. Ou seja, o constante decepcionar-se, aniquilar-se. O mesmo jogo com a esperança. Ele tinha a esperança havia semanas de que ela viria. Depois de Karlsbad, a família fora para Dresden. N A D L S A. Depois para Estrasburgo. Ela não precisava então passar por Weimar? Nenhum anúncio. Assim não foi por Weimar. Mas ele tinha de ter esperança em que ela, quando tivesse de voltar para o internato, passaria por Weimar, até que chegou o bilhete de Estrasburgo que anunciava sua chegada lá. Portanto, não passara por Weimar. Ele esperara todos os dias que ela naturalmente não se acanharia em dar os cinco passos da estação do correio até sua casa, entraria lá embaixo pela porta aberta, chamaria, chamaria por ele, ele a ouviria... Bettina Von Arnim, como um melro destemperado, já aparecera mais de uma vez sem se anunciar, sendo importuna. Essa é a lei sobre todas as leis: os importunos chegam sem anúncio. Pois eles são um mal. Mas aqueles que são ansiados não vêm.

Ele se especializara em pensar, viver a sua ausência como a sua forma de presença. Libertara esse raciocínio de tudo o que pudesse ser sentido dentro dele como paradoxo. Ela estava presente a todo segundo ausente. Isso tinha como consequência o fato de que cada segundo de presença era enfraquecido. Tudo o que ele fizera ou compartilhara nas semanas desde sua volta, tinha feito ou compartilhado apenas na aparência. Sempre o fizera ou compartilhara com a consciência de que Ulrike não estava lá, que ela na verdade deveria estar lá, que somente se ela estivesse lá, aquilo que fazia e compartilhava seria realmente aquilo que era apenas na aparência. Tudo era substituição que apenas chamava mais a atenção sobre aquilo que ele precisava substituir: Ulrike. Presença negativa, para ser mais exato.

No dia 31 de outubro, uma sexta-feira ele acordou com os curtos gritinhos que aparentemente dera enquanto dormia. Ficou deitado. Fechou os olhos imediatamente após ter acordado. Em Marienbad, ele pulara todos os dias da cama, fizera seus exercícios, até mesmo cantara. Admitiu a si próprio que glorificava Marienbad. Mas o que deveria fazer então? Quem não tem presente, precisa glorificar o passado. E que tal condenar? Ainda não. De qualquer forma, era bom não ter de abrir os olhos. Quando abria os olhos por um instante, sentia que doía ter de enxergar alguma coisa. Olhos fechados e logo o bem-estar de não ter de enxergar mais nada. Nem mesmo seu quarto de dormir, tão familiar desde sempre, não lhe pertencia, mas ao mundo da visibilidade. O pior: a ideia de ter de ver pessoas. Ele sabia que tinha de combater aquela tentação de ficar deitado. Não era a primeira vez que passava por isso. Era tão simples: se ele soubesse quando seria a próxima vez em que veria Ulrike, não haveria nenhum ter-de-ficar-deitado e o mundo não seria uma visibilidade penosa. E levantou-se. Sem nenhuma perspectiva de Ulrike. Pelo contrário. O dia 31 de outubro. Ele entrará em sua história. Como, ele ainda não sabe.

Chamou Stadelmann para que o ajudasse a começar o dia. Como teria dito Schiller, insuperável em formulações preciosas do habitual? O homem é feito do trivial, e o hábito ele chama de sua ama.

Ele fracassara propositalmente na tentativa de manter esse dia livre de visitas. Sir Wylmsen, capitão do regimento de dragões escocês que teria ficado famoso por ter lutado em Waterloo; o chanceler Von Müller o anunciara como um misto de Alcides e Antínoo em uma só pessoa.

Que o pai de Ulrike, Friedrich Wilhelm Von Levetzow, fora morto nessa batalha, o chanceler naturalmente não sabia. Em um belo dia de junho a senhora Von Levetzow contara com uma voz pesarosa. E isso fora há nem mesmo oito anos. O programa para a noite: um quarteto do príncipe Louis Ferdinand. Estaria presente *Mr* Sterling, que já os visitara em maio, com recomendações de seu amigo *Lord* Byron. E Ottilie fora às nuvens. Já se tornara em maio amante do rapaz de dezoito anos, espalhava a notícia sempre a todos. Por amor a ela, digamos, para desculpá-la, Goethe chamara *Mr* Sterling em maio de adolescente demoníaco. O fato de a mulher de vinte e oito anos correr atrás do rapaz de dezoito podia ter feito com que ela fosse mais condescendente em sua concepção a respeito de diferenças de idade. Nem sinal disso. Cada um entende apenas a si mesmo.

Quando ele, já arrumado, entrou em seu escritório onde John já esperava, percebeu que hoje nenhuma carta podia ser escrita, nenhuma sílaba ditada. No momento, era impensável que caminhasse em sua posição costumeira de um lado para outro, pensaria e ditasse. O mais discretamente possível, disse ao escriba que hoje não aconteceria nada. Esse foi realmente o conteúdo de sua frase. Com isso, o desejado tom discreto não cumpriu seu objetivo. John não se esforçou nem um pouco em disfarçar sua surpresa. Em vez de fazer uma mesura polida e desejar ao seu senhor um agradável dia, ele ficou ali de pé, obstinado, expressando assim, mesmo que rapidamente, sua opinião sobre esse comportamento, e era crítica. Goethe sentiu toda a história que tinha com John. Primeiro fora secretário de Goethe, seu pai já fora secretário de Goethe, mas desde que Kräuter chegara,

John foi se transformando cada vez mais em escriba. Isso ele deixava transparecer ao seu senhor sempre que via uma oportunidade para tanto. Agora vira uma. Goethe acenou-lhe, quando o funcionário se virou, na porta, para uma última mesura, tão amável como há muito não fazia. No entanto, já era mais do que tempo que ele ficasse sozinho. Àquela hora, o senhor De Ror com certeza já chegara a Estrasburgo. Com certeza já na véspera. Provavelmente estava passeando com Ulrike pelas ruas que Goethe tão bem conhecia. Por que Ulrike não teria sugerido uma excursão a Sesenheim? Goethe já conversara com ela uma vez sobre beijar apenas para provar-lhe realmente, com um rápido resumo de seus beijos mais importantes, que ela era a melhor beijadora de todas. Isso não era nem um pouco exagerado. Ele não doutrinara, doutrinara menos que nunca, ele a levara consigo em uma linha de pensamento que apenas ela despertara nele, a saber, que a forma como o beijo acontece depende muito pouco das bocas, mas sim completamente das pessoas que se beijam. Ulrike não apenas concordara, mas o superara vividamente: se as almas não se beijam, as bocas ficam mortas. Ah, Ulrike, ele exclamara ou suspirara, de qualquer forma, celebrara mais uma vez o grau de sua afinidade. Esse era sempre seu papel em muitas conversas e situações: celebrar a afinidade que eles tinham acabado de perceber mais de uma vez. Quando fizera isso pela primeira vez, Ulrike dissera: E isso é mais do que harmonia. E ele exclamara: Harmonia é terrível, ela é o cemitério do sentimento. Enquanto a afinidade, ela dissera, é o instante em que duas pessoas que, armadas apenas de seu instinto, lutam para atravessar o labirinto das distrações, e percebem repentinamente que se alcançaram sem distrair-se. Ulrike, ele exclamara, Ulrike. E ela: Excelência, eu acho adorável que o senhor não perceba como eu o imito. Mas confesso que me diverte.

E agora em Sesenheim com o senhor De Ror. De repente, ele soube o prenome desse senhor. Juan – Juan De Ror. Claro. Don Juan De Ror. E na próxima meia-noite ele sacrificará o Juan e revelará a Ulrike seu prenome definitivo. Adão De Ror. Como tal, pedirá sua mão por meio de seu protetor, o conselheiro e ministro das Finanças da Áustria, conde Franz Von Klebelsberg-Thumburg que, aliás, em breve será padrasto de Ulrike. Claro. Amalie Von Levetzow já teria dito sim há muito se não soubesse que precisava antes cuidar do futuro das filhas. Ulrike De Ror, essa era uma provisão brilhante. Depois, Amalie e Bertha, ou seja, em dois, três anos o casamento redentor pode ocorrer, que Amalie Von Levetzow finalmente tenha um casamento que não seja mais um enorme esforço oficial prussiano, mas um colorido e de compleição vital austro-húngaro. Talvez a maravilhosa Ulrike, o objeto de dezenove anos, seja também uma calculadora altamente qualificada para algo que chamamos futuro. Ela deve, se não quiser encalhar como solteirona no internato, sair para a chamada vida. Então chega o não oriental oriental *Señor* Velocífero pessoalmente de Paris-Viena, senhor do mais duro brilho do mundo. Tu foste acusado de furor poético, no caso do senhor De Ror, deve ser amor. Isso é absolutamente tautócrono: os conspícuos lóbulos das orelhas serão servidos com dois fogos de artifício de granate desejados por todos os lóbulos do mundo. Leve-a, *Señor* De Ror, leve o que lhe pertenceu antes mesmo de vir ao mundo. Existe no cosmo uma determinação para tudo. Ela se tornou evidente nos lóbulos de orelha, tão além de qualquer subjetividade que não precisamos nos entregar a nenhuma aflição, menos ainda pessoal. Ela trocou o passado pelo futuro. Isso é compreensível. Tudo isso será hoje semeado e logo colhido. Ele, que não pode fornecer nenhum tipo de futuro, apenas uma pensão de viúva, ele deve, afinal, congratular-se com Ulrike. *Madame* De Ror, *je vous felicite cordialement.*

Se não estivesse tão saudável! Por que estava agora tão saudável? Por que não se contorcia no chão e berrava de dor na vesícula ou nos rins? A duquesa, desde sua queda, nem um passo mais sem uma dor pungente. Uma dor lancinante, por favor, onde quer que seja, apenas para que ele pudesse se contorcer aos berros de tal forma que a vizinhança tivesse de fechar portas e janelas e abafar seus gritos com tapetes, que os vizinhos tivessem de se mudar porque não aguentariam seus berros. Que ele ficasse então gritando sozinho no mundo. Apenas ele e seu grito. Esse grito que agora sente, mas não pode deixar sair porque sua dor não vem de pedras na vesícula ou nos rins, mas da alma. Pois a alma também é um órgão. Ela dói. Apenas dói. Ele estava de pé no meio do quarto. De repente, sentiu o chão ficar quente e esquentar cada vez mais. Levantou um pé, mas logo teve de levantar o outro e de novo o primeiro. O chão era uma placa candente. O período em que conseguia suportar a brasa nas solas dos pés se tornava cada vez mais curto, ele precisava saltitar cada vez mais rapidamente de um pé para o outro. E onde quer que pulasse, o chão do quarto inteiro estava candente, com a mesma intensidade em todo lugar. Ele já estava ofegante há muito tempo devido aos saltos. Talvez, no pânico do primeiro momento, tenha saltado muito rápido de um pé para o outro. Precisava diminuir o ritmo. Talvez os pés também tivessem se acostumado um pouco ao braseiro do chão. Mas não podia parar de forma alguma. Era uma dança, isso ainda lhe ocorreu. Uma dança sobre um chão candente. Ou o chão parava de arder ou ele logo cairia e arderia sobre a brasa. Então, ele simplesmente saiu correndo para fora do quarto, para o outro lado, para baixo, no quarto de dormir. Ele o salvou. Mais uma vez. Chorou. Isso ajudou. Ele ficaria deitado.

Que se impusera um programa para aquele dia ele achou, quando então teve de cumpri-lo, correto.

Quando nada mais o interessava, ele ouvia com atenção como se lhe interessasse aquilo que uma pessoa contava. O capitão escocês o superou. Ele não viera para Weimar por causa de Goethe, mas pela *Madame* Szymanowska. Vinha de Petesburgo, achara que a Szymanowska apareceria lá, mas então soube que ela estava em Weimar naquele momento, então, lá se foi para Weimar, mas ter estado na cidade sem tentar ver Goethe, a Excelência precisava concordar, não seria um pecado, seria um erro. Não pode se esquivar de citar a frase do ministro de Polícia de Napoleão, Fouqué, que já corria naquele círculo havia anos, que dizia que o fato de Napoleão ter raptado e mandado matar o duque de Enghien não teria sido um crime, mas um erro. Goethe indicou que conhecia a frase e a considerava agradavelmente adequada para aquele momento. E admitiu, para também dizer alguma coisa, que o visitante pudesse levar consigo para casa, que ficava feliz em ser sua segunda opção. Nós nunca conseguimos praticar isso com a seriedade suficiente, disse ele. Esse estava entre os exercícios que se tornavam mais honoráveis quanto mais ineficientes tinham de ser. O capitão recebeu a frase como sabedoria da idade, eles se veriam de novo na casa de Szymanowska. Goethe evitou, enquanto não prestava atenção ao capitão escocês mas pensava no pai de Ulrike morto em Waterloo, girar o polegar direito em torno do esquerdo. Pensando em Ulrike, ele o evitou. Aparentemente, quando o conde Taufkirchen arruinara a última noite com sua conversa, ele girara os polegares. Ulrike dissera-lhe a caminho da cabana de Diana. Ulrike, cujo pai fora morto em um belo dia de junho na batalha de Waterloo, recitou no caminho para a cabana de Diana o luto de Werther pelas nogueiras. Isso não deve acontecer nunca mais? Nunca mais? Ah, sim. Para Estrasburgo na trincheira, para lá minha tristeza se dirige, lá eu ouvia a trompa suíça entoar...[27]

Ainda antes da música, teve de tomar chá com Ottilie. Ela desejara isso para seu aniversário: ela e ele sozinhos. Ela estava agitada, exaltada como poucas vezes. Seu aniversário, seu concerto, ela convidara as pessoas, August já estava em Berlim. Para divertir-se. Berlim nunca era citada sem o complemento de que as pessoas lá se divertiam. Mas o neto Walther, ela trouxe consigo, Wolfgang estava resfriado e Goethe não podia receber pessoas resfriadas, mesmo que fossem seus netos. Walther trouxera um caderno no qual eles deviam pintar algumas imagens desenhadas. Trouxera também os lápis de cor. Goethe amava seus dois netos, mas não gostava de representar o avô amável. Tinha a sensação de que seus netos concordavam com ele. Ottilie queria o grande tratado de paz.

27. *Zu Straßburg auf der Schanz, da ging mein Trauern an, das Alphorn hört' ich drüben wohl anstimmen...*

Durante muito tempo, eles ficaram se rodeando como estranhos ou más pessoas. Goethe balançou a cabeça. Isso não o interessava. Ele sabia o que devia dizer, como devia falar. Ele está de volta. Seu lugar é aqui! Nunca pensara em outra coisa! Não pode se responsabilizar pelos boatos de todas as Carolines! Ele sentia muito se tinha inquietado a família por esse ou aquele gesto! Não fora sua intenção! Portanto, ele pedia, por favor, que ela o perdoasse por tudo o que pudesse ser associado ao nome daquela família que nunca mais deve ser mencionada aqui! Pronto. Ele nem mesmo mentira. Gostara de dizer aquele texto. Como gostara de dizer o texto, ele era uma espécie de verdade. Quem quiser chamá-lo de mentira, que o faça. Ele sempre preferia dizer a uma outra pessoa aquilo que ela gostaria de ouvir.

Quando se levantou e encaminhou-se para a porta, Ottilie disse que, mesmo que sentisse muito por chamar sua atenção para sua postura, ele a encarregara de observar sua aparência. Ela fez uma pausa.

Ele disse: Sim?.

Tua postura ereta forçada não parece agradável, disse ela. Pode-se perceber, não queres admitir que teu tórax, a cabeça e a nuca preferiam estar um pouco inclinados para frente. Tu lutas contra essa tendência. De forma evidente demais, eu acho. Perdão.

De forma alguma, sou-lhe grato, disse ele e deu um solavanco de forma que passou a caminhar ainda mais ereto do que antes.

Então o concerto. Como ele ainda não estava pronto para ouvir música, ficou olhando os ouvintes. De preferência, Linchen Von Egloffstein. Mas ela tampouco era uma ouvinte como Ulrike. Depois, durante o jantar,

Ottilie deu-se ares de importância. O adolescente demoníaco ao seu lado. Ele puxara para trás seus longos cabelos negros, esticando-os, prendendo-os com um laço dourado gigantesco, mas depois eles mostravam o que eram quando não estavam amarrados: uma explosão preta. Tudo o que Ottilie dizia e fazia, dizia e fazia para ele. Para celebrá-lo. Vangloriou-se de estar traduzindo o *Don* Juan de Byron. Amanhã, leria um trecho para todos os que quisessem ouvir. Nesse caso, Charles, o amigo de Byron de dezoito anos, era naturalmente o ouvinte mais cobiçado. E ele aceitava tudo argutamente. Recolhia o que lhe era oferecido com a mais bela frivolidade. Como paródia. Mas isso Ottilie não percebia. Goethe achava Ottilie oca, vazia, sim, desalmada. Apenas viciada em impressionar, sem capacidade de causar impressão. Mas principalmente: o amor que ela demonstrava era aparência, aparência e mais uma vez aparência. Provavelmente o amor lhe era desconhecido. Ele precisava sair dali. Seu coração batia no peito e queria sair. Ao coração não se pode obstar nada. Ele é mais velho que ti. Ele admirou a si mesmo por ter conseguido transformar sua precipitação, pressa e penúria internas em uma despedida agradável. Então sentou-se e escreveu e escreveu:

Um homem apaixonado

Agora chegou o momento. Durante quanto tempo sofreste por aí, agiste como se estivesses sofrendo, e quem sempre sofreu foi a senhora Berlepsch, a ti sempre um deus disse como ou de que sofrias, isso era elegia, jogue-a ao fogo, logro cultural, falsificação aprendida, agora chegou o momento, a meia-noite com o novo ou o velho, de qualquer forma com o nome definitivo, ela então o ostentará como um diadema, finalmente uma joia, uma joia para sempre, agora chegou o momento, neste instante, eles o fazem, fazem neste segundo aquilo que tu não podes, o que te é proibido, proibido pelo mundo todo por escárnio ou ironia, eles estão fazendo, agora chegou o momento, tu não imaginaste, não puderas imaginar, como o mais tolo zangão, voaras durante semanas e meses contra a parede de vidro transparente, bateste, caíste, mas logo levantaste voo de novo e mais uma vez contra a parede de vidro chamada impossibilidade, não pudeste admitir, eles estão deitados um ao lado do outro, sobre o outro, acima do outro, sob o outro, entre o outro, dentro do outro, sim, eles estão agora um dentro do outro, na mais intensa fúria amorosa, agora chegou o momento, tu não pudeste imaginar, e repentinamente podes imaginar, tens de imaginar, não podes imaginar mais nada além dos dois em sua fúria amorosa finalmente liberada, agora chegou o momento, agora, a que cume essa maldade ainda pode levá-lo, um terremoto, um terremoto ao longo do Reno, Estrasburgo vem abaixo, a catedral onde tudo começou, tudo fora nada, tudo fora escaramuça, jogo, aparência, cabriola da petulância, sem dependência, constrangimento, destino, então isso, então ela, a primeira, a única, agora chegou o momento, neste segundo eles ainda o estão fazendo, quem vai parar primeiro, vocês lá ou tu aqui, precisas escrever até não poderes mais, até que o terremoto comece, Estrasburgo, para lá se volta minha tristeza, vem abaixo, o Reno assume o resto, sem catástrofe não há o que se possa fazer por ti, é tarde demais para chorar, chegou a hora da imprecação, podes chorar, imprecar, o estar sozinho não se importa se choras ou imprecas, o estar sozinho não tem eco, vai, descarta a elegia, o pseudo estar sozinho, ao fogo com ela, que a Terra fique livre da mentira cultural, da aparência nobre, da ilusão da possibilidade de vida sobre o papel, agora chegou o momento, a elegia foi desmascarada, um zumbido, o coxear enganoso do mundo, finge-se dança e é um coxear, agora chegou o momento, a elegia não provocou nada além de um zumbido solidário, choro ou lágrimas, palavras que os definem, agora chegou o momento, eles estão juntos, tu estás sozinho, podias ter sabido tudo, sabias tudo, és o maior autoilusor existente, seduzes outros à autoilusão, ao padecimento pela miséria. Então chegou o momento, então gritas chamando a catástrofe, agora, elegia, onde estás, o que fazes, nada, nada, nada, eles estão juntos deitados sem elegia alguma, a vida não precisa de elegia, a vida despreza a elegia, agora chegou o momento, em que ponto estarão agora, exatamente agora, sim, eu quero saber, ver, ouvir, sentir, cheirar, em que ponto agora, vocês, apenas neste e neste segundo, não te sintas alvo do que acontece lá, eles não estão rindo de ti, não estão falando de ti, não sabem que existes, pois tu não existes mesmo, agora chegou o momento, existe apenas aquele que está com ela na cama, realiza com ela a mais doce indelicadeza do mundo, agora chegou o momento, agora existe apenas a maior dor possível, minha existência em si é igual à maior dor possível, estou um dia mais fraco que ontem, eu preciso de uma mentira vinda de Estrasburgo, quão mais valiosa seria agora uma mentira do que essa verdade imperante que é: aquela em Estrasburgo não sabe nada de mim, eu posso invocar-te como as pessoas invocaram Deus, Ele também não existe, ajudou muitos a invocá-lo, tu existes assim como Deus nunca existiu, eu experimentei toda defesa, então, em um segundo, tu mostras um lado que nunca mostraras antes, traiçoeiramente sou assaltado pela imaginação, deixo-me sobreviver sob todas as circunstâncias, esse é o motivo para a próxima derrota, não te espantes por ainda escreveres, ela não receberá o texto para ler, tens ainda apenas uma leitora, a avó do diabo, é a mulher mais doce da criação normalmente malsucedida no que diz respeito à doçura, ela é a amante dos sem futuro, dos que estão sozinhos, dos zangões tolos que batem contra a parede de vidro chamada impossibilidade e batem de novo e caem e logo saem voando de novo, o mundo é um zumbido, e a avó do diabo é o único ser para a tomada imediata da administração do mundo, ela zomba de elegias, elegias a deixam nauseada, agora chegou o momento, tu escreves finalmente para quem sempre deverias ter escrito, para a avó do diabo, a mulher mais doce do mundo, a avó do diabo vive de uma única frase, minha frase de corpo e alma, diz a avó do diabo, é a frase: Nada fica sem consequência! Ela é minha garantia, a garantia daqueles aos quais ainda resta algo a desejar, daqueles que foram moídos pelo mundo de pancadas e aguilhoadas da moral, mas se uma mulher agora escrevesse um bilhete azul-lavanda de pura meia-noite com uma frase, uma única, uma única palavra seria suficiente, nada além de seu nome escrito por sua mão seria suficiente, se ela mandasse um mensageiro cavalgar três cavalos até arrasá-los para que chegasse aqui ainda antes do meio-dia, entregasse o bilhete, e então caísse morto junto com os três cavalos, então...

Não espero que eu algum dia tenha esperança, me iluda algum dia de novo. Se esperares mais uma vez, deves ser fuzilado por ti mesmo. Diz a ti mesmo, se esperares mais uma vez por ela, esperares alguma coisa dela, pertences à morte, execução sem pompa, pelo menos na floresta, então isso logo quer começar de novo, agora chegou o momento, nada mais vai começar, agora chegou o momento, definitivo, para que existia essa palavra, agora chegou o momento, finalmente, definitivamente, eu não espero mais nada... E não sou senhor de novo, prometo tudo para não cumprir. A avó do diabo me toma nos braços: não te importes com o falatório do mundo que quer tudo provar, faz o que não é apropriado, o que ninguém compreende, tampouco tu mesmo. A avó do diabo tem um padrão, eu a admiro por isso, um padrão que não é deste mundo e faria muito bem a este mundo. Sem a avó do diabo eu seria impossível da forma que sou, eu teria de morrer de mim mesmo como as pessoas morrem de uma doença, eu sou a doença que não quer mais ser curada, a avó do diabo não acredita em nenhuma palavra que digo, por isso ainda posso escrever, a avó do diabo não sabe o que é dor, nada fica sem consequência, diz ela, isso basta, pois ela justamente não sabe como é isso, dois estão deitados em Estrasburgo ainda e ainda em uma cama, eu sei, a avó do diabo não sabe, ela só sabe que nada fica sem consequência, se a consequência for um terremoto que deixa Estrasburgo em ruínas, fico satisfeito, senão eu ficaria para trás e não saberia como...

4

WEIMAR, 17 DE DEZEMBRO DE 1823

Cara Ulrike,

Não existe um pacto, um contrato com a lembrança. Tu podes negociar durante dias e noites com ela, podes concordar que permitiras apenas imagens vagas, indistintas de certas regiões e épocas, tu sentes, sim, assim seria possível, com esse grau de vaguidão e indistinção podes viver, isso dá uma sensação de paz. E te viras, uma porta se fecha, e ouves e vês como a porta em Karlsbad se fecha quando Ulrike correu para fora do quarto depois da mais rude frase contra sua mãe e bateu a porta. Tudo de novo nitidamente presente. Tudo sangrando de novo. A grande estratégia de evitamento é lograr a si mesmo.

Se sua carta não se dever apenas ao fato de ainda não ter morrido, fico feliz que a senhorita tenha me escrito. *Mon mal n'était pas purement physique.*[28] Todavia, uma vez que a doença assume a dominância, é-lhe indiferente como chegou à dominância. Ela começa inocente, mas nós conhecemos essa inocência. Ninguém tem uma doença pela primeira vez. Essa leve tosse que finge que é controlável. Um dia depois, ela tem o poder. Então apenas a *bergère* pode nos ajudar. Sentar-se ereto. Quanto mais ereto, mais difícil é para a irritação subir. Como um inseto, o bicho da irritação te escala, e apenas quando está na

28. Minha dor não era somente física.

garganta e tu precisas deixar a tosse atacar, ele te dá paz. A tosse sacode-te, abala-te mais e mais, lança tuas mãos para o alto, pressiona tua cabeça sobre a nuca. Por que ela simplesmente não te dilacera. Mas que organização mais sem sentido da natureza provocar essa tempestade de tosse que não traz o menor proveito. Seca, aguda, pungente. Sentar-se com as pernas encolhidas. Já é madrugada há muito tempo. Teu peito, um bloco quente, uma couraça quente. Para combatê-los, é preciso respirar. A couraça quente não reage. Assim deve ter sido na Sicília há 2 mil anos, quando os tiranos cozinhavam seus inimigos em canos de ferro candentes. Tua condição é melhor. Em algum momento se inicia. Nas axilas, no peito, logo não há mais nenhum lugar do qual não brote água, e tu és então um amplo terreno onde milhares de fontes minúsculas brotam e fluem para baixo em pequenos riachos. Teu corpo chora, pensas. Duas, três horas, então tudo para. Tocar a campainha chamando Stadelmann. Ele troca as roupas por outras secas. Um grande bem-estar. Stadelmann nem bem sai e a couraça quente já te pegou outra vez. Tudo outra vez. Toda noite três, quatro vezes. Respirar até raiar o dia. Assim que a claridade ocupa teu quarto, o miserável suadouro acaba. Mas enquanto estou suando, não tusso. Somente quando não suo mais, ela volta, a tosse que quer te dilacerar, mas que nunca consegue fazê-lo. Somente porque posso pensar em alguém eu suporto isso. Cada segundo é dedicado à senhorita. Portanto, não estou sozinho. O dr. Rehbein está dia e noite à minha volta. Visitas proibidas. Mas não para o senhor Von Humboldt. Por favor. Ele trouxe Humboldt, alertou, sem conversa, falar estimula a tosse convulsiva. Mandei buscar a Elegia, entreguei-a a Humboldt, disse: Amanhã. Humboldt se foi. Eu na *bergère* entre a vigília e o despertar. Então Humboldt de novo. Apenas por isso eu escrevo, Ulrike. Humboldt disse que ele falaria, eu não podia falar. A Elegia, ele a lera duas vezes de noite, estava admirado, admirado, admirado, bem, três vezes ele disse que estava admirado. Essa juventude dos sentimentos. Essa força do espírito e da fantasia. Essa força de vida. Esses versos realmente celestiais. Essa paixão comovedora. Não há absolutamente nada mais elevado, disse ele, do que apresentar um sentimento totalmente na forma de poesia. Eu disse que até agora só tinha mostrado a Elegia a uma única pessoa. Percebi que ele podia imaginar quem seria essa pessoa. Mas não podia dizer. Eu também não. Maldita seja essa escravidão dos costumes. Mas quando Humboldt percebeu como revivi com seus anúncios, ele disse ao dr. Rehbein, que controlava tudo: Ele precisa de uma companhia que seja adequada. Vocês não podem deixá-lo afundar na apatia de Weimar. Isso soou muito severo. O dr. Rehbein quis defender-se. Então o próximo ataque de tosse iniciou-se. Ele esperou que passasse, o dr. Rehbein indicou-lhe com gestos que precisava ir agora. Ele me deu a mão e disse: Um poema divino. O senhor nunca escreveu nada mais belo. Eu, totalmente livre de tosse: Nós devíamos mandar os leitores adivinharem em que ano o poeta nasceu. Mas, eu ainda disse, ela não vai ser impressa, talvez nunca. Então ele exclamou: Senhor dr. Rehbein, com essa notícia eu não posso partir. Ordenei ao médico que não se intrometesse, apertei o poema que ele me devolvera ao peito, e disse sem tosse: Confesso que tive de lê-la tantas vezes que agora a sei de memória. Humboldt partiu, a tosse cruel atacou-me. Piorou. Um Humboldt diário teria sido o medicamento certo. Assim foram quatorze dias na poltrona, os pés inchados, febre, não febre, sanguessugas, sangramentos até eu não poder mais, até eu gritar que deviam me trazer Kreuzbrunnen. Isso não, eles exclamaram. Isso sim, eu exclamei. E nenhum remédio mais com o odioso anis. Chá de arnica, imediatamente. Se eu devo morrer, então quero morrer à minha maneira. Isso funcionou. Eles obedeceram. Bebi uma garrafa de Kreuzbrunnen em um único gole. E mais uma xícara de chá de arnica. E dormi de novo uma noite pela primeira vez. Então Kreuzbrunnen, diariamente. Depois eles me contaram que no domingo meu falecimento já havia sido anunciado. Até mesmo em francês. *Le Voltaire d'Allemagne est mort.* Espero, Ulrike, que essa encantadora precipitação não tenha chegado à senhorita. Agora ouço que não me comportei nada bem como doente. Nenhum herói. Um lamentador. E tratei mal o pobre dr. Rehbein. Meu amigo e gracioso senhor Carl August ele não deixou ir ter comigo. Eu ficara muito mal-humorado. Então gritei pela fechadura para o outro lado: Se eu fosse a Sua Serenidade, teria superado toda oposição e estaria ao lado do leito do amigo. Pode ser que seja a última vez. E quando comecei a querer melhorar, mas ainda poderia ter uma recaída a qualquer momento, então chegou meu Zelter de Berlim, finalmente. Fora avisado. Às pressas.

Ah, bom, tu ainda vives, ele exclamou. E me trouxe de novo à vida com sua alegria, com seu amor.

Ele também recebeu permissão para ler a Elegia de noite. A ele, eu demandei que a lesse para mim em voz alta. Ele o fez. E como! Tão cauteloso e logo ousado de novo e mais uma vez cauteloso, que era uma alegria vê--lo assim regido pela Elegia. Quando a leu pela terceira vez para mim, isso ele pediu, lê-la três vezes para mim, eu disse: Vós ledes muito bem, meu senhor.

E ele: É um poema de amor composto de ardor, sangue, amor e fúria. E eu li bem porque, linha a linha, pensei em minha amada. De seus cem beijos, ela disse, cinquenta seriam para ti. Ela esteve contigo, tenho de lhe dizer, em um êxtase como nunca antes e nunca depois.

Eu sinto. Eu juro. Eu tenho a força. Eu disse. Contaram-me agora, eu disse então, que só quero ouvir coisas que me adulem. Todo o resto não me interessa.

Isso é verdade, perguntou Zelter.

Sim, disse eu.

Então tudo está bem, meu caro. Nós não devemos ser também contra nós mesmos.

Zelter acariciou-me. Quando ele se foi, a tosse, febre, dores no peito e nos rins não tiveram mais nenhuma chance.

Essa doença! Naturalmente Marienbad, Karlsbad, a família L.! Eu lia em todos os rostos. Minha aparência de resignação não surtira efeito. Ele sofre então ainda por XYZ. Não se poderia explicar de outra forma que ele, após 49 dias de nada-além-de-descanso, caísse assim de repente. O dr. Rehbein, que eu inicialmente havia conseguido convencer a ler *A arte de prolongar a vida humana*, de Christoph Wilhelm Hufeland, agora me vinha com citações de Hufeland. Frases que poderiam alegrar minha amiga das máquinas. O próprio processo do pensamento, diz o dr. Rehbein em um tom de citação de Jena, da forma como se dá nessa máquina humana, é orgânico. Com uma frase assim, ele exclama, está apelando à minha capacidade de viver. E ela seria grande.

Em tais frases, nós podemos nos encontrar, a senhorita e eu, Ulrike. Hufeland, lembra-se? No verão chuvoso, nosso jogo no salão de leitura: em que ano o autor dessa frase ou poema nasceu? Eu trouxe a frase: Doce vida! Belo e amável hábito da existência e da apresentação pública! – de ti devo apartar-me? Mãe e irmãs extremamente irresolutas, a senhorita, porém, sem pensar, como se desejasse algo mais difícil: 1749. Goethe, exclamou a mãe, verdade?! Eu lhes expliquei então, não sem orgulho, que o importante Hufeland incluíra essa frase no início de seu livro *A arte de prolongar a vida humana* como mote. Ah, Ulrike. Sempre que penso na senhorita, sou invadido por surtos de fraqueza e de força. Aquilo de que me orgulhei durante longo tempo, o equilíbrio, acabou. Eu me entrego a um horrível surto de fraqueza: o desejo de agir.

Se não ganhares tudo, com quanto estás então satisfeita? Pois não sabes o máximo que poderias ganhar. Menos que tudo, claro. Quanto menos? Quanto é a menor quantidade que ainda podes aceitar sem que seja tão ridícula que ela não ouse mais oferecer-te esse tanto? Tens de negociar apenas contigo mesma.

Ulrike, eu precisaria agora de sua prática em inverter sábios provérbios. Lidar com a adversidade ao reconhecer a sua necessidade. Eu, portanto, reconheço que a senhorita precisa estar em Estrasburgo agora. Que isso é necessário. Para a senhorita. A adversidade de a senhorita não estar ao meu alcance, tornou-se, na medida em que reconheço a sua necessidade, ainda mais aguda. Por favor, inverta essa frase de forma que surja algo suportável para mim. Eu desempenho aqui o papel daquele que está acima de tudo. Heróico, vez por outra, sentimental, funciona. Eu faço o papel do resignado. Pois preciso. A senhorita deve lembrar-se: *Os anos de aprendizagem* ou os resignados. Eu não minto, a comédia não mente, ela só se interessa pela verdade. Por outro lado, as pessoas insinuam que sofro de uma irritação patológica. A senhorita ignorou minha pergunta, se o senhor dos prenomes pensara ou sentira ou soubera *quelque chose*. Sim, como posso então não ser irritável? Eu sou um castelo de cartas que afirma ser um forte. Tive permissão para olhar pequenos almanaques e gravuras de cobre com a senhorita sob supervisão. E isso foi tudo!

O dr. Rehbein perguntou se já devíamos preparar a Boêmia para o próximo ano. Eu disse que eles deviam. Mas será que acredito nisso? Eu não consigo imaginar as florestas de pinheiros em torno de nosso vale abençoado sem a senhorita. 450 passos, a senhorita disse, nós demos das colunatas até a fonte. Eu pensei que a senhorita estivesse prestando um pouco de atenção quando contei que, quando Stadelmann me trouxesse a próxima pena, eu só poderia escrever com ela se esta fosse tão semelhante ao que acabara de ser copiado a ponto de ser confundida – ali estou eu contando como escrever é a prática da lealdade, e a senhorita está contando nossos passos. E ainda acrescenta que nós precisávamos em média 450 passos, às vezes seriam 430, às vezes, 470. Isso dependeria, a senhorita disse mordaz, totalmente das circunstâncias: se ela concordasse comigo ou me contrariasse.

De que maneira, eu quis saber, e a senhorita:

Quando eu contrario, caminho mais rapidamente do que quando concordo.

E eu: Como a senhorita sempre me contraria, nós nunca precisamos de mais de 430 passos.

E a senhorita: Eu apenas tinha a impressão de que o senhor foi muito pouco contrariado em sua vida.

Então tive de relembrá-la os meus inimigos da doutrina das cores.

A senhorita, suficientemente mordaz: Desculpe-me, Excelência, se por um instante não me lembrei de sua doutrina das cores.

Isso não é absolutamente desculpável, exclamei então, contagiado por sua petulância.

Então a senhorita, ordenando, apenas aparentemente jocosa: Mudança de tema!

E eu exatamente assim: Covarde!

A senhorita, agora quase parando, de qualquer forma, completamente voltada para mim: Se o senhor me faz tão viciada em submissão.

Ah, *Contresse* Levetzow, eu disse então.

Ah, ah, ah, ah, a senhorita disse, agora eu disse quatro vezes, o senhor pode por hoje deixar de dizer quatro vezes.

Como isso poderia não me deixar feliz, Ulrike! E foi o descanso mais drástico de minha vida. Voltando à vida, escrevi a Zelter, o único a quem conto tudo. Quase tudo. Eu repito, sobre o tema doutrina das cores: a senhorita é a única pessoa, Ulrike, que já conseguiu deixar-me alegre ao falar sobre a doutrina das cores.

WEIMAR, 18 DE DEZEMBRO DE 1823

Cara Ulrike,

Ontem fui rudemente incomodado. Ela ainda bateu à porta. Então correu até mim e jogou alguns pedaços de papel sobre a mesa. Pedaços escritos. Atrás dela, entrou o pequeno Walther, chorando porque a mãe lhe tomara o brinquedo. Ele rasgara cuidadosamente uma folha de papel cujos pedaços deviam representar alguma coisa. Podia-se reconhecer. Um navio, uma árvore, uma igreja, uma casa. Ele queria colá-los e depois pintar. Isso ele conseguiu dizer chorando, acusando sua mãe. Eu nem precisei me esforçar para associar os pedaços de papel à alguma coisa, apenas um olhar e já sabia do que se tratava. Um poeminha. Escrito há alguns dias. Eu já o procurara, esperava que voltasse a cair em minhas mãos, a casa sabidamente não perde nada, e esta casa, menos ainda, e algo assim, de forma alguma. O poeminha era assim:

Lembro-me dia e noite
do rosto de minha amada,
Ela pensa em mim, eu penso nela,
O que de nada nos serve.[29]

Primeiro Ottilie não pôde falar. Ela sibilava. Branca cor de cera. As mãos estendidas em minha direção, metade ameaça, metade súplica, então finalmente duas palavras conseguiram sair: Tartufo. Mentiroso. Assim que conseguiu proferi-las, tudo começou. Dissimulado. Para nós representas o grande teatro da resignação, quando na verdade poemas são escritos como nem um rapaz de dezenove anos poderia. Semelhante de uma forma ou de outra. Quantas vezes proferiu seu último grito: Seu ser humano impossível. Lentamente começo a querer jactar-me disso. Eu disse: Vem, Walther. Ele veio até mim. Perguntei-lhe o que devia ser. Weimar no inverno. Isso porque os pedaços de papel, apesar da escrita, eram brancos, fazia sentido. Sempre tenho goma na gaveta, então colei junto com ele Weimar no inverno. Os pedaços de

---

29. *Erinner' mich doch spät und früh/ Des Lieblichen Gesichts,/ Sie denkt an mich, ich denk' an sie,/ Und beiden hilft es nichts.*

papel, de maneira que a escrita continuasse visível. Mas de forma que um outro texto surgisse. Walther já sabe ler naturalmente. Depois surgiu ali a igreja com casas e um navio. Sobre os pedaços de papel estava escrito: cedo e tarde... os dois... ajuda... Ela pensa... em mim... mas... do doce rosto... lembro-me.

Ottilie gritou sua frase-chave "Seu ser humano impossível", e saiu. Ela nos viu fazendo um trabalho interessante com a cola. Walther estava orgulhoso de sua obra. E podia estar. Sozinho outra vez, anotei o poema que eu, depois de Ottilie ter difamado como poeminha, não podia mais chamar assim. E o li num sussurro:

Lembro-me dia e noite
do rosto de minha amada,
Ela pensa em mim, eu penso nela,
O que de nada nos serve.

Terrível que eu possa ter deixado esse papel em lugar errado, tê-lo perdido! Agora ela sabe de novo. Agora posso agir de novo durante dias como o engenhoso indiferente, o paciente que toma parte em tudo, o sábio de Weimar, o simples poema me denunciou. Mas eu tenho de poder escrever algo assim. Eu não posso engolir opróbrios. Mas então... então preciso estar atento. Muito mais atento. Eu vivo em terras inimigas. O chanceler Von Müller, o único com quem às vezes posso conversar, tarde da noite, chegando a algo próximo de meu estado – apesar de que ele também me admira por ter superado tudo tão bem! –, o chanceler Von Müller às vezes me conta o que ainda circula na esfera das suposições e dos boatos. Os boatos estão se desbotando, diz ele. Ele quer dizer: Nós podemos ficar satisfeitos. Mas não posso poupá-la do que ele comentou da última vez, pois quase me comoveu. Caroline Von Wolzogen, irmã da viúva de Schiller, uma das piores Carolines, tentou fazer circular a notícia de que, se Goethe realmente quisesse tomar para si aquela jovem Levetzow, mas não conseguisse se impor a Ottilie, ela, Caroline Von Wolzogen, receberia com prazer a Levetzow em sua casa. Ela aparentemente aceitaria que com isso se tornaria o centro das atenções do mundo intelectual.

Realmente não posso esquecer que o que contemplei durante mais tempo em sua carta foram as quatro últimas palavras. Elas ficaram marcadas em minha alma. Elas brilham dia e noite sempre que penso somente em seu ponto cardeal; a senhorita traz de novo sentido à expressão ponto cardeal: Sua devota amiga Ulrike.

Eu poderia escrever isso cem vezes e ler cem vezes em voz alta e a cada vez, de outra forma. Venha, ponha-me à prova, conte comigo, pois a senhorita é insuperável em contar. Mas em que não é! Sua devota amiga Ulrike. As pessoas que zombam de mim porque não posso esquecê-la não sabem nada da senhorita. Elas acreditam que perdi a razão por uma pessoa tão jovem. Isso não é mais do que uma comédia de Iffland para elas. Porque não conhecem a *Contresse* Levetzow! Não sua riqueza em respostas! Em contradizer! Quando penso em nossas conversas, sei que nunca experimentei outros diálogos assim antes. Sempre fui contestado ou reverenciado. A senhorita, Ulrike, a senhorita, a senhorita, a senhorita, no que me concerne, veio ao mundo para que eu pudesse me perder em uma segunda pessoa e ver como ela faz com que volte a mim mesmo feliz. E não devo revê-la nunca mais? Nós dois não podemos acreditar nisso. Senhor De Ror assim, senhor De Ror assado... eu concluo, senão... Ah, Ulrike! A senhorita poderia, por favor, me fornecer o inverso de umas de minhas frases: Quem não pode desesperar, não precisa viver. Por favor, o inverso, *Contresse* Levetzow. Ele seria: Quem não precisa viver, pode desesperar? *Contresse*, é assim? Ontem cheguei a esse ponto. Ao desespero. E percebi, preciso confessar, que minhas mãos tremiam. E não posso tremer sem que o Sem-prenome faça que quatro atores elevem suas mãos para o alto e tremam. E de minha boca ouvi os gritos curtos. Não apenas minhas mãos tremiam, eu tremia até os ombros, e dos ombros, o tremor atacou o pescoço, levantei as mãos, pousei-as sobre os ombros de Stadelmann, como se ali pudessem melhorar. Stadelmann entrara no quarto. Talvez meus gritinhos curtos tenham saído grandes demais. Mas não pude deixar as mãos ali pousadas, pendurei-me no pescoço de Stadelmann, afundei-me no peito do grande homem, ele certamente tem um metro e oitenta e sete, e chorei. Espero que ele não tenha percebido. Ele disse: Excelência. E levou-me até o quarto de dormir, sentou-me ali na *bergère* de Egloffstein. Eu precisava deixar esmaecer a dor que agora descia de meus ombros para os braços, e dos braços até as mãos, as pontas dos dedos. Não era o fluir de um líquido, mas a travessia de algo imaterial que, no entanto, produzia claras sensações, a saber, dolorosas, no âmbito físico. Ainda permaneceu, eu não sei por quanto tempo, nos braços e mãos, um peso quente. Eu sinto. Eu juro.

A última coisa dita permaneceu: Sua devota amiga Ulrike. E: Seu ser humano impossível.

Ottilie quer acreditar nisso, adorada Ulrike, e também concluir que sou Teu seu humano impossível. Como posso então parar de te escrever, minha adorada, se além de ti nada mais existe. E tu não existes. *Ecco.* Mas agora há uma Nova Aliança, a Aliança da Elegia. A ela pertencem Ulrike Von Levetzow, Wilhelm Von Humboldt, Carl Zelter, Johann Wolfgang Goethe.

5

Desde que recebera pela primeira vez uma carta de Ulrike, ele esperava todos os dias por uma mensagem dela. Isso devia ser menos percebido do que as outras coisas mantidas em segredo. Quando ouvia Stadelmann ou John entrarem com a correspondência, pegava imediatamente um papel e começava a escrever para que não precisasse atentar àquele que entrava com as cartas. No máximo, indicava com um movimento da mão onde a correspondência devia ser colocada. O mar de gelo entre as pessoas. Felizmente não sabemos nada uns dos outros. Ele logo viu, quando a carta então chegou, o envelope azul-lavanda. Sabia também que não podia abrir a carta. Sabia que ela não podia lhe escrever justamente o que queria ler. Mas também sabia que ela sempre escreveria tudo o que fosse possível. Toda promessa de beleza-bondade-felicidade, compensação de felicidade. Ulrike sempre ia mais adiante do que podia. Ela era repleta de amor. Era mesmo. Que não podia escrever: Amanhã eu venho, eu me lanço a seu pescoço e lhe digo algo atrevido-cruel-maravilhoso no ouvido! Não tinha culpa disso. Então, por favor, não permitas que falem de Ulrike! Não te esqueças: Sua devota amiga Ulrike. Se uma moça que favorece as máquinas escreve isso, então ela sabe o que escreve. Ele imaginara todos os dias, quando esperava pela próxima carta, o que estaria escrito nela. Iludira-se acreditando que estava preparado para tudo. Um 31 de outubro não acontece uma segunda vez. Isso simplesmente não é do feitio do destino, enviar um golpe duas vezes. Sendo assim, ele podia se sentir protegido de um segundo 31 de outubro. E o que ele recebera desde então de Ulrike fora mitigante, curativo. Pelo menos, fora assim pretendido por ela. Sua devota amiga Ulrike.

Apesar de saber exatamente que não podemos saber nada antecipadamente e que a realidade sempre vai superar tudo, inclusive aquilo que só pudemos sonhar, ele foi mais uma vez totalmente surpreendido. Aquilo que fora informado ali não podia ter sido imaginado. Ulrike usa agora uma joia. Em uma corrente de ouro, uma esmeralda. Uma esmeralda de um verde profundo que imita e escurece seus olhos. Um presente. Mas não um desses que era um presente apenas no modo de dizer de De Ror, mas realmente um presente. Um que ela não pôde recusar porque não lhe fora presenteado para sempre, mas para uma prova. Ela devia usar a pedra, ou experimentar usá-la, e quando ele então for de novo a Estrasburgo, quer informar-se sobre sua experiência. Então eles verão. Vamos esperar, depois vemos o que acontece. O que ela pode fazer se não quer ser deliberadamente rude. E não quer sê-lo. Ele não merece isso, o apaixonado propagador de joias. Ele realmente dá a impressão de que lhe seria embaraçoso ver uma mulher sem joias. Na verdade, em uma menina, no máximo aos doze anos, o gosto pelas joias devia ser despertado. Mas nenhuma regra vale para todos. Porém, quando se chega perto dos vinte e o gosto pelas joias ainda estiver adormecido, então os amigos e as pessoas próximas a essa mulher têm o dever de colocar essa abstinência à prova. Assim se falou. Durante um período, na presença da mãe e do conde.

A mãe, ele ainda, isso seria inesquecível, encantara presenteando-a com um café moca. Sim, aquele seria o verdadeiro, o puro moca, extraviado por seus contatos diretamente do harém do paxá do Egito, só que ainda não misturado, mas escolhido grão a grão. A mãe, depois que bebeu o café, quase desfaleceu de deleite.

Então, o propagador de joias solicitou mais uma audiência a sós. Ela lhe foi permitida, mais pela mãe do que pela filha. Provavelmente porque dissera que, se uma moça tem um modelo tão exuberante como era sua mãe, não apenas no que dizia respeito às joias, então seria um atraso do gosto por joias previsto por natureza bastante compreensível. Ele não falara alto, na verdade, nem mesmo insistentemente, sim reflexivo, mas sem pausa. Aquilo precisava ser vivido, ele não tinha opção. Ele precisava dizer. Por ela. Enquanto falava, olhava para ela observador. Ou mesmo curioso. Aparentemente, pronto a descobrir alguma coisa. Por exemplo, o efeito de seu discurso alimentado por sua observação. Bem, simplesmente rejeitar tanto cuidado bruscamente, por exemplo, como com a exclamação tão maravilhosamente praticada na *promenade* troca de tema, isso infelizmente não fora possível. Não lhe fora possível. Ela precisava admitir. Mas o apóstolo das joias também não merecia que ela o ofendesse. Ele seria realmente um talento em gentilezas e nos deixava perceber que só tinha boas intenções. Então ali estaria ela, que já era praticamente uma mulher, e nenhuma mulher em seu círculo entre Constantinopla e Londres anda por aí com um pescoço desnudo e orelhas despojadas. De qualquer forma, ela precisava, quando em breve aparecesse no baile de debutantes em

Viena, pensar em uma resposta, já que era questionada centenas de vezes por que essa abstinência. E assim por diante e assim por diante.

Eu pensei tanto no senhor, Excelência. Quer dizer, enquanto o ouvia, meu pensamento estava consigo. Ele fora seu grande mestre de conversas, durante 49 dias – sim, ela teria, se ele permite, contado –, durante 49 dias de felicidade ela aprendera com ele, assim como outros aprendem a cavalgar, a conversar, e até agora nada do que aprendeu se tornara para ela tão belo, tão satisfatório, tão completamente comovente para ela, intenso. No que diz respeito a cavalgar, em casa, no castelo Trschiblitz, meu alazão espera-me para atravessarmos cercas e valas, sentindo-nos como a própria tempestade de outono, portanto, eu já sabia cavalgar muito antes de querer saber ler. Agora ela sabia então cavalgar e conversar. Ela se sentia magnífica. Quando eles por fim ultrapassaram o limite da meia-noite, o senhor De Ror realmente ofereceu um segundo prenome, mais uma vez um que ela não podia contar a ninguém antes que usasse seu nome completo abertamente à luz do dia. Nesse momento, ela exclamara "Espere", recusara-se a cumprir um contrato que ela não fechara, que lhe fora imposto sem sua aprovação. Então ele agiu como se isso o ofendesse. Confiança por confiança, ele exclamara. E assim por diante e assim por diante. Excelência, todo o teatro do prenome seria tão pobre em conteúdo e na verdade sem sentido que ela nem devia tê-lo começado. Mas o apóstolo das joias, que então se elevara a apóstolo da vida, teria, apesar de ela ter protestado a tempo, a colocado em uma situação, por meio de seu prenome encantado, da qual ela queria se libertar. Mas como? Realmente, ela agora, em razão da chamada confiança a qual ele, sem perguntar antes, lhe confiara, se sentia amarrada. Mais ainda porque ele falou mais uma vez, bastante consternado, sobre uma decepção pela qual passara e que quase lhe custara a vida. Ele não suportaria passar por algo assim uma segunda vez. Fora uma quebra de confiança que o levara ao limite de sua existência. E assim por diante e assim por diante. Agora a Excelência certamente já sabia mais do que ela, já que a Excelência podia perceber as coisas de forma extremamente inteligente e muito mais tranquilamente do que ela, que se desorientava como um ciclone. Sim, ela realmente se sentia desorientada. Se aquilo fosse a chamada vida, ela ainda não sabia se queria fazer parte dela. Apesar de também ter surgido uma espécie de aventura, e ela fosse, se estava sentindo corretamente, não apenas desagradável. A esmeralda, ela ainda não usara em público. Experimentara, sim, mas somente quando estava sozinha. Ainda não podia dizer nada. De qualquer forma, a pedra seria em cor, tamanho e forma discretos. Mas seria em estilo, segundo o apóstolo das joias, comparável à esmeralda usada pela duquesa de Devonshire. Estava claro para ela que todo o ataque de joias fora planejado pela mãe e pelo conde de Klebelsberg. Klebelsberg acabara de presentear a mãe com um colar que dava quatro voltas no pescoço, granate boêmia, mais preta que vermelha, junto, duas correntes de granate, igualmente pesadas e de um vermelho igualmente escuro, como pulseiras e pingentes de orelha igualmente sombrios, o conde tem participação de alguma forma naquele evento em Brux. Ele ameaçara também enterrá-la sob uma carga de joias.

No noivado talvez. Ela compreende, sim, a mãe quer se casar, mas não com uma filha adulta no cortejo. Então, que ela saia. Joias sobre ela e já para o baile de debutantes. Isso certamente foi ideia do conde. E o senhor De Ror é da melhor qualidade. Um futuro com moldura de ouro. Mas agora fim. Fim à esperança de que ele ouvisse como ela o chamava, como muitas vezes, Ex-ce-lência. Mais uma vez: Sua devota amiga Ulrike.

Imediatamente ele soube, agora a saudação não valia mais nada. Com aquela ladainha de joias, ela desvalorizara tudo. Agora não havia mais nada. Agora ele fora expulso para o seu lugar, de onde nunca deveria ter-se deixado tirar. Mas como poderia ter sabido, nos milhares de instantes, que tudo aquilo sempre fora nada. Nada além de... Nada além do quê? Pare. Não há nada a reconhecer. Não começar de novo a maldizer tudo, o que estava errado, a partir de que momento... Jogar fora, jogar tudo fora, inclusive a ti mesmo, nenhum palavrório, só pensar, o que tu também podes fazer, tudo pura literalidade, fora, com isso, segredo, nada mais, estás em terra inimiga, produzir é completa inconjeturabilidade, és agora o resignado como nunca o foras, não precisas exalar nada além da resignação! Não alto, bem baixinho, bem prudente, como é apropriado, o grande resignado, a mais nobre fachada cultural da Alemanha, da Europa, do mundo todo, o exemplo de resignação para os tempos vindouros, todos os infelizes devem levantar os olhos para ti como para uma constelação: assim se lida com uma grande dor, vês, de forma que a dor não seja mais dor, não doa mais, um sorriso, um esgar cultural que torna o teu rosto mais belo, a dor é um poema de ocasião, não muito leve, mas muito mais leve do que a Elegia, a Elegia permanece no cofre, é normal que tenha doído, agora que acabou, acabou completamente, pode até mesmo ter doído muito, depende apenas do fato de ter acabado, acabou, acabou. Sobretudo: precisas providenciar para que ela seja encontrada! Ela precisa ver que não és um verme se contorcendo. Ela vai sentir-se melhor quando vir, o velho conseguiu. Vocês foram juntos um teatro de verão, para ele fora doloroso, é mesmo muito bonito que tenha sido doloroso para ele, seria até mais bonito, mas ele superou, ele renunciou, está até mesmo reescrevendo seu romance *Os anos de peregrinação*, de novo com o subtítulo "Os resignados", agora, porém, de forma que todos vejam como é possível, a resignação, o homem seria nobre, solícito e bom, quando ele não está bem, um Deus lhe manda dizer o que ele cala, espera, isso não...

Ouviu-se o galopar de cavalos vindo de fora. Esse belo barulho de ferraduras recém-colocadas sobre a dura praça. Oito patas no ritmo mais sereno do mundo. E o desviou para Karlsbaden, onde se hospedara na Alte Wiesenstraβe, a menos de cinquenta metros da ponte sobre o Tepl. Como as ferraduras retumbavam sobre a ponte de madeira, Ulrike dizia: Os cavaleiros espirituais. Já era noite quando estavam sentados diante do Goldenen Strauβ e deixaram a lua nascer sobre a montanha Dreikreuzberg. Ele e ela ao lado da fonte, observando em silêncio o jato de água tremulante, que não se lançava enfadonhamente de forma constante para o alto, senão, ficaria ali parado como uma coluna de água nas alturas, mas ele tremula para o alto, lança-se, mantém-se parado por quinze segundos como se recuperasse a respiração e as forças, então tremula, lança-se de novo para o alto. Quando estava ali em pé com Ulrike e todos os outros hóspedes do balneário, não sabia em que todos pensavam quando se entregavam à observação daquela maravilhosa água tremulante. E achou que tudo ocorrera da maneira errada! Por que não podíamos, não tínhamos permissão para expressar aquilo que sentíamos com tanta clareza?! Ele sentiu o ritmo em sua parte que tanto queria ser o Todo. E Ulrike? E todos os outros? Se Ulrike então o tocava um pouco no caminho de volta, ele se sentia totalmente feliz. Nunca mais veria com Ulrike a fonte tremular. Esse "Nunca mais" tinha um ímpeto. Um ímpeto aniquilador. Sentiu que não podia permitir a rigidez que queria se disseminar nele. Agora, como nunca, era necessário guardar segredo. Ocultar. Se aquilo que o dominava saísse neste instante de dentro dele, surgiria um furacão da simpatia e do triunfo, ele afundaria na onda da asserção moral e estética que começaria a rolar como um terrível arrependimento. Instintivamente, ele pegou a lista com o programa do dia. Vão chegar juntos o chanceler Von Müller com Julie Von Egloffstein. Apresentação de um quadro impressionante, estava escrito. Isso apenas às cinco. Às seis, Riemer, quer apresentar seu sonetos satíricos contra o purista. Então Line com Soret, Rehbein, Adele Sch., o chanceler, Riemer, Ottilie e Meyer e o superintendente geral Röhr. Mas antes, às cinco, ainda um senhor Zeuner quer solicitar em linguagem afetada uma recomendação para W. Von Humboldt. Ele, por sua vez, muito bem recomendado pelo chanceler Von Müller.

Ela trocou o passado pelo futuro. Qualquer pessoa que ainda fosse imputável faria o mesmo. Em companhia de outros, a palavra imputável não pode escapar de tua boca. Pode se apagar como o lume. Tu já sonhaste tudo. Mas não admitas durante o dia que o sonho tem razão. Com ela na igreja em Karlsbad, sonhaste que era a igreja Jakob de Weimar. Agora ela estava em Karlsbad. Bem acima da cidade, à margem da floresta, no caminho para a cabana de Diana onde viveu com ela as quatro horas de Tu. Eles subiram, no sonho, o íngreme caminho sem falar. Na verdade, Ulrike já recitara durante essa íngreme subida o luto de Werther pelas nogueiras. Quando já tinham quase chegado à margem da floresta, ela descobriu de repente aquela igreja, que ele reconheceu ser a igreja Jakob. Então eles estavam dentro da igreja festivamente iluminada com milhares de velas. Ela estava tão lotada quanto no dia em que Christiane fora ali enterrada. Ulrike riu, logo que estavam na igreja, ela sorriu para este e aquele. Eles devolveram o sorriso. Ulrike conhecia todos, todos conheciam Ulrike. Então eles se beijaram. Ele e ela. Na verdade, haviam se beijado no caminho de volta à margem da floresta pela última vez, definitivamente. Mas enquanto se beijavam no sonho, ela virou o rosto sem parar de beijar, de forma que podia olhar atrás dele, que podia olhar para um jovem homem, claramente um oriental, que passara por eles indo até a porta e que, antes de sair por ela, virou-se mais uma vez para trocar um olhar com ela.

Quando acordou desse sonho, levantou-se imediatamente. Ele temia que, se dormisse de novo, teria de viver de novo um sonho como aquele. Essa impotência contra um sonho. O que devia fazer durante o dia para estar protegido desses sonhos? Ele sabia. Precisava se impor. Contra si. A única coisa que ajudara até agora: trabalho. Ele podia escrever o que quisesse, sobre o que quisesse, enquanto escrevia, estava protegido. Isso era praticado. Isso ele compreendera. Quando escrevia, não estava neste mundo, mas em um próprio. Mas quando então se cansava e precisava parar, o passado o assaltava com maior ímpeto, como se tivesse, porque ele se voltara para longe dele, se carregado, acumulado e fosse agora quatro vezes mais poderoso do que fora antes. Ele pegou o livro de Hufeland e leu o trecho que lera e sublinhara quando estava doente. Leu-o agora mais uma vez:

> Boerhave conta sobre si mesmo que, após ter refletido alguns dias e noites sempre sobre o dito objeto, teria caído repentinamente em tal estado de exaustão e fadiga que ficara deitado durante um tempo considerável em um estado de insensibilidade semelhante à morte.

Por que ele, já que só pensava em Ulrike, não caía nesse desejável estado de insensibilidade semelhante à morte? Por que nunca pensou em libertar Ulrike de sua recusa pelas joias? Porque ele respeitava seu estado. Porque a adorava demais. Porque a idolatrava assim como ela era. Na última noite em Karlsbad, ele lhe dera aquela folhinha de gingko de ouro, absolutamente ridículo. Ela não a usara nem mesmo naquela noite. Ele, porém, trazia pendurada a chavinha de ouro que guardava a luva dela dia e noite em seu pescoço. Eles existiam em uma atroz desigualdade.

Àquele senhor Zeuner, ele mandou John entregar a recomendação a Humboldt ditada sem recebê-lo. Ele foi capaz de fazer isso porque queria vingar-se da linguagem afetada. Então, quase ansiados, o chanceler Von Müller e Julie Von Egloffstein. Ele e o chanceler disputavam, desde que a doce Julie, ela era assim chamada com razão, passara a frequentar a casa, a sua afeição. Julie deliciava-se com isso. Hoje, porém, ambos chegaram com rostos conspiradores. O chanceler carregava um quadro envolvido em um pano. Por favor, sente-se, Excelência, e olhe para outro lado. Ele obedeceu. Quando pôde olhar de novo, o quadro estava pendurado na parede na qual sempre ficavam os quadros para apresentação. Era Ulrike Von Levetzow. Ambos se alegraram com seu espanto.

Julie disse que era um presente de Natal para ele. Dela. Mas como não tinha certeza se ele seria bem-vindo sob a árvore de Natal familiar, já o trazia agora.

Dramaturgia, pensou Goethe. O melhor diretor. Ou a avó do diabo. Ele sempre soubera que a palavra acaso era apenas um termo embaraçador para ignorantes.

Ex-ce-lência, exclamou Julie com a sílaba dupla como apenas Ulrike fazia.

Isso tornou-se ameaçador. Ele não podia se levantar. Precisava agora mostrar uma postura que ambos os bem-intencionados pudessem compreender e, caso fossem questionados, relatar. Como esse quadro apareceu, Julie? Essa pergunta soou intensa, mas não perplexa.

Julie esperara por essa pergunta. E descarregou. Conhecera em Dresden uma senhorita Fölkersam que estuda arte. Assim que a senhorita Fölkersam, que vinha da Curlândia, ouviu que Julie residia em Weimar, correu e pegou seu retrato de Goethe e quis saber se estava bom, e Julie, parodiando Goethe, disse: Altamente congruente! Ela ficou feliz e contou que ouvira de sua amiga Ulrike Von Levetzow muito sobre Goethe e Marienbad, ela teria desenhado Ulrike também. Julie comprou o desenho e o transformou em quadro: meio guache, meio aquarela, meio giz, meio óleo. O melhor de tudo: O rosto de Ulrike em tantas cores! Ele se lembrou: assim ela era no sonho. Ah, Julie! Ela disse, agora pedia uma sentença de morte ou de vida.

Goethe disse: Altamente congruente.

Agora os dois riram.

Então, sério, para o chanceler Von Müller: Ele sabia com certeza que Ottilie partiria amanhã com a família para Berlim. Berlim brilha, diz Ottilie. E desde que ela o dissera, todos o dizem. E todos querem passar a estação naquela cidade, divertir-se. Mas nem todos podem. Nós, pobres, que só podemos olhar com tristeza os felizardos enquanto eles se vão, vamos providenciar o que precisamos. Para tanto precisamos primeiro: esse quadro será comprado da artista, senhor chanceler, o senhor pague qualquer preço por ele, então ele vem para meus aposentos, meus armários, desaparece para sempre, nós não sabemos nada sobre um quadro assim! Nenhum mexerico, nenhum boato, nós temos prática em resignar, nada mais nos inquieta. Senhor chanceler, cara Julie, eu vejo que vocês concordam de coração. E mandou tirar o quadro imediatamente e levar até seu quarto. Stadelmann providenciou. A noite estava salva.

Quando ele então, tarde, veio para seus aposentos, viu um bilhete do sábio Stadelmann que informava em que armário colocara o quadro.

Sentou-se na cadeira da mãe Egloffstein e deixou suas mãos tremerem. Não havia o menor perigo de que elas começassem a tremer na presença de outras pessoas, mas quando estava sozinho, quase lhe fazia bem deixá-las tremer. Ele então não precisava fazer nada, elas tremiam sem esforço, por assim dizer, por si próprias. Ficou olhando. Observou suas mãos. As unhas. Em Marienbad, limpas e polidas por Stadelmann. Provavelmente, Juan Adão De Ror, quando os diamantes verdadeiros não puderem mais concorrer com as imitações, se tornará, com suas relações no oriente, o maior no comércio de café. O futuro se chama moca.

6

Ele precisava finalmente se levantar. Mal se levantou, foi invadido pela ausência dela. Tão aguda, tão fresca, pungente, como se a notícia de que não a tinha mais tivesse acabado de chegar naquele instante. Imediatamente, esse sentimento de perdição que não omitia nada o dominou. Deitado, ele praticou durante um tempo imensurável ver a si próprio sem ela; instruiu-se que ela para ele não existiria mais, nunca mais; ele podia ter a sensação de ter jogado sobre tudo uma espécie de coberta que não deixava nada mais passar. E agora, devido a nada mais que uma alteração da posição, todo o seu trabalho para conformar-se tinha sido em vão, como se nunca tivesse existido. Toda vez a lembrança esfaqueia e acerta um indefeso. Então, começa de novo. A prática da desesperança. Agora ele tinha o quadro de Ulrike, agora podia ir até ele a qualquer segundo, podia olhar e olhar seu rosto pintado com o regozijo colorido quase selvagem de Julie e... E o quê?

Ele nunca podia olhar aquele quadro. E sabia que se diria isso centenas de vezes para então correr até lá, pegá-lo e olhá-lo. Olhar e olhar! Uma crueldade da dramaturgia! Com esse quadro ela está mais claramente ali do que se esse quadro não existisse. Portanto, o quadro dificulta sua luta. Portanto, ele devia eliminá-lo. Devia, mas... Precisava fazer alguma coisa contra esse quadro. E foi, o mais rápido que podia, até a escrivaninha. E escreveu.

Um homem apaixonado.

Nenhum rosto mais. Uma curva de nariz, uma ponta de nariz, uma boquinha que não se aquieta por nenhum segundo, ela treme, agita-se, um inseto seco, não quer ser constrangida pelo queixo pontudo que se destaca no vazio. Em torno dessa parte, havia pelinhos esparsos que não bastavam para nada, menos ainda para os lóbulos inchados das orelhas que brilham como dois candeeiros em um local de diversões. O pescoço franzino só pode ser salvo por gordas joias. Seus movimentos dão a impressão de que não existe um centro a partir do qual eles emanam. Um balançar instável. A voz estridente. Ideal para asserções. A boquinha agitada só libera asserções. Nunca um riso tranquilo. Sempre uma risadinha plana afinada com um i. Assim Teu quadro.

Ah, Ulrike, por ti ele se transforma em um anão que pratica salto em altura. Hostilidade. Sem hostilidade contra Ulrike ele não se libertava. Utilizar a hostilidade como um instrumento, como uma alavanca com a qual nós aumentamos a própria força insuficiente. Mas como desenvolver uma hostilidade contra essa menina que fosse plausível para si mesmo? Ódio? Ele passara uma vida inteira sem ódio. Sofrer é a única possibilidade de machucá-la, a ela, que te faz sofrer. Mas se reconheceres que tudo o que sofres foi causado por ti mesmo? Se algo é terrível e tu tens de admitir que mereces? Se puderes dizer que estás sendo injustiçado, então podes resistir. Se tiveres de dizer que és tu mesmo o culpado pelo que sofres, se não podes acusar ninguém, tens de voltar-te contra ti mesmo. Asco? Sim! Crescente. Asco crescente causavam-lhe todas as roupas que usara em Marienbad e Karlsbad. Ele devia ter agido há muito tempo.

Chamou Stadelmann e encarregou-o de enfiar imediatamente tudo o que usara no verão na Boêmia em uma caixa. A fantasia de Werther, o sobretudo de verão com a gola de cetim vermelho, todas as camisas de linho e de algodão que comprara lá. O colete de seda branca e o colete de seda preta, o roupão de flanela branca, o lenço de pescoço de batista branco junto com o alfinete, as meias. Stadelmann, tu vendeste de novo cabelos na Boêmia. Eu devia ter te demitido. Eu tenho de te demitir se falhares agora. Tudo em uma caixa, então vai até Webicht, vai até depois da fazenda de faisões, leva turfa e papel. Um fogo que não deixe restar nada. Stadelmann, estamos nos entendendo?

O gigante Stadelmann que, quando a venda de cabelos foi mencionada, literalmente encolheu, endireitou-se de novo e disse animado: Sim senhor, excelentíssimo senhor.

Goethe viu que agora podia contar com Stadelmann. Se eu me deparar uma única vez com um lenço de nariz ou de pescoço que estava presente no verão, estás demitido. Compreendeste?

Sim, excelentíssimo senhor, disse Stadelmann e saiu.

Ottilie já estava em Berlim. A manobra podia funcionar. Ele respirou aliviado. E correu até o quarto dos armários do outro lado, onde os documentos eram guardados. A contabilidade da viagem, realizada e assinada por Johann Wilhelm Stadelmann. Maravilhosos formatos de papel na escrita de Stadelmann que era tão floreadamente bela quanto seu estilo como condutor. E leu mais uma vez as palavras e datas daquele verão. Banho de lodo, diariamente 30 kreuzer, o óleo diário 15, os quatro pães 8, as velas diárias 1,40, Stadelmann anotou cada florim, cada kreuzer, cerveja, lavanderia, alojamentos para os empregados, papel, gorjeta na caixinha dos pobres, pó para tinta, à mesa do Barão Von Broesige 3 florins e 20, isso ainda o fez sentir-se bem, que sempre pagara quando jantara lá no palácio à mesa do pai da senhora Von Levetzow. Isso tudo ele próprio podia queimar. Tudo. Inclusive a conta das caixas entregues em casa com 36 jarras de Kreuzbrunnen, inclusive as rolhas. Elas a salvaram. Esse recibo ele teve de ler mais de uma vez:

> Queira, por favor, pagar o frete ao condutor somente mediante entrega do produto bem acondicionado, no peso indicado e no horário determinado.

Não, essa conta ele não queimaria. Ela devia restar como monumento de uma integridade que um dia não existiria mais. E colocou a conta de volta em uma das gavetas do que devia ser guardado.

Mas e o quadro? Se estiver levando aquilo a sério, deve queimá-lo. Mas não pode queimar um quadro. Ainda não. E a caixa com a luva de 28 de agosto de 1823 e a chavinha que ele ainda trazia na correntinha do pescoço... Tudo o que não podia ser queimado, precisava ser enterrado. Antes de mais nada, para longe dele, correntinha e moedinha, fora com elas.

Ele respirou mais leve. Como se essa decisão o tivesse tornado mais capaz de agir, de repente ele teve certeza:

toda sua resignação aparente, seu cômico teatro da abdicação, sua troca de cenários culturais, isso não era nada mais do que uma grotesca sobre-estimação do ambiente, da sociedade.

Ottilie tinha razão quando o chamava de tartufo e lhe adiantava, como ele propagava em sua literatura, quanto mais amargo o cálice, mais doce a expressão com a qual o esvaziamos, e na verdade ele seria instável, indecoroso, sem caráter como o mais arruinado viciado em ópio de um bairro miserável de Londres. Ela podia berrar isso para ele, ela tinha razão.

Ele sentia um distanciamento do mundo da conversação como nunca. Será que precisaria utilizar suas mais finas energias para fazer que todas aquelas Carolines e Charlottes falassem sobre ele como ele gostaria? Ele não precisou esconder Ulrike delas, mas de si. Não podia ter desperdiçado sua força em um teatro de imitação da aparente resignação, mas na luta contra a presença de Ulrike nele próprio. Ele lutara. Mas não seriamente. Não tão seriamente como essa luta deveria ser. Tinha participado dessa luta com a consciência de não poder vencê-la, de não querer vencê-la. Em sua rotina de vida fixada no positivo, ele não se impusera nenhuma prova da qual soubesse que não conseguiria vencer. Precisava evitar avaliar mal sua vida. Assim que acreditou que poderia fazer Ulrike desaparecer de dentro de si com a maior seriedade possível, ele a imaginou no parque, sob um chapéu de palha com fitas amarelas cruzadas ela está à beira do lago e alimenta o cisne. Ele precisava se proteger disso, desses golpes da lembrança. Ele! Ele! Ele! Agora é necessário: uma falta de piedade em relação a si mesmo. Ou vais morrer por uma menina que sabe algo de ti, mas não tem noção de nada. O que ele sentia agora era tudo menos força. Achava que podia se acanhar. Envergonhar-se. Não diante de qualquer mundo ou moral, diante de nenhum costume, nenhum decoro. De si mesmo. Sentia que se formava uma capacidade de envergonhar-se de si mesmo. Por se afeiçoar daquela maneira, vacilar, gaguejar, enganava a si mesmo como nunca enganara alguém, como não poderia enganar um rude inimigo. Mas a si, a si, a si ele engana com todo pensamento em que a menina aparece, domina-o e faz com ele o que quer. Mas não é ela, ele é quem deixa o delírio florescer como algo ternamente amável. Mas esse seu delírio é... Não te preveja nada. Simplesmente ceda, deixa esse sentimento crescer até te envergonhares. Não exijas nada desse sentimento. Deixa-o crescer. Até que te leve a alguma coisa que não precises avaliar agora. Apenas a sensibilidade que fez que não suportasses mais as trocas de cenários, deixa essa sensibilidade crescer. Sem piedade. Vamos ver, não é.

Mas como tudo o que pesa desperta seu peso oposto, um sentimento queria fazê-lo acreditar que o período em que teve de manter sua dependência de Ulrike em segredo teria sido abençoado. Lá fora, o mundo todo que não vinha ao caso, e ele na caverna das lembranças que a cada dia se iluminava mais com seus tesouros inconsumíveis. Agora ele precisava destruir a lembrança. Ocultar, ocultar de si mesmo, justamente isso não era possível... Nesse momento chegou, oh santa dramaturgia, um envelope azul-lavanda, dentro dele, um bilhete igualmente azul onde estava escrito: N A D L S A. Nós queremos celebrar a passagem do ano em Dresden. Se o senhor também quiser, alegra-se sua devota amiga Ulrike.

Ele pensou: Então realmente uma peça de Iffland. Stadelmann avisou da porta a bem-sucedida queima de todos os boêmios. Goethe levantou-se, foi até ele, deu-lhe a mão, apertou-a e disse: Tu podes vender cabelos no futuro, onde e quando quiseres. Stadelmann disse: Prezado senhor, sempre fora apenas quando as pessoas imploravam. As meninas e outras assim.

Stadelmann saiu, Goethe sentou-se e sentiu-se como um comandante em uma batalha. Os cavaleiros chegam a galope, anunciam isso, anunciam aquilo, ele tem de decidir, ordenar o que deve ser feito. Mas não era um comandante. Se fosse um, então seria um que acredita que os soldados devem perceber sozinhos o que é possível e o que não é. Ele era Alcides e Antínoo em uma pessoa, tanto quanto o capitão escocês não podia ser. Hesitara por muito tempo e então fizera, com pressa, tudo errado: a queima das peças de Marienbad e Webicht!

Ordenou-se uma trégua. Desde que tinha o bilhete do *réveillon* podia cumprir sua obrigação de estar presente sem impaciência e irritação. Deixou o chanceler Von Müller decidir quem, durante quanto tempo e como seria recebido. Gracejou tão profundamente amável com Adele Schopenhauer, Julie e Linchen Von Egloffstein, chamou Adele de sua querida, o que ela contou às outras, portanto, teve de encantar Julie como nunca, e fora um companheiro paciente com seus homens. John, que além do trabalho de secretário e de escriba, sempre tinha a tarefa especial de observação do clima e até mesmo da fixação por escrito dos eventos climáticos, foi encarregado de tirar todas as conclusões possíveis do termômetro, barômetro e observação das nuvens. John anunciou que haveria uma onda de calor atípica para aquele período do ano. Do pouco de neve que caíra, não restaria nada. Ele anunciou com pesar, já que o Conselheiro era considerado um apreciador de invernos severos. Goethe controlou-se. Mandou chamar Stadelmann, mostrou-lhe logo que estava na melhor disposição de espírito porque, caro Stadelmann, talvez esteja na hora de uma viagem veloz para Dresden. Para que temos a carruagem mais rápida da região e o melhor cocheiro, Stadelmann. Este disse: Isso muito me alegra, excelentíssimo senhor. Agora faziam diariamente curtos passeios na região. Dresden! *Madame* de Staël já o convidara sedutoramente há anos a visitá-la em Dresden. O poder de atração não fora grande o suficiente. A dama era maravilhosa, adorável, além de suficientemente inteligente, mas ela lhe era ambiciosa demais. Sentia-se atraído, quantas vezes a encontrasse. Assim como ela o conhece, apenas uma mulher pode conhecer um homem. Ela lhe fornecera a fórmula para seu tipo de masculinidade: *Il vous faut de la séduction.*[30] Ele não era um conquistador, mas um conquistado. Ulrike, a primeira a se recusar a conquistá-lo. Mesmo assim, por isso ele partiria. Para Dresden. N E T A.

No dia 28 de dezembro, ele mandou aprontar a carruagem de novo para um passeio. Não conseguia mais trabalhar naqueles dias. Envergonhava-se de si mesmo. Mas isso de nada servia. Tão veemente como nunca, colocava de lado tudo o que pudesse tolhê-lo. Estava cansado de reservas. Fossem elas o que quisessem! O que lhe impor-

---

30. Falta-lhes sedução.

tava! Essa eterna avaliação! A vida não quer ser avaliada, quer ser vivida!

Então, na quarta-feira, 28 de dezembro, aconteceu o seguinte: como sempre quando saíam da cidade, eles passaram pela praça do mercado, mantendo-se do lado direito dela para então chegarem à ponte Kegel pela ruazinha Schlossgasse e atravessar o Ilm. Naquele 28 de dezembro, ele viu do outro lado, diante da parada do correio, ao lado do príncipe herdeiro, um carro parado que estava sendo atrelado. E diante do príncipe herdeiro estavam quatro pessoas, aparentemente conversando com o zelador do correio. A forma da carruagem indicou mesmo a ele, o míope, que não se tratava de passageiros do correio ordinário. As quatro pessoas, de tamanhos diferentes. Todas em casacos de pele que, como não estava muito frio, os usavam abertos. Ao invés de grossos chapéus de pele, lenços de cabeça. O estado de espírito em que se encontrava desde o bilhete azul quis que ele visse nos quatro viajantes as Levetzow. Assim como conhecemos os nomes dos cumes de montanhas que são reunidas sob um único nome, assim ele cria ter reconhecido, pelas relações entre os tamanhos, a sagrada família – assim ele chamava eventualmente, por pura diversão, as Levetzow. Stadelmann teve de virar imediatamente após a próxima esquina na Kollegiengasse, voltar pela Seifengasse até a praça Frauenplan e entrar rapidamente no pátio interno. A Stadelmann, ele disse que essa seria a tarefa mais séria que já recebera dele: passar por ali tão perto quanto necessário para reconhecer, ou não, as quatro viajantes. Ele próprio, no entanto, não podia ser reconhecido.

Então ele percorreu seu trajeto de seis aposentos correndo para lá e para cá, mais rápido do que queria. Se usasse, como todos os míopes, óculos, teria visto se eram ou não elas. Comandante, tu deves ser fuzilado. E há pouco tempo, sim, não fazia nem uma semana que ele refizera o trecho dos óculos em *Os anos de peregrinação* com grande satisfação. Oh, essa punição! Ele fizera seu opositor aos óculos Wilhelm dizer: Quem enxerga através de óculos considera-se mais inteligente do que realmente é. Os óculos, não têm nenhum efeito moralmente benéfico. Eu vejo mais do que devia. Oh, Wilhelm, Wilhelm! Goethe bateu os punhos contra o peito, não com força, mas rápido. A batalha ainda não estava perdida. Se forem as Levtzow, então elas não passarão por Weimar sem visitá-lo. Ou será que estão atrasadas? Será que alguém já as espera em Dresden? Quieto! Nenhum pio agora. Ele encheu uma taça de vinho do porto e bebeu-a em um gole. E mais uma taça. E mais uma terceira. Sua respiração voltou a ser como devia. Só podia andar às apalpadelas por ali e pensar Dresden-*Réveillon*-Ulrike-*Réveillon*-Dresden. Seu coração batia no peito como um preso que se vê encarcerado injustamente bate contra as grades da cela. O coração quer bater até sangrar. Sente-se ultrajado. Ele não tem nada a lhe oferecer. Ficara admirado por Ulrike ter-lhe enviado aquele bilhete. Bem, a fórmula acordada N A D L S A, mas então o convite formal. Esse não era o estilo de Ulrike. Isso era a mãe. Ela o queria como troféu em seu baile com Klebelsberg. Para que ele lhe conferisse seu renome. Não lhe importava. Contanto que visse Ulrike...

Stadelmann entrou, o rosto estampado de alegria.

Sim, prezado senhor, sim! São elas. Elas não me viram. Mas são elas. Todas as quatro.

Obrigado, Stadelmann, disse o comandante, abandonar posto. Acrescentou um gesto militar. Stadelmann bateu os calcanhares, virou-se e saiu. Goethe precisou tomar mais um vinho do porto. E mais um. Isso era insuportável. Após duas horas, havia esvaziado duas garrafas de vinho do porto. Mal podia andar, apenas sentar. E pensar. Agora estava feliz por ser o comandante. A covardia chegara. Covardia diante do amigo. As Levetzow haviam se esgueirado. Elas o esperavam apenas no dia 31 de dezembro. Para que ele aumentasse seu renome. Mas hoje ainda não. Hoje elas tinham... não importa o que elas tinham hoje. Com ele não tinham nada. Nada mais. Agora ele estava feliz por ter tentado ceder ao sentimento que quis tomar conta dele nos últimos dias: vergonha. Agora não havia mais nenhuma dúvida em relação a esse sentimento. Ele envergonhava-se de si mesmo. E isso com uma intensidade que não deixava restar mais nada dentro dele. Somente agora, depois dessa recente experiência, estava absolutamente certo dessa vergonha. Ela disse: Estás longe disso. O preconceito contra os óculos do herói de seu romance, agora não o amaldiçoava mais. Se estivesses usando teus óculos, terias reconhecido a família, eles teriam de ir ter contigo e não queriam isso. Em algum lugar, ele não sabia mais onde, escrevera que um animal não conhece aparelhos, ele só percebe aquilo que a natureza nos possibilita. E quantas coisas ela nos possibilita. Agora poderia completar: e impede o impossível. O impossível fora impedido. Será que isso agora era uma leviandade? Uma leviandade que ele ainda não sentira. Ela se chamava falta de amor. Sim. Nunca conhecida. Nunca vivida. Mas não poderia interpretar esse sentimento de outra forma. Estava livre. Nenhuma dúvida era possível, estava sem amor. Falta de amor, sensível, uma vastidão como nunca, por favor, seja o vazio, um não sentimento que supera todos os sentimentos, ele foi salvo, livre, isso é liberdade absoluta, estar sem amor, sem alegria, sem vida, sem dor, ninguém nunca mais poderá fazê-lo sofrer. Nem ele mesmo. A criatura está salva. Aquilo que Moisés, exausto da subida da montanha dos mandamentos, não ouvira, o primeiro mandamento de todos, erro trágico para todos os tempos, ele, ao chegar ao seu próprio Sinai, também exausto, mas nem um pouco surdo, com os ouvidos abertos como nunca, ouviu e compreendeu o mandamento: Não deves amar.

Deitou-se na cama. Nenhum pensamento mais contra o qual precisasse resistir em vão. Só sentia a si mesmo. Fora ele, nada. Como se preenchesse o mundo. O mundo todo era ele. Repleto de leviandade. Uma gravidade divina. Gravidade da leviandade. Finalmente. O equilíbrio perdido? Será que ele era isso? Pensou. Adormeceu. Dormiu sem interrupções até o dia seguinte.

Quando acordou, tinha seu membro na mão, e ele estava rígido. Então soube com quem havia sonhado. NETA.

Última notícia

A senhora Marie Schäfer, que serviu à nobre senhorita Von Levetzow como camareira durante 16 anos, relatou o dia 12 de novembro de 1900:

Quando Ulrike Von Levetzow se recolheu à cama na véspera, seu semblante molhou-se de um frio suor e, num pressentimento da proximidade de sua morte, ela ordenou que se queimasse um pacotinho de cartas cujo conteúdo ninguém conheceu. As cinzas foram acondicionadas em uma cápsula de prata com o desejo de que, após o seu falecimento, essa recordação de valor inestimável para ela fosse colocada no caixão. Ele foi cumprido. Às quatro horas da manhã, ela acordou com tosse e às seis horas ela se foi suavemente.

Segundo informação por escrito de sua sobrinha-neta, aquelas eram cartas de Goethe.

Este livro foi composto em Spectrum MT para a Editora Planeta do Brasil, em junho de 2010